간호사
우즈키에게
보이는 것

간호사 우즈키에게 보이는 것

아키야 린코 지음 | 김지연 옮김

문예춘추사

간호사 우즈키에게 보이는 것

초판 1쇄 발행 2025년 4월 30일

지 은 이 아키야 린코
옮 긴 이 김지연
펴 낸 이 한승수
펴 낸 곳 문예춘추사

편 집 구본영, 이상실
디 자 인 박소윤
마 케 팅 박건원, 김홍주

등록번호 제300-1994-16
등록일자 1994년 1월 24일

주 소 서울특별시 마포구 동교로 27길 53, 309호
전 화 02 338 0084
팩 스 02 338 0087
메 일 moonchusa@naver.com

I S B N 978-89-7604-706-9 03830

차례

1화

깊이 잠들었을지라도

장기 요양 병동의 밤은 고요하다. 마흔 개 있는 병상은 일 년 내내 빈자리를 찾아보기 어려운데도 말이다. 심야 2시, 나는 병실을 둘러보기 위해 간호사실을 나와 간호사복 위에 걸친 카디건 앞섶을 여몄다. 뉴스에서 도쿄는 벚꽃이 만개했다던데 병동 복도는 여전히 서늘하다. 오늘 나와 같이 야간 근무를 하는 선배, 도코 씨는 휴게실로 들어갔다.

발소리가 나지 않도록 조심하며 1인실의 차가운 손잡이를 잡았다. 천천히 미닫이문을 열자 쉭쉭거리는 인공호흡기 소리만 들린다. 병실 안은 따뜻하다. 손에 쥔 손전등으로 환자의 복부를 조심스레 비췄다. 인공호흡기 소리에 맞춰 배가 올라갔다 내려가기를 되풀이한다. 인공호흡기 옆으로 다가가서 수치가 제대로 설정되어 있는지 확인했다. 환자 목과 연결된 튜브도 쭉 펴져 있고 특별한 문제는 없다. 기도 확보를 위해 목 앞부분을 절개하고 삽입한 짧은 튜브, 그러니까 목과 인공호흡기를 연결하는 부분에 부착한 거즈가 더러워서 침대 옆에 있던 고무장갑을 끼고 새로 교환했다. 병실에 걸려 있는 봉지에 쓰레기를 버리고 남은 수액 용량과 속도를 지켜보며 주삿바늘을 확인했다. 마지막으로 손전등으로 병실을 한 바퀴 비춰보고 나면 끝이다. 문 옆에 놓인 알코올로 손을 소독하고 조용히 밖으로 나왔다. 야간 근무 간호사의 업무는 확인의 연속이다.

요코하마시 교외에 위치한 아오바 종합병원은 이 일대에서 가장 큰 병원이다. 입원 병동과 외래 진료는 물론이고 응급의료센터도 있고 수술도 한다. 환자 자택을 방문하여 간호와 재활을 돕는 스태프와 시스템을 갖추고 있으며 지역과도 밀접하게 연계되어 있다. 요코하마역에서 전철로 30분이면 올 수 있어 교통도 나쁘지 않을뿐더러 주위에는 녹음이 울창하게 우거져 있다.

내가 근무하는 장기 요양 병동은 급한 치료를 끝낸 환자의 요양에 특화된 병동이다. 집으로 돌아가기 위해 재활 치료를 받는 사람도 있지만, 병동에서 죽음을 맞이하는 환자도 많다.

사망률, 말하자면 병동에서 사망하는 환자의 비율이 일반 병동은 약 8퍼센트인 데 비해 이곳은 40퍼센트나 된다. 적극적으로 재활 훈련에 매진할 수 있는 환자만 있는 게 아닌지라 달관했거나 체념한 듯이 지내는 사람도 적지 않다. 또 환자가 집에 돌아가고 싶어 하더라도 병세와 집안 형편으로 인해 그러지 못하는 경우도 비일비재하다. 환자 가족에게도 이런저런 사연이 있는 법이다.

사정이 이렇다 보니 여기 있는 환자들이 되도록 편안하게 지낼 수 있게 도와주고 싶어진다. 날이 밝으면 상쾌한 봄바람이 병실 안으로 들어오게끔 환기를 해야겠다.

다음으로 남성용 4인 병실을 살펴봐야 하는데 그 방에는 의식이 없는 환자만 모여 있다. 의식이 없으면 스스로 자기 몸을 깨끗이 유지하지 못한다. 환자의 몸과 침대 주변을 깔끔하게 관리하는 것도 중요한 간호 업무 중 하나다. 그러나 아무리 위생과 청결에 신경을 쓴들 사람이 생활하는 한 어느 정도 냄새가 나기 마련이다. 애초에 남자 병실과 여자 병실은 풍기는 냄새부터 다르다. 생물학적 차이 때문일까. 남자 병실은 땀 냄새가 짙은 편이고 여자 병실은 비릿한 냄새가 진동한다. 체취는 사람마다 다를 텐데, 어째서 여러 명이 모이면 성별로 나뉘는지 신기할 따름이다.

병실 문을 열고 들어가면 왼쪽 첫 번째 침대에 오오카 사토루 씨가 누워 있다. 정원사였던 쉰 살 남성. 눈을 감고 누워 있어도 바짝 깎은 까만 머리와 반듯한 눈썹에서 강한 의지가 느껴진다. 뺨에 번져 있는 기미는 오랫동안 실외에서 일한 증표가 아닐까.

오오카 씨는 중증 저혈당증이 발병한 후로 의식을 회복하지 못해 장기 요양 병동으로 전과했다. 나는 침대 발치에 서서 환자의 호흡 상태를 확인하기 위해 복부를 손전등으로 비췄다. 그 순간, 목구멍에서 비명이 터져나올 뻔했지만 간신히 집어삼켰다. 후다닥 뒤로 한 걸음 물러났다. 침대 난간을 붙잡고 있는 작고 하얀 손. 불빛이 오오카 씨의 얼굴에 닿지 않도록 조심하면서 손전등으로 그 손의 주인을 비췄다. 침대 옆에 열 살쯤 되어 보이는 여자아이가 서 있었다.

천진난만하고 귀엽게 생긴 여자아이는 윤기 나는 검은색 머리를 두 갈래로 묶고 있다. 흰색 긴팔 티셔츠와 연분홍색 치마. 구두도 슬리퍼도 없이 달랑 양말만 신은 발. 침대 난간을 꽉 잡고서 오오카 씨를 보고 있다. 새하얀 볼은 만지면 말랑말랑할 것처럼 보인다.

나는 마음을 진정시키기 위해 후 하고 숨을 크게 내쉬었다. 한밤중의 병동에 여자아이가 있다니 말이 안 된다. 야간에는 적어도 한 시간에 한 번은 병실을 순회하는데 아까 확인했을 때는 분명히 없었다. 게다가 자세히 보니 몸이 희미하게 비쳐 보인다. 벌써 여러 번 봤는데도 도무지 익숙해지지 않는다. 내 눈앞에 있는 건 진짜 여자아이가 아니라 오오카 씨의 '미련'이다.

언제부터인가 나는 환자의 '가슴속에 남은 미련'을 보게 되었다. 이걸 일종의 능력이라 해야 할지. 여기 있을 리 없는 사람과 있을 수 없는 것이 눈에 보인다. 하지만 나 혼자만 그 대상을 보는 것 같다. 진짜 내 앞에 존재하는 것처럼 보이지만 만질 수도 없고 대화를 나눌 수도 없다. 내가 일방적으로 볼 뿐 '미련'은 나를 인식하지 못하는 듯하다. 환자의 가슴에 박히거나 마음에 걸리는 대상이 입체적인 그림이 되어 내 눈앞에 나타난다.

또한 '미련'은 환자가 죽음을 의식할 때 나타나는 듯싶다. 그런데 만약 내가 '미련'을 해소하게 되면 환자가 가슴에 박힌 응어리를 하나라도 더 없애고 편안하게 투병할 수 있지 않을까……, 하는 생각이 들었다.

모든 병실을 둘러보고 나서 다시 한 번 오오카 씨의 침대 옆으로 갔다. 여자아이는 아직 거기 있었다. 가만히 서서 여자아이를 쳐다보았다. 어쩐지 눈빛이 쓸쓸해 보인다. 이 아이는 대체 누구일까. 지금 어디서 뭘 하고 있을까.

간호사실로 돌아온 나는 중앙에 놓인 커다란 원탁 앞에 앉아 단말기로 오오카 씨의 진료 차트를 열었다.

오오카 사토루, 50세, 남성
현재 병력
아파트 정원수 가지치기 작업 도중 사다리에서 추락. 아파트 주민이 발견하여 119에 연락. 구급차 도착 시 JCS Ⅲ-300. 당뇨병 있음. 이송 시 BS 28. 골절 없음. 왼손에 경도의 찰과상. 중증 저혈당증 발병 후 무의식 상태가 이어짐. 4월 4일, 구급 병동에서 장기 요양 병동으로 이동.
과거 병력
당뇨병(혈당강하제 복용)

JCS는 재팬 코마 스케일(Japan Coma Scale)의 약자로, 의식 수준 상태를 평가하는 기준이다. Ⅰ-0은 의식이 명료한 상태. 숫자가 올라갈수록 의식 수준이 낮아진다. 오오카 씨는 Ⅲ-300이므로 JCS에서 가장 높은 수치다. 즉, 통증에도 반응이 없을 정도로 심각한 의식 장애에 해당한다. BS(Blood Sugar)는 혈당 수치를 뜻하며 공복 시 정상 수치는 70에서 100인데 70 미만이면 현기증과 피로감 등의 증세가 나타나고 50 아래로 떨어지

면 근육 경련이 일어나거나 혼수상태에 빠지기도 한다. 오오카 씨는 28이었다고 하니 목숨을 잃을 수도 있을 만큼 위험천만한 상태였다.

휴게실에 쉬러 갔던 도코 씨가 돌아왔다.

"우즈키, 덕분에 잘 쉬다 왔어. 무슨 일 없었어?"

도코 씨에게 알려야 할 일, 다시 말해 간호사로서 보고해야 할 일은 아무것도 없다.

"딱히 없어요. 303호실 환자 호흡기에 거즈 교환했어요."

"고마워. 요즘 가래가 좀 많아진 것 같더라고. 나중에 흡인기로 빼내야겠다. ……왜? 오오카 씨, 무슨 문제 있어?"

도코 씨가 오오카 씨의 차트를 들여다보며 물었다. 나는 '미련'이 보인다는 사실을 직장 동료 누구에게도 털어놓지 못했다.

"아니, 저혈당이 이렇게 무섭구나 싶어서요."

"그렇지. 우습게 보면 안 돼."

"병원에 이송됐을 때 BS 28이었다니, 진짜 큰일 날 뻔했네요."

"위험했지. 혈당강하제 먹고 나서 점심을 안 드셨나."

당뇨병 환자는 혈당 수치가 높이 올라가는 것을 막기 위해 스스로 인슐린 주사를 놓거나 약을 꼭 먹어야 한다. 오오카 씨는 약을 처방받아 복용 중이었던 듯한데, 약을 먹고 바로 음식물을 섭취하지 않으면 이번에는 반대로 혈당 수치가 심하게 떨어지고 만다.

"아파트에서 가지치기를 하다가 쓰러졌다던데요?"

"그러게. 지난번에 문병 온 직장 동료에게 들었는데, 오오카 씨는 일 욕심이 대단한 사람이었대. 장인 기질이라고 해야 하나? 성실하고 꼼꼼하고. 그래서 오오카 씨 같은 사람이 작업 중에 사다리에서 떨어질 줄은 상상도 못했다고 하더라고. 병원에 도착하기 전부터 의식이 아예 없었잖아. 혈당이 떨어졌을 때 먹는 포도당을 안 가지고 있었나."

"글쎄요."

차트를 한 번 더 살폈다. 독신이고 가족은 없다. 평생 일만 하고 살아온 사람의 가슴에 미련으로 남은 여자아이는 대체 누구란 말인가.

도코 씨는 한바탕 기지개를 켜고서 갈색으로 염색한 긴 머리를 다시 묶고 동그랗게 말아 그물망에 넣었다. 한숨 자고 왔는데도 눈 화장은 완벽하다.

"그나저나 이 병동은 진짜 조용하다."

간바라 도코 씨는 작년에 수술실에서 이쪽으로 온 7년 차 선배 간호사다. 백팔십도 다른 분야로 옮겨온 셈이다. 밝은 갈색 머리카락도 수술실 간호사 시절의 흔적일까. 수술실에서 만나는 환자는 대부분 의식이 없다. 간혹 수술에 앞서 설명을 하기 위해 환자를 만날 때도 있지만 기본적으로는 전신 마취 상태의 환자를 상대로 일을 한다. 그렇기에 머리색을 엄격하게 규제하는 곳이 별로 없다. 그 대신, 다른 데보다 위생에는 더더욱 신경을 써야 해서 액세서리나 손톱 길이 등은 철저히 단속한다. 항상 마스크를 쓰고 일하는 수술실 안에서 보이는 건 눈밖에 없기 때문에 수술실 간호사는 눈 화장에 공을 들인다고 한다. 그때의 습관이 남아서 도코 씨의 눈 화장이 진하다는 말을 어디선가 들은 적이 있다. 장기 요양 병동에는 한 듯 안 한 듯 자연스럽게 화장한 간호사가 많은지라 근무하는 병동에 따라 화장도 달라진다고 생각하니 흥미로웠다.

"아직도 어색해요?"

"음, 이젠 제법 익숙해지긴 했는데, 그래도 밤에는 쥐 죽은 듯이 조용해서 괜히 불안해져."

아닌 게 아니라 이 병동은 더없이 고요하다. 환자에게 큰 변화가 없다는 뜻이니 웃어야 할지 울어야 할지 모르겠다.

"수술실에서 일할 때는 알람 소리와 기계 소리가 끊임없이 울리고, 다들 발에 불이 나도록 뛰어다녔거든. 기구를 전해주는 간호사에게 성질부터 내는 의사도 있고, 밤이면 다들 한층 더 예민해져서 분위기가 살벌했어. 거기랑 비교하면 여긴 적막할 정도야."

"웬만해서 뛰어다닐 일은 없으니까요. 그랬다가는 오히려 환자들이 놀랄 거예요."

"그러게 말이야."

누군가는 성질을 부리고 누군가는 종종걸음을 치면서까지 눈앞의 환자를 살리기 위해 온 신경을 집중해서 수술하는 수술실과 긴 안목으로 지켜보며 환자가 조금이라도 더 편안하게 지낼 수 있도록 고민하는 장기 요양 병동은 시간이 흐르는 방식이 다르지 않을까. 수술은 길어도 십여 시간이면 끝난다. 일반 병동에 입원한 환자는 평균 2주 후면 퇴원한다. 그러나 이곳 장기 요양 병동은 평균 입원 기간이 2개월에서 6개월이고 환자에 따라 더 오래 입원하기도 한다. 나는 올해로 5년째 이 병동에서 근무하고 있다.

"그럼, 한 바퀴 돌아보고 올게."

도코 씨는 한 번 더 기지개를 켜고 나서 손전등을 집어 들었다.

각자 자신이 맡은 병실을 둘러보고 간호 기록을 작성한다. 시곗바늘이 새벽 3시를 향하고 있었다. 이제 슬슬 내가 쉴 시간이다. 야간에 근무하는 사람의 휴식 시간은 보통 한 시간 반으로 정해져 있다.

"네 담당 병실 중에 따로 챙겨야 할 거 있어?"

"아뇨, 없어요. 수액이 잘 들어가고 있는지만 한번 봐주세요."

"알았어. 그럼 이따가 보자."

"네. 잘 부탁드립니다."

나는 의료용 PHS(일본에서 개발된 간이형 휴대전화 시스템-옮긴이 주)를 도코 씨에게 넘기고 간호사실을 나왔다.

휴게실로 들어가 야식으로 컵라면을 먹고 간이침대에 누웠다. 그리고 잠깐 눈을 붙인 것 같은데 벌써 스마트폰 알람이 울렸다. 쉬는 시간은 항상 금방 지나간다. 커튼을 걷자 봄날의 하늘이 어슴푸레 밝아오고 있다. 새벽 4시 30분. 자를 타이밍을 놓쳐버린 단발머리를 빗어 두 귀 뒤로 넘기고 머리핀을 꽂았다. 그리고 "좋았어." 하고 작게 읊조렸다. 오늘도 아무렇지 않은 얼굴로 또 하루를 시작한다.

야간 근무자의 아침은 분주하다. 병동 기상 시간인 6시가 되면 병실 커튼을 열어젖히고 춥지 않을 정도로 창문을 조금만 연다. 환자 대부분은 스스로 세수를 하지 못하므로 따뜻한 물수건으로 얼굴을 닦아줘야 한다. 수액 교환, 혈압과 체온 등의 활력 징후 측정, 식사 전후에 복용해야 할 약 배급, 혈당 측정, TF(Tube Feeding)라 부르는 경관 급식 관리 등으로 바삐 움직이고 있으면 주간 근무 간호사들이 하나둘씩 출근한다. 8시에 인수인계가 시작되면 무사히 교대할 수 있다. 나는 여러 가지 업무에 쫓기는 사이사이에 오오카 씨 침대 옆에 서서 '미련'을 관찰했다. 불안한 표정의 여자아이가 실제로 여기 있는 것은 아니다. 그런데도 양말만 신고 서 있는 모습이 추워 보여서 안쓰러웠다.

오늘 주간 근무자는 이번에 새로 들어온 모토키 아즈사와 모토키의 프리셉터를 맡은 아사쿠라 유이다. 현장에 투입된 신규 간호사가 병동 생활에 잘 적응할 수 있도록 처음 3개월 동안은 프리셉터라 불리는 교육 담당 간호사가 신규 간호사를 데리고 다니면서 업무를 지도한다. 신규 간호사 양성을 위해 거의 모든 병원에서 프리셉터 제도를 도입하고 있다. 신규 간호사를 교육하는 동안 프리셉터 간호사도 함께 성장할 수 있다고 보고 보통은 3년 차에서 5년 차에게 프리셉터를 맡긴다. 참고로 아사쿠라는 3년 차 간호사다.

모토키는 눈으로 간호 기록을 훑으며 바지런히 메모했다. 아사쿠라는 프리셉터가 처음이어서 긴장되는지 살짝 불편해 보이는 얼굴로 모토키에게 말을 걸었다. 8시가 되어 인수인계가 시작되자 모토키는 자세를 바로 하고 또박또박 대답했다. 신입이니까 의욕을 보이는 것도 중요하지만 조금만 힘을 뺐으면 좋겠다는 생각이 든다.

야간 근무가 끝나고 나면 졸음이 쏟아지는 날보다 뇌가 활

발히 움직이는 날이 더 많다. 제일 졸리는 시간은 새벽 4시에서 5시 사이인데, 그 시간대가 지나고 나면 오히려 묘하게 머리가 맑아진다. 원래는 자야 할 시간에 움직인 탓에 자율 신경의 균형이 깨진 게 아닐까 싶다. 신입 시절 "밤 근무 끝나고 쇼핑할 때는 조심하는 게 좋을 거야"라던 선배들의 말을 지금은 절실히 이해한다. 이상하게 흥분된 상태여서 뭐든 막 사고 싶어진다. 그리고 비정상적으로 대범해진다. 빨리 집에 돌아가서 쉬는 게 상책인데 괜히 어디 가고 싶어지는 것도 야근이 끝난 후의 이상 행동 중 하나였다.

"우즈키, 수고했어. 맥 모닝 먹으러 안 갈래?"

야간 근무를 하고 나면 식욕도 이상해진다. 내가 사랑해 마지않는 폭신한 핫케이크가 머릿속에 그려졌다. 달콤한 핫케이크와 짭조름한 해시브라운의 조합은 실로 환상적이다. 맥도널드에서 맥 모닝을 판매하는 시간은 10시 30분까지고 지금은 아직 9시다. 잔업이 없는 날 아침에만 누릴 수 있는 행복한 한때.

"가요."

냉큼 대답하고 도코 씨와 함께 탈의실 쪽으로 걸어갔다.

"어젯밤은 평화로워서 정말 다행이야."

"네. 진짜 그래요."

도코 씨가 간호사실 밖으로 나갈 때까지는 절대로 해서는 안 되는 말을 입에 올렸다. 근무 중에 '오늘은 평화롭네요'라는 말을 입 밖에 내는 순간 꼭 무슨 일이 터진다는 속설은 비단 이 병원에만 떠도는 얘기는 아닐 것이다. 이 업계 종사자들 입에서 입으로 도시 괴담처럼 전승되고 있으니까. 그렇기에 근무 중에는 절대로 '오늘은 평화롭네요' 같은 입방정을 떨지 않는다. 진짜 아무 문제 없이 무사히 퇴근하고 간호사실을 빠져나온 뒤에야 비로소 "아무 일 없어서 다행이다"라고 말하면서 평온했던 하루에 감사를 표시한다.

아직 탈의실 안에는 야간 근무를 끝내고 온 간호사가 얼마 없었다. 남은 업무를 처리하고 있는지도 모른다. 나는 별 탈 없이 인수인계가 끝나서 다행이라 여기면서도 한편으로는 오오카 씨의 '미련'을 떠올렸다.

"기술자가 점심 먹는 것도 잊고서 사다리에서 떨어진 원인?"

도코 씨가 맥도널드에 도착해 뜨거운 커피를 홀짝이며 대꾸했다.

"예. 장인 기질이 다분한 사람이라잖아요. 성실하고 꼼꼼하고. 그런 사람이 약을 먹고 나서 밥도 안 먹고 사다리에 올라갈까요? O씨는 즉시 효과를 발휘하는 약을 복용하고 있었는데, 그건 식전에 먹는 타입이거든요. 포도당도 섭취하지 않은 것 같고…….”

간호사실 밖에서 환자 이름을 언급해서는 안 된다. 간호사에게는 비밀을 엄수해야 하는 의무가 있다. 하물며 외식을 하면서 환자 이름을 거론할 수는 없다. 나는 주위에 들리지 않도록 목소리를 죽이고 도코 씨와 대화를 이어나갔다.

“흐음. 급하게 가지를 쳐야 했다거나?”

“급하게 가지를 쳐야 할 일이 있을까요?”

“그럼, 혹시 다른 데 정신이 팔렸던 거 아닐까?”

“다른 데라면…….”

“예를 들어 약을 먹고 점심을 먹으려는 찰나, 베란다에서 떨어질 뻔한 고양이를 봤다거나?”

도코 씨는 “이건 너무 나갔나?”라고 중얼거리더니 “아아, 다리가 너무 무겁네.” 하며 손으로 검정 스키니진 안쪽의 종아리를 꾹꾹 눌렀다. 야간 근무는 오후 4시부터 이튿날 아침 9시까지여서 근무 시간이 길다. 그러니 다리가 퉁퉁 붓고 무거워지는 게 당연하다.

나는 오오카 씨를 떠올리며 뜨거운 핫케이크 위에 시럽을 듬뿍 끼얹었다. 버터와 시럽이 촉촉한 핫케이크 안으로 스며든다. 한입 베어 물자 피곤했던 몸속으로 당분이 퍼져나갔다. 역시 맥 모닝은 야간 근무 후에 먹을 때가 제일 맛있다.

"정성껏 간호하고 안심하고 지낼 수 있게 도와줬는데도 끝내 집에 돌아가지 못하거나 세상을 떠나는 경우는 어떻게 받아들여야 할까."

도코 씨가 다소 진지한 얘기를 꺼냈다.

"어떻게라뇨?"

"O씨는 회복될 기미가 안 보이잖아. 알다시피 난 계속 수술실에서 일했어. 수술실 안에서 정신없이 뛰어다니고 의사에게 욕을 먹더라도 수술만 성공하면 그걸로 만족했거든. 근데 장기 요양 병동에서는 최선을 다해서 간호해도 결국 죽을 사람은 죽고 회복하지 못하는 환자도 많잖아. 물론 그건 수술실도 마찬가지지만, 수술실에서는 환자와 보호자가 수술 과정을 직접 볼 일은 없으니까. 요즘 들어 결과도 결과지만 경과를 중요하게 여기는 분야는 참 어렵다는 생각이 들더라고."

도코 씨 말마따나 오오카 씨는 다시 눈을 뜨지 못하리라. 하지만 그렇기에 더더욱 우리가 해줄 수 있는 일이 있을 거라고 나는 생각한다.

"근본적으로는 다르지 않지만……, 아닌 게 아니라 수술실은 치료를 목적으로 하니까요. 장기 요양 병동에는 회복될 가능성이 희박한 환자들만 모여 있고……."

"한쪽이 좋고 한쪽이 나쁘다는 뜻은 아니야. 그냥 전혀 다르구나 싶더라고."

그렇게 말하며 도코 씨는 소시지 머핀을 우물거렸다.

나는 장기 요양 병동에서만 일했기에 다른 데서 근무하다가 온 사람과 간호관이 다른 건 어쩔 수 없다고 생각했다.

도코 씨와 헤어져 집까지 혼자 걸었다. 맥도널드 앞의 벚나무에 꽃이 활짝 피어 있다. 오늘은 아침부터 햇살이 눈부시다. 고개를 들어 파란 하늘을 우러러보자 반짝거리는 꽃잎이 봄바람을 타고 나풀나풀 떨어졌다. 오오카 씨도 나처럼 나무를 올려다보면서 예쁘다고 생각했겠지. 나는 의식을 잃기 전의 오오카 씨를 만난 적이 없다. 자신이 완벽하게 가지치기를 한 아름다운 나무를 보고 만족스러울 때, 그는 어떤 얼굴로 웃었을까. 건강할 때는 어떤 사람이었을까. 완치될 가능성이 없는 환자를 보살피는 일은 때때로 한없이 헛헛하다.

"다녀왔어."

집에 돌아와 텔레비전 선반 위에 놓인 사진을 향해 인사했다.

뽀글거리는 폭탄 머리를 정수리 높이까지 올려 공 모양으로 묶고 헐렁한 티셔츠를 입고 있는 지나미의 사진. 미카도 지나미는 간호학부 시절의 친구이자 내가 간호사가 되자마자 함께 살기 시작한 룸메이트다. 지나미는 혈액내과에서 근무했다.

이 사진을 찍은 순간은 지금도 생생히 기억난다. 둘이서 미나토미라이에 놀러 갔던 날 관람차 안에서 찍었다. 지나미는 "높은 데는 무서워"라는 나를 놀리며 일부러 관람차를 세게 흔들었다. 내가 "하지 마!"라며 화를 내자 건너편에 앉아 "미안, 미안." 하면서 웃던 지나미의 얼굴이 너무나 다정해 보여서 나도 모르게 스마트폰을 꺼내 들었다. 카메라를 켜고 촬영 버튼을 누르는 손가락이 떨렸다. 그 순간의 풍경과 소리와 냄새, 거기다 높은 곳에 올라와서 느낀 두려움까지 죄다 사진에 담고 싶었다. 이 세상에 우리 둘밖에 없는 듯한 느낌마저 들었다. 푸른색과 오렌지색이 뒤섞인 채 저물어가던 봄날의 하늘빛을 절대로 잊을 수가 없다.

"오늘 또 '미련'을 봤어."

지나미는 아름다운 하늘을 배경 삼아 웃기만 하고 아무 말도 하지 않는다.

"오오카 씨가 말을 할 수 있으면 좋겠다는 생각이 잠깐 들었어. 의식이 돌아오지 않는 환자에게만 해줄 수 있는 간호도 분명히 있다, 환자를 있는 모습 그대로 존중해야 한다, 그걸 머리로는 알지만 오오카 씨가 자기 입으로 직접 하고 싶은 말이 있는 게 아닌가 싶기도 하고……아, 정말 난 안 되나 봐."

지나미가 투덜거리는 나를 본다면 사진과 똑같은 부드러운 미소를 지어주지 않을까. "네 잘못이 아니야. 그런 마음이 들 때도 있어." 이렇게 말하면서 나를 위로해주겠지. 지나미는 어떤 상황에서나 나를 인정해주었다.

"좀 자야겠어, 잘 자."

사진에 인사를 건네고 소파에 누웠다. 샤워를 하고 싶지만 맥 모닝을 먹고 배가 불러서인지 갑자기 졸음이 몰려왔다. 눈을 감자 눈꺼풀 뒷면에 그날 관람차에서 봤던, 농도가 다른 색상이 펼쳐지던 하늘이 떠올랐다. 연한 공기가 몸을 감싸는 느낌이 들면서 그대로 곯아떨어졌다.

눈을 떴을 때는 실내가 어두운 탓에 내가 얼마나 잤는지 알 수 없었다. 손을 뻗어 거머쥔 스마트폰 화면에 15시 20분이라는 숫자가 떠올랐다. 퇴근 후에 아무 일도 안 하고 내리 잠만 잤다고 생각하니 왠지 손해 본 기분이 들었다.

"아아, 너무 많이 잤어……."

혼잣말을 중얼거리며 몸을 일으켰다. 눈을 비비자 미처 지우지 못한 굳은 마스카라 부스러기가 후드득 떨어진다. 느릿느릿 일어나 세면실로 갔다. 일에 지쳐 피곤해 보이는 얼굴이 거울에 비쳤다. 지나미는 걸핏하면 "넌 동안이라서 좋겠다"라고 했지만, 지금 내 눈에 보이는 건 마스카라가 번지고 야윈 개구리처럼 생긴 동그란 얼굴이다.

옷을 홀딱 벗고 욕실로 들어가 클렌징 오일로 화장을 지웠다. 머리 위로 떨어지는 뜨거운 물줄기로 샤워를 하면서 얼굴도 같이 씻었다. 뜨거운 물에서는 언제나 좋은 냄새가 난다. 뜨거운 공기를 폐 속 깊이 들이마시고 나니 몸이 잠에서 깨어난다.

오오카 씨가 사다리에서 떨어졌을 당시의 상황을 자세히 파악하면 '미련'에 관해 조금이나마 알아낼 수 있지 않을까. 나는 샤워를 하면서 응급실에서 일하는 동기의 얼굴을 떠올렸다.

"네가 말한 환자 말이야, 그레이스 미나토다이라는 아파트에서 작업했었나 봐."

동기인 다카하라 료스케는 풋콩을 집어먹으면서 느긋하게 말했다. 붙임성이 좋고 다정한 남자다. 내게는 삼보마스터라는 밴드를 좋아하는 오빠가 있는데, 그 밴드의 보컬과 얼굴이 닮았다는 이유로 이 친구를 내 맘대로 삼보라고 부른다. 물론 삼보는 삼보마스터를 알지 못한다.

"그레이스 미나토다이라면 병원 근처 거기?"

"그래. 왜, 벽이 갈색 벽돌로 된 아파트 있잖아. 거기야."

삼보는 맥주잔을 비우더니 점원을 호출하는 벨을 눌렀다. 주간 근무였던 삼보에게 오오카 씨에 관해 궁금한 게 있다고 연락했더니 퇴근 후라면 만날 수 있다는 대답이 돌아왔다. 나는 삼보가 좋아할 만한 술집을 골라 룸을 예약했다.

"쓰러진 장소가 현관 근처 인도라고 적혀 있었어. 신고한 사람은 아파트 주민인데, 아파트 쪽으로 걸어가면서 O씨가 사다리 위에서 작업하는 걸 봤대. 그래서 가지치기 작업하러 왔구나, 하며 걷다가 O씨가 비틀거리면서 떨어지는 순간을 본 거지. 허겁지겁 달려가서 구급차를 불렀다더라."

"그래서 사다리에서 떨어졌다고 확실히 말했구나."

목격자가 있었다.

"맞아. 그런데 떨어졌을 때 O씨가 휴대전화를 손에 쥐고 있더래."

"휴대전화를 쥐고 있었다고?"

"그렇다니까."

점원이 삼보가 주문한 맥주를 들고 왔다. 둘이 이야기를 하다가 자기만 들어오면 입을 다물어버리니 점원 입장에서는 우리가 수상한 손님으로 보일지도 모른다.

"그건 그렇고, 넌 왜 그걸 신경 쓰는 건데?"

나는 우롱차를 마시던 빨대를 빙글빙글 돌렸다. 얼음이 녹아 색이 옅어진 우롱차를 내려다보며 "그냥." 하고 얼버무렸다. 삼보에게도 '미련'에 관해 이야기한 적은 없다.

"한 사람한테 너무 매달리면 안 돼."

삼보가 닭튀김을 우걱우걱 씹으며 한마디 했다.

"응, 그건 나도 알아. 고마워."

병원 내의 어느 분야에서 근무하건 사적으로 특정 환자에게 깊이 관여하는 것은 바람직하지 않다. 이성적으로 간호하지 못하고 공과 사도 구분하지 못해 치료에 아무런 도움이 되지 않는다. 어디까지나 간호사는 의료인으로서 환자와 접촉해야 한다. 하지만 무 자르듯 잘라지지 않을 때도 있다. 삼보도 그걸 알기에 내게 충고했겠지.

"그나저나 가토는 잘 지내?"

가토 히카리는 내 병아리다. 다시 말해 예전에 나는 가토의 프리셉터였다. 프리셉터에게 교육을 받는 신규 간호사를 '프리셉티'라고 하는데, 현장에서는 '프리셉터의 아이'라는 뜻으로 '병아리'라고 부르기도 한다. 현재 가토는 응급실에서 삼보와 함께 일하고 있다.

"아, 가토! 걔야 잘 지내지. 너무 잘 지내서 탈이야. 기가 세서 선생님들한테도 안 밀리니까 듬직하긴 한데 조마조마할 때도 있어."

삼보가 쓴웃음을 지었다. 주먹을 불끈 쥐고 의사 앞에서 반론하는 가토의 모습이 눈에 선해서 나도 웃음이 났다.

"가토는 처음부터 응급실을 지망했다면서? 그런 애가 장기 요양 병동으로 발령을 받았으니 프리셉터로서 고생깨나 했을 것 같은데?"

"응, 처음에는 힘들었어. 아무래도 자기가 원하던 과가 아닌 데로 가게 되면 의욕이 떨어지기 마련이니까. 그치만 장기 요양 병동에는 장기 요양 병동만의 장점이 있고, 앞으로 어느 분야로 가게 되든 여기서 환자를 간호했던 경험이 나중에 좋은 밑거름이 될 거라고는 똑똑히 알려줬어."

"그건 확실히 전해진 것 같더라. 가토는 이쪽에 온 지 아직 2년밖에 안 됐지만 환자를 '병'이 아니라 '사람'으로 대하는 게 눈에 보이거든. 환자를 최우선으로 여기고 진심으로 대한다고 해야 하나. 내가 보기엔 장기 요양 병동에서 근무한 보람이 있는 것 같아."

"그렇다면 다행이고."

가토는 자기만의 '신념'이 확고했다. 그렇기에 자신과 생각이 다른 사람을 만나면 정면으로 부딪쳤다. "네가 믿는 게 항상 옳은 건 아니야"라고 나무라자 "그건 저도 알아요. 그러니까 내 생각과 상대방의 생각을 부딪쳐보고 싶어요. 안 그러면 상대방의 진심이 안 보이거든요. 직접 맞부딪쳐봐야 상대방의 생각도 받아들일 수 있잖아요"라고 대꾸했다.

가토가 장기 요양 병동에 발령받은 해의 일이다. 한 1인실 환자의 침대 옆에 간이 화장실을 설치하자는 얘기가 나왔다. 그 환자는 몸의 한쪽이 마비되어 간호사가 도와주지 않으면 혼자서 휠체어도 탈 수 없었다. 더구나 몸에 마비가 오면 변비에 걸리기 쉬운 탓에 변비약을 복용해야 했고, 그러다 보니 화장실을 자주 들락거렸다. 그래서 휠체어를 타고 화장실까지 가느니 차라리 병실 안에 화장실을 놓아두는 편이 낫다는 말이 나온 것이었다.

그때 가토는 거세게 반발했다.

"간호사들 수고를 덜자는 거 아니에요? 그게 정말 환자를 위한 일이라고 생각하세요? 휠체어를 타면 병상에 누워 있는 시간도 줄어들고 재활에도 도움이 돼요. 아무리 1인실이라도 식사를 하는 방 안에 화장실이 계속 놓여 있으면 기분이 좋겠어요?"

가토의 말에도 일리는 있었다. 그러나 근무자가 몇 안 되는 밤에는 환자를 휠체어에 태울 시간이 없는 것도 사실이었다.

"간호사들 수고만 덜자는 게 아니야. 휠체어를 타고 화장실까지 가려면 환자도 힘들어. 게다가 조금이라도 늦으면 속옷도 더러워지고. 밤에는 환자를 병실에서 편히 쉬게 해주고 싶은 마음을 모르겠어?"

나는 설명했고, 가토는 진지하게 귀담아들었다. 그리고 다른 간호사들의 다양한 의견을 참고하여 저녁 식사 후부터 아침 식사 전까지만 병실에 간이 화장실을 두는 것으로 결론이 났다. 간호에 완벽한 정답은 없다. 환자의 증세와 특성을 고려하여 다 같이 의논하고 좋다고 판단한 방법 중에서 실현 가능한 쪽을 선택한다.

당시 "1년 차 주제에 당돌하네"라며 가토를 안 좋게 보는 선배가 있었을 수도 있다. 하지만 가토에게는 동료들의 평가보다 환자를 위한 간호가 더 중요했다.

나 역시 가토를 보면서 기가 세다는 생각을 했다. 나는 타인 앞에서 내가 믿는 정의를 서슴없이 내세우며 맞설 수 있을까. 삼보가 맥주잔을 기울여 잔을 비웠다.

"삼보, 집에 갈 때 그레이스 미나토다이에 잠깐만 들렀다 가면 안 될까?"

삼보는 나를 흘낏 보고 나서 "좋아"라고 대답했다.

그레이스 미나토다이는 교통량이 많지 않은 도롯가에 세워진 세련된 아파트였다. 위를 올려다보니 칠 층까지 있다. 한 층에 열 집씩이니까 다 하면 칠십 세대 정도 되려나. 갈색 벽돌벽이 군데군데 변색된 걸 보니 신축 아파트는 아닌 듯했다. 낮은 콘크리트 블록 위에 펜스를 설치해서 만든 외벽이 건물을 둘러싸고 있다. 건물 왼쪽 맨 끝에는 널찍한 계단이 몇 칸 있고 그 계단 위는 현관이었다. 현관 오른쪽, 그러니까 펜스 바로 안쪽에 커다란 나무 한 그루가 우뚝 서 있다.

나는 현관 근처의 인도로 다가갔다.

"이 나무 같은데?"

펜스를 훌쩍 뛰어넘는 이름 모를 키 큰 나무가 밤바람을 맞아 흔들리는 모습에서 청량감이 느껴졌다. 오오카 씨가 인도에 쓰러져 있었다고 했으니까 분명 이쯤에 사다리를 놓고 작업했겠지.

"그럴지도. 깔끔하게 다듬어놓은 거 보니까 사고 후에 다른 사람이 작업을 마저 했나 보네."

"응."

누군가가 사고나 질병으로 쓰러진다고 해서 할 일이 없어지지는 않는다. 오오카 씨가 의식을 잃고 누워 있는 동안에도 나무는 자라고 건물 관리는 해야 한다. 어디에 사는 아무개에게 무슨 일이 일어나더라도 세상은 변함없이 돌아간다. 어디선가 날아온 벚꽃잎이 하늘하늘 떨어졌다.

"이쯤에 사다리를 세워놨다 치고……, 사다리 높이는 몇 미터쯤 됐을까?"

콘크리트 블록 위에 올라서서 손으로 펜스를 잡고 위로 몇 발짝 올라갔다. 검은색 격자 모양 펜스는 간신히 발을 끼우고 올라갈 만했다.

"어이, 우즈키, 조심해."

삼보가 걱정스레 한마디 했다.

"알았어, 난 괜찮아."

혹시라도 '미련'과 연관된 힌트가 남아 있다면 절대로 놓칠 수 없다는 마음에 술은 마시지 않았으니 괜찮다고 속으로만 말하면서 펜스를 꽉 움켜쥐었다. 일 층이 인도보다 조금 더 높게 설계된 곳이라 펜스 위에 올라가지 않으면 내부는 보이지 않는다. 몇 발짝 올라간 상태에서 목을 쭉 빼고 안을 살펴보았다. 여기서는 일 층에 늘어선 여러 집들 중 맨 왼쪽 집밖에 보이지 않는다. 오오카 씨가 뭔가를 봤다면 역시 이 집이 아닐까. 그러나 커튼이 드리워져 있는 탓에 실내까지 확인할 수는 없었다. 점심 먹는 것도 잊어버릴 만큼 오오카 씨의 정신을 빼앗아간 대상을 찾을지도 모른다고 잔뜩 기대했거늘.

"뭐 좀 찾았어?"

삼보가 물었다. 펜스 위에서 좀 더 버티면서 창문과 주변을 둘러봤지만 아무런 움직임이 없었다.

"아니, 아무것도 없어"라고 대답하고 조심조심 펜스에서 내려왔다.

"탐정 놀이는 이쯤에서 그만둬. 우리가 해야 할 일은 원인을 찾는 게 아니잖아."

삼보가 입바른 소리를 했다.

"알아."

나도 잘 안다. 우리가 할 일은 입원한 환자를 간호하는 것이지 '미련'을 해소하는 것이 아니다. 그러나 이미 봐버렸으니 어쩔 수가 없다. 반드시 해소해야만 직성이 풀릴 것 같다. 포기할 마음은 없다. 하지만 삼보에게 더 이상 민폐를 끼칠 수는 없었다.

"그만 돌아가자."

내 말을 들은 삼보의 얼굴에 살짝 안도하는 표정이 스쳤다. 둘이 함께 시원한 봄밤을 거닐었다.

집에 돌아와 지나미의 사진을 쳐다보며 짧은 한숨을 내쉬었다. 지나미가 없는 집 안은 휑뎅그렁했다.

병동 휴게실에서 휠체어를 탄 환자와 환자 가족이 창밖을 내다보고 있다. 하늘은 푸르고 공기도 맑다. 이 계절에는 병원 앞의 벚나무가 잘 보여서 기분 전환에 도움이 될 것 같다.

오후 2시가 넘어 면회가 시작된 이 시간대는 하루 중 병동이 가장 시끌벅적해지는 순간이다. 그런데 오오카 씨는 가족이 없어서 찾아오는 사람이 거의 없다. 가끔 동료가 얼굴을 보러 온다던데 나는 아직 한 번도 마주친 적이 없다. 휴게실 앞을 지나 오오카 씨가 누워 있는 병실로 갔다. 삼보와 그 아파트에 다녀온 뒤로 이틀이 지났다.

"다리 운동 시작할게요."

나는 오오카 씨에게 말을 붙이면서 침대 옆으로 갔다. '미련' 속의 여자아이가 내 맞은편에 있다. 빈틈없이 닫혀 있던 커튼이 떠올랐다. 답을 알 수 없는 물음이 머릿속에서 빙빙 떠다녔다.

여자아이에게서 눈을 떼고 오오카 씨가 덮고 있던 이불을 천천히 걷었다. 계속 누워 있으면 신체의 여러 기능이 저하된다. 가만히 누워 있기만 해도 합병증이 늘어난다. 그중에서도 심부정맥 혈전증은 생명과 직결되는 무서운 합병증이다. 일반적으로 이코노미 클래스 증후군이라는 이름으로 더 잘 알려져 있다. 보통은 이 질환을 예방하기 위해 환자에게 탄성 기능이 있는 압박 스타킹을 신긴다. 그러나 당뇨병이 있는 오오카 씨에게 압박 스타킹을 신기면 도리어 말초 순환 장애를 일으킬 수도 있다. 그런 까닭에 타인의 손을 이용한 타동 운동이 꼭 필요하다.

타동 운동은 그다지 힘든 훈련은 아니다. 하지만 대충 하면 충분한 운동 효과를 얻을 수 없다. 꼼꼼하게 해야만 효과를 발휘한다.

오른손은 오오카 씨의 발목을 잡고 왼손은 무릎을 잡고서 천천히 무릎을 굽혀 다리를 복부 쪽으로 잡아당긴다. 다리를 폈다가 다시 굽힌다. 같은 동작을 천천히 여러 번 반복한다. 오랜 기간 정원수를 손질했던 장인의 다리. 오오카 씨가 서고, 걷고, 버티고, 일했던 다리. 아마 예전에는 더 단단했겠지. 지금은 색이 허연 데다 종아리 근육이 많이 줄고 정강이뼈도 툭 불거져 나와 있다. 하지만 지금 이 다리 역시 오오카 씨의 다리다.

"오오카 아저씨, 애쓰고 계시지?"

'미련' 속의 여자아이가 지켜보는 기분이 들어 얼결에 말을 걸었다. 역시나 대답은 없다. 내가 일방적으로 보고 있을 뿐, 서로 대화를 나누지는 못한다.

침대 반대쪽으로 가서 나머지 한쪽 다리를 잡고 같은 운동을 반복했다. 바로 옆에 여자아이가 있다. 나는 오오카 씨의 다리를 굽혔다 폈다 하면서 네가 누구인지도 금방 찾아낼 테니까 기다려줘, 라고 속으로 중얼거렸다.

눈을 뜨자 먼지가 암막 커튼 틈새로 스며든 가느다란 햇빛을 반사하며 반짝반짝 빛났다. 벽시계로 시선을 돌리니 시곗바늘은 10시를 지나 있었다. 쉬는 날은 늦잠을 자기 일쑤다. 나는 꾸물꾸물 침대를 빠져나왔다.

"우리가 해야 할 일은 원인을 찾는 게 아니잖아."

삼보에게 들었던 말이 머리 한쪽에 남아 있다. 무슨 뜻인지 알면서도 낮에는 그 아파트가 어떤 모습인지 확인하고 싶은 마음을 억누를 수 없다.

햄을 끼워 넣은 식빵으로 아침을 때우고 집을 나섰다. 오늘은 기분 좋게 따뜻한 날씨다. 그레이스 미나토다이는 걸어서 20여 분 거리에 있다. 내가 사는 빌라 앞에 심긴 벚나무에서 꽃잎이 춤추듯 떨어진다. 초목이 뿜어내는 향기와 흙 내음과 봄에만 느낄 수 있는 촉촉하고 달달한 바람이 나를 감쌌다.

사소한 거라도 좋으니 뭐든 알아내고 싶은 나머지 마음이 급해서 발걸음이 빨라졌다. 아파트 앞에 도착했을 때는 체온이 올라서 더울 지경이었다. 오늘은 혼자 온 터라 수상쩍어 보이지 않게 조심해야 한다. 펜스 위에 너무 오래 올라가 있으면 안 될 것 같아 확인만 하고 바로 내려왔다. 날씨가 맑은 대낮인데도 커튼이 굳게 닫혀 있고 빨래도 널려 있지 않았다. 이제 어쩌나. 그냥 내 착각일 뿐이고 이 집과 오오카 씨의 '미련'에 등장한 여자아이는 아무런 상관이 없는 걸까. 그건 아닐 거야, 이 집에 사는 사람만이라도 확인하고 싶은데. 그렇다고 무작정 아파트 안에 들어가서 서성거리면 수상해 보일 테고. 한동안 현관 앞에 서서 고민했다. 자동 개폐 장치가 달려 있지 않아서 들어가려고 마음만 먹으면 당장 들어갈 수 있다. 베란다 위치를 아니까 어느 집인지도 찾을 수 있다.

나는 "내가 옳은지 틀렸는지 확인하고 싶어요"라던 가토의 말이 아련히 떠올랐다. 그래, 일단은 내가 옳다고 생각하는 일을 하자. 해봤는데 제대로 안 되거나 실패하면, 그때 가서 다른 정의를 찾으면 된다. 그렇게 스스로를 다독이며 현관 계단을 올라갔다.

정방형의 복도식 아파트였다. 현관홀을 지나자 오른쪽으로 외부 복도가 길게 이어졌다. 현관에서 가장 가까운 집이 바로 그 집이다. 108호. 문패는 걸려 있지 않았다. 조용한 실내에서는 인기척도 나지 않는다. 가족용 아파트 같은데 혼자 사는 걸까. 다른 호실 앞에는 어린이 자전거가 놓여 있거나 우산이 몇 개씩 꽂혀 있지만 108호실 앞은 텅 비어 있다.

복도 맨 안쪽 집에서 한 여성이 나왔다. 나는 스마트폰을 꺼내 뭔가 확인하는 척했다. 가만히 서 있을 때도 스마트폰만 꺼내 들면 '스마트폰 하는 사람'이 될 수 있으니 참 편한 세상이다. 여성은 내 쪽은 눈곱만큼도 신경 쓰지 않고 그대로 현관을 빠져나갔다. 더는 아무도 마주치지 않았다. 큰마음 먹고 아파트 안까지 들어왔지만 수확은 없다. 하는 수 없이 왔던 길을 다시 돌아왔다. 올려다본 하늘은 짜증이 날 만큼 쾌청하다.

별다른 일정이 없었기에 집에서 빈둥거리며 시간을 보냈다. 늦은 점심으로 소스만 부으면 되는 파스타를 먹고 나서 요즘 즐겨 보는 드라마를 체크했다. 로맨틱 코미디인데 주인공이 애인의 외도를 알아챈 데까지 본 상태였다. 소파에 퍼질러 앉아 다음 편을 재생했다. 하지만 '미련'이 계속 생각나서 내용이 머리에 들어오지 않는다.

밖이 어둑어둑해져서 커튼을 쳤다. 그때 정신이 퍼뜩 들었다. 이 시간이면 일하러 나갔던 집주인이 돌아오지 않을까.

저녁 7시가 지났을 즈음 나는 또 그 아파트 앞에 와서 섰다. 해가 저물자 기온이 뚝 떨어졌다. 바깥은 어두워도 아파트 안은 환하다. 현관홀에 놓인 소파에 앉아 스마트폰을 만지작거리는 시늉을 하면서 시간을 보냈다. 한 시간쯤 지났을까.

"저기, 무슨 용건이라도?"

별안간 목소리가 날아와서 까무러치게 놀랐다. 야무지게 생긴 초로의 여성이 관리인실 창문으로 얼굴을 내밀고 있었다. 체인이 달린 가느다란 금테 안경을 쓰고 수상쩍다는 표정으로 나를 쳐다본다. 나는 애써 태연한 척하며 대답했다.

"아아, 여기서 친구를 만나기로 했는데요. 조금 늦나 봐요."

그러면서 스마트폰을 살짝 들어 보였다. 마치 방금 연락이 온 것처럼.

"……그러시군요."

관리인의 머리가 창문 안으로 사라졌다. 삼보의 말이 되살아났다. 내가 지금 뭘 하고 있는 건지. 이런 짓을 한들 무슨 의미가 있다고.

그때 중년 남성이 현관 안으로 들어왔다. 우편함을 확인하는 걸 보니 여기 사는 사람 같다. 숱이 적은 머리카락을 깔끔하게 빗어 넘긴 남성은 피곤한지 발걸음도 무겁고 얼굴도 어둡다. 검은색 비즈니스 가방과 비닐봉지를 쥐고 오른쪽으로 꺾더니 현관에서 제일 가까운 집, 즉 108호 문을 열고 안으로 들어간다. 저 사람이 108호 주민이었다니! 얼굴은 확인했다. 손에 들고 있던 비닐봉지에는 K마트라고 적혀 있었다. 여기서 가까운 작은 슈퍼다. 집주인 얼굴을 확인한 것도 수확이라면 수확인지라 약간 흥분한 상태로 아파트 밖으로 나왔다. 밤하늘에는 어슴푸레한 반달이 걸려 있다.

다음 날도 맑은 날씨가 이어졌다. 점심시간에 휴게실로 가니 먼저 와서 쉬고 있던 후배, 야마부키 가나데가 의자에 걸터앉아 샌드위치를 먹고 있다.

"우즈키 씨, 수고하셨습니다."

"응, 야마부키도 수고했어."

나는 가게에서 사온 주먹밥과 차를 테이블 위에 올려놓고 야마부키 옆에 앉았다. 기본적으로 간호사실에서는 아무것도 먹거나 마실 수 없다. 비위생적이라는 점이 가장 컸지만 환자와 보호자에게 불쾌감을 준다는 것도 한몫했다. 가능하면 잡담도 금해야 하고 소리 내어 울거나 웃어서도 안 된다. 그렇기에 문 하나를 사이에 두고 환자와 보호자의 얼굴이 보이지 않는 휴게실은 업무 중에 잠시 쉬었다 갈 수 있는 오아시스다.

"이건 미코시바 씨가 본가에 갔다가 사온 과자예요. 다 같이 먹으라며 여기 놓고 가셨어요."

테이블 위에 나가노 명과라고 적힌 상자가 하나 올려져 있고, 상자 안에는 낱개 포장된 과자가 들어 있었다. 벌써 몇 개 빈 걸 보니 야간 근무를 끝낸 사람들이 먼저 먹었나 보다.

미코시바 다쿠미 씨는 이 병동의 유일한 남자 간호사로 주임을 맡고 있다. 시원시원하고 기다란 눈매와 얇은 입술이 신비한 분위기를 자아내기 때문인지 환자와 보호자와 병원 직원들 사이에 팬이 많다. 결혼하기 전에는 수많은 환자 가족에게 밸런타인데이 초콜릿을 받았다는 일화의 주인공이기도 하다. 그때 미코시바 주임은 "초콜릿은 받을 수 없습니다. 죄송합니다"라며 정중히 거절하고, 화이트데이가 되자 초콜릿을 줬던 모든 사람에게 감사 편지를 돌렸다고 한다. 간호사실 앞에 '간호사는 선물을 받을 수 없습니다'라는 종이가 붙게 된 것도 미코시바 씨가 겪은 그 일 때문이라는 말을 들은 적이 있다.

병원 간호사는 전원 간호부에 소속된다. 그리고 간호부의 수장은 간호부장이다. 간호부장은 좀처럼 만날 기회가 없는 탓에 실제로 나는 입사식에서밖에 얼굴을 보지 못했다. 간호부장 밑으로 병동마다 수간호사가 있는데, 일반 간호사들에게는 이 수간호사가 병동에서 제일 높은 상사인 셈이다. 장기 요양 병동의 수간호사는 고사카 쓰바키 씨라는 여성으로, 최대한 절제해서 표현하자면 그 자리에 있기만 해도 사람들을 긴장하게 만드는 존재다. 특히 고사카 수간호사가 카랑카랑한 목소리로 안 좋은 소식을 전할 때면 다들 등줄기가 서늘해진다. 물론 환자와 보호자에게는 친절하고 깍듯하게 응대한다. 하지만 바짝 당겨 묶은 긴 머리와 살짝 위로 올라가게 그린 눈썹과 눈썹만큼 위로 올라간 눈매는 그냥 보기만 해도 겁이 난다.

수간호사 밑에는 주임이 둘 있고, 그 밑에 나 같은 평간호사가 있다. 주임 간호사는 평간호사와 수간호사 사이에서 완충재 역할을 담당한다. 특히나 미코시바 주임은 대형 빈백 소파처럼 우리를 너그럽게 감싸준다.

아사쿠라와 모토키가 휴게실로 들어왔다. 모토키가 큰소리로 "예!" 하고 대답한다. 아사쿠라가 뭔가를 가르쳐준 모양이다.

"두 사람도 과자 드세요."

야마부키가 자기가 사온 것처럼 과자를 권했다. 신입인 모토키를 '모토키 짱'이라고 부르는 사람은 야마부키뿐이다. 야마부키는 이제 2년 차인지라 처음으로 후배가 생겨서 기쁘다고 했다.

"고마워."

"고맙습니다."

아사쿠라는 샐러드와 조리빵을 테이블 위에 놓았다. 모토키도 가방에서 도시락을 꺼냈다.

"이거 엄청 맛있다고 소문 난 가게 과자예요."

야마부키가 나를 보면서 말했다. 야마부키는 디저트 종류라면 모르는 게 없다.

"그래? 기대된다."

나는 과자를 하나 집어 차 옆에 놓았다.

그때 야마부키가 땅이 꺼져라 한숨을 내쉬었다.

"왜, 뭐야?"

"그 인턴 말이에요, 일머리가 없어도 너무 없어요."

야마부키는 찹쌀떡처럼 희고 통통한 볼을 한층 더 볼록하게 부풀리며 올봄부터 함께 일하게 된 인턴 이름을 입에 올렸다.

"하하하. 그 사람 진짜 심하긴 심하더라."

나도 동의했다. 의사도 이런저런 의사가 있다. 환자를 치료하기 위해 최선을 다하는 사람이 대다수지만, 그중에는 착각에 빠져 사는 사람도 있다.

"자기는 실력도 없으면서 간호사를 하녀처럼 부리려 드는 거 보면 진짜 열받아요."

야마부키는 샌드위치를 냉큼 먹어치우고 나가노 명과로 손을 뻗었다.

"콧대가 하늘을 찌른다고 해야 하나, 자기가 제일 잘났다고 생각하는 의사가 실제로 있네요."

야마부키의 넋두리가 이어졌다. 하지만 여기서는 넋두리를 늘어놓아도 괜찮다. 휴게실에서는 허용된다. 간호사들끼리 모여 '백의의 천사'라는 옷을 잠시 벗어놓을 수 있는 공간이니까. 하지만 불평불만을 간호사실이나 병실까지 끌어들여서는 안 된다. 여기서 전부 토해내야 다른 곳으로 갖고 가지 않을 수 있다. 그러니 여기서라도 의사를 향한 원망을 표출하고 싶다. 의사들에게는 의국이라는 공간이 따로 있지만 의국에는 윗사람들도 있을 테니 의사들도 나름대로 고생이 많다는 생각이 들기도 한다.

"와, 이거 진짜 맛있어요. 겉은 바싹하고 속은 촉촉해요."

야마부키가 과자를 먹으며 밝게 말했다. 맞은편에 앉은 아사쿠라가 과자 두 개를 집어 들더니 하나는 모토키에게 건넸다.

"감사합니다, 잘 먹겠습니다."

모토키는 예의가 바르다. 일할 때도 우등생 느낌이 난다. 휴게실에 있을 때는 좀 더 편하게 있어도 된다고 말해주고 싶다. 하지만 지금은 프리셉터인 아사쿠라와 같이 있다. 아사쿠라와 모토키, 이 두 사람의 관계를 존중하고 되도록 참견하지 말아야지 다짐하면서 묵묵히 주먹밥을 입에 넣었다.

야마부키는 과자를 하나 더 먹으면서 스마트폰을 만지작거렸다. 간호사실에는 개인 물품을 들고 갈 수 없으므로 휴게실에 오지 않으면 스마트폰도 확인할 수 없다.

"우즈키 씨, 이거 좀 보세요. 너무 웃겨요."

야마부키가 보여준 것은 외국의 깜짝 카메라 동영상이었다.

한 남성이 인도에 세워뒀던 자전거에 앉았다. 그 순간, 안장이 스프링처럼 쑥 튀어나오고 움찔 놀란 남성은 요란스레 길 위로 넘어졌다. 이른바 '연출된 장면'일지도 모르지만 같은 패턴이 반복되는 그 영상은 확실히 재미는 있었다.

"이게 뭐야."

나도 따라 웃었다. 야마부키는 급소를 찔린 사람처럼 숨이 넘어갈 듯이 계속 웃는다. 이런 시간이 있어야 오후에도 힘을 낼 수 있다. 간호사 일이 고될 때도 있지만 동료가 옆에 있으면 마음이 든든해진다. 그런데 오오카 씨의 '미련'은 오늘도 침대 옆에 붙어 있다. 나는 오후에도 '미련'을 쳐다보면서 일을 해야 할 듯하다.

나가노 명과는 일을 끝내고 나서 먹으려고 가방에 챙겨 넣었다.

퇴근하고 저녁 7시가 지났을 때쯤 그레이스 미나토다이 근처의 K마트로 갔다. 108호실에 사는 남성은 이곳 비닐봉지를 들고 있었다. 지난번에 8시쯤에 집에 왔으니까 이 시간에 오면 만날지도 모른다는 생각이 들었다. 우연한 만남을 가장하며 슈퍼 안을 한 바퀴 돌다가 남성이 없는 것을 확인하고는 가게 밖으로 나왔다. 그러고는 때때로 스마트폰을 귀에 대고 통화하는 척 연기를 했다. 사람을 기다리는 것처럼 보이려나. 내내 가만히 서 있었더니 점점 추워졌다. 나는 제자리걸음을 하면서 밤하늘을 쳐다보았다.

30분 정도 기다렸을 때였다. 회사원 차림의 중년 남성이 지난번처럼 지친 얼굴로 이쪽을 향해 걸어왔다. 108호 남성이 분명하다. '미련'과의 관계는 아직 불분명하지만 이 사람에 관해서도 좀 더 알고 싶었다. 그래서 그를 따라 들어갔다. 가게 안에 들어간 남성은 캔 맥주 몇 개와 치즈 소시지를 바구니에 집어넣었다. 반주라도 마실 생각인가. 그다음에는 빵 코너로 가서 멜론빵과 치즈 찐빵을 담았다. 단것도 좋아하나 보군. 이번에는 사과 주스와 오렌지 주스를 고르더니 다시 과자 코너로 가서 초콜릿과 젤리 따위를 마구잡이로 바구니 안에 던져 넣었다. 그 모습을 보면서 나는 묘한 위화감을 느꼈다. 혼자 사는 중년 남성이 이런 걸 산다고? 하기야 주스와 과자를 좋아하는 중년 남성도 많이 있으니까. 어쩌면 혼자 사는 게 아니라 가족이 있을지도 모르지. 하지만 나는 그 집에 이 남성 외에 다른 사람이 출입하는 모습은 보지 못했다. 현관문 앞도, 베란다도 무척이나 썰렁했다.

남성이 계산을 마치고 가게를 나섰다. 나는 자연스럽게 남자의 뒤를 밟았다. 남성은 내가 미행한다는 사실을 꿈에도 모른 채 아파트 안으로 들어갔고, 나도 조금 긴장은 되지만 애써 아무렇지 않은 얼굴을 하고서 뒤따라 들어갔다. 남성이 열쇠로 문을 열고 108호실 안으로 사라졌다.

그나저나 이제 어쩐담. 중년 남성 하면 떠오르는 이미지보다 과자와 빵을 많이 샀다고 의심할 수는 없는 노릇이다. 하지만 어렴풋한 위화감이 지워지지 않는다. 팔짱을 낀 채로 아파트 복도를 서성거렸다. 오늘도 그냥 돌아가야 하나 싶은 낭패감에 현관홀에 놓인 소파에 기대어 앉았다.

그때 오토바이 소리가 들려서 내다보니 커다란 검은색 배낭을 멘 청년이 현관으로 들어오고 있었다. 음식 배달용 배낭이구나. 배달원은 내 앞을 빠르게 통과하더니 108호실 앞에 가서 섰다. 나는 귀를 바짝 세웠다. 배달원이 인터폰을 눌렀다.

"딜리버리 킹입니다."

"예."

안에서 남성의 목소리가 흘러나왔다. 잠시 후 현관문이 열리고 배달원 청년이 배낭에서 음식을 꺼냈다.

"여기, 안심 돈가스 세트와 어린이 런치 세트 맞으시죠?"

나는 무의식적으로 소파에서 벌떡 일어났다. 방금 어린이 런치 세트라고 했다. 역시 저 집에는 남성 말고도 누군가가 살고 있다. 말로 표현할 수 없는 불안감이 나를 덮쳤다. 의무감 비슷한 감정인지도 모르겠다. 동시에 '미련' 속 여자아이의 얼굴이 머릿속을 스쳤다. 쓸쓸해 보이던 눈빛이 되살아났다. 혹시 그 여자아이가 여기 있다면 오오카 씨가 미련을 보이는 이유를 알 수 있지 않을까. 확인해야 한다.

나는 급하게 현관을 빠져나가 베란다 쪽으로 갔다. 펜스 밑에 손을 넣어 돌멩이 몇 개를 집었다. 펜스 위로 올라가 108호실 베란다를 향해 돌멩이 하나를 던졌다. 탁, 하는 딱딱한 소리를 내며 베란다 안쪽에 떨어졌다.

뭔가 뒤가 켕기는 짓을 하고 있더라도 소리가 나면 신경이 쓰이겠지. 한순간이라도 커튼이 걷히면 그때 집 안을 살펴보면 된다. 돌멩이를 한 개 더 던졌다. 툭, 둔탁한 소리가 났다. 아무런 움직임이 없다. 돌멩이의 서늘한 감촉이 손바닥으로 전해졌다. 하나 더 던졌다. 실외기에 맞았는지 날카로운 금속음이 크게 울렸다. 그 순간 굳게 닫혀 있던 커튼이 활짝 열렸다. 중년 남성이 얼굴을 빼꼼 내밀었다. 나는 들키지 않게끔 나무 밑에 숨어서 커튼 사이로 드러난 실내를 살폈다. 그러다가 히익, 하고 작게 비명을 내질렀다. 커튼 틈새로 바닥에 앉아 있는 여자아이 모습이 시야에 잡혔다. 한쪽 발목에는 밧줄이 칭칭 감겨 있고 밧줄 끝에는 큼지막한 덤벨까지 달려 있다. 족쇄다. 긴 머리카락을 두 갈래로 묶고 흰색 티셔츠와 연분홍색 치마를 입고 있다. 오오카 씨의 '미련'에 등장한 여자아이이다.

찾았다……찾았어! '미련' 속 여자아이의 신변이 위태롭다. 그 남성이 아버지라 하더라도 이건 엄연한 학대다. 나는 펜스 위에서 풀쩍 뛰어내려 현관홀로 달려갔다. 관리인실엔 아직 불이 켜져 있었다.

"관리인 아주머니! 계세요?"

큰소리로 외치자 창문에 달린 레이스 커튼을 걷고 금테 안경을 쓴 여성이 얼굴을 내밀었다.

"무슨 일이에요? 아, 당신은 지난번에."

요전에 내게 수상쩍다는 눈길을 보냈던 관리인이 나를 기억했다.

"저기요, 108호에는 남성이 혼자 사는 거 맞아요?"

나는 마음이 급해서 빠르게 말을 쏟아냈다.

"예에?"

"딸이랑 같이 살아요?"

"입주민의 개인 정보를 함부로 알려줄 수는 없어요."

"그건 아는데요, 제가 지금 그 집에서 발에 족쇄가 채워진 여자아이를 봤거든요."

초조한 나머지 혀가 꼬여 발음이 분명치 않다. 관리인은 미간을 잔뜩 찌푸린 채 내 말이 사실인지 파악하는 눈치였다.

"사실이에요. 베란다 창문으로 봤어요. 흰색 티셔츠와 연분홍색 치마를 입고 머리를 두 갈래로 묶은 여자아이였어요. 발목에 밧줄이 묶여 있고 덤벨 같은 게 달려 있었다고요!"

관리인은 나를 빤히 쳐다보다가 바로 옆에 놓인 파일처럼 생긴 것을 펼쳤다. 입주자 정보가 기록되어 있는 서류인 듯했다.

"여자아이, 랬죠?"

"네. 열 살쯤 된 여자아이예요."

"발목에 밧줄이 묶여 있던 게 확실해요?"

“두 눈으로 똑똑히 봤어요!”

내 말을 믿게 하려면 간곡하게 호소하는 수밖에 없다. 관리인은 팔짱을 낀 채 눈을 감고 생각에 잠겼다. 쉽게 도와줄 리가 없지. 한 번 더 밀어붙이려고 입을 연 순간, 관리인이 눈을 부릅뜨더니 창문 옆의 문을 열고 나왔다. 마르고 키가 작은 여성이었다. 허리가 꼿꼿하고 자세가 발랐다.

“108호라고 했죠?”

“네. 맞아요.”

관리인은 종종걸음을 치며 108호실 앞으로 가서 인터폰을 눌렀다. 잠시 틈이 있고 나서 ‘예’ 하는 남자 목소리가 새어나왔다.

“안녕하세요. 관리인 가지인데요, 늦은 시간에 찾아와서 죄송합니다. 잠깐 집 안을 좀 둘러봐도 될까요?”

“예에? 지금요? 무슨 일입니까?”

“죄송합니다만, 이 댁에서 반려동물을 키우시는 것 같다는 투서가 들어와서요. 안 키우시더라도 제가 확인을 하고 나서 관리회사에 연락을 해야 하거든요. 죄송합니다, 저도 일이다 보니 어쩔 수가 없어요.”

관리인의 입에서 거짓말이 술술 나왔다. 능란한 말솜씨에 입이 다물어지지 않았다.

"하아……반려동물은 안 키웁니다. 집이 어질러져 있어서 오늘은 그냥 돌아가주셨으면 하는데요……."

관리인은 "……알겠습니다. 실례했습니다"라며 의외로 깔끔하게 물러났다.

"어쩌시려고요?"

나는 관리인 옆에 바짝 붙어 섰다.

"혹시 모르니까 경찰 불러야죠. 대답할 때 살짝 동요하는 기색이 느껴지더라고요. 혼자 사니까 집 안을 보여줘도 될 텐데 말이죠. 일단 지금은 당신을 믿어볼게요. 아무 일 없으면 다행이고요."

그렇게 말하면서 관리인은 주머니에서 스마트폰을 꺼내 들었다.

평상시보다 일찍 눈이 떠졌다. 잠을 깊이 못 잔 느낌이다. 경찰과 말할 기회가 그리 흔한 게 아니니까 긴장해서 기진맥진한 걸까. 출근 시간까지는 아직 여유가 있으니 느긋하게 아침이나 먹어야겠다. 인스턴트 단호박 포타주에 물을 부어 숟가락으로 휘휘 저으면서 갓 구운 토스트를 우걱우걱 씹었다.

출근하자마자 오오카 씨의 침대 옆으로 가서 조용조용 말을 걸었다.

"오오카 씨, 그레이스 미나토다이에 있던 여자아이는 무사히 구출됐어요."

관리인이 경찰에 연락해서 사정을 설명했다. 나도 경찰에게 질문을 받았다. 경찰은 만약을 위해 집 안을 수색했고 여자아이를 찾아냈다. 여자아이는 그 남성의 딸이 아니라 그가 속여서 데려온 아이였다고 한다. 남성은 현행범으로 그 자리에서 체포되었다.

경찰은 "잃어버린 귀걸이를 찾다가 우연히 집 안을 보게 됐어요"라는 내 말을 손톱만큼도 의심하지 않고 행방불명됐던 여자아이를 찾게 해줘서 고맙다며 인사까지 했다.

하지만 그 아이를 찾은 사람은 내가 아니다. 오오카 씨다.

경찰 조사에서 남성은 부모님이 돌아가신 뒤로 쭉 혼자 살다 보니 외로워서 가족이 갖고 싶었다고 말했다고 한다. 아파트 부근에서 여자아이를 발견하고는 '이런 딸이 있으면 좋겠다'라는 욕심이 생겨 아이에게 말을 걸고 집으로 데려왔다. 그랬기에 아이에게 제때제때 먹을거리를 주고 못된 장난질은 치지 않았다고 한다. 하지만 자신의 욕심을 채우기 위해 타인을, 하물며 자기보다 약한 아이를 상처 입히는 짓은 결단코 용납할 수 없다.

그런데 똑같이 가족이 없지만 혼자서 병마와 싸우는 오오카 씨가 가족을 갖고 싶다는 욕심 때문에 선을 넘어버린 남자의 범죄를 밝혀냈다. 왠지 숙명 같다는 느낌이 드는 건 내 눈에 '미련'이 보이기 때문일까.

"오오카 씨, 그 여자아이 목소리를 들으셨어요? 약을 복용하면 바로 밥을 먹어야 한다는 것마저 잊고 서둘러 사다리에 올라가서 확인했다는 건 도와달라는 목소리를 들어서겠죠? 족쇄가 채워진 여자아이가 보였다. 경찰에 신고하려고 부랴부랴 스마트폰을 꺼냈지만 혈당 수치가 떨어져 의식을 잃었다. 그렇게 된 거 아닌가요?"

오오카 씨가 꼭 도와줘야 한다고 강하게 마음먹은 순간에 그의 눈동자에 새겨졌던 여자아이의 불안해 보이는 모습이 '미련'으로 남은 게 아닐까.

나는 묵묵부답인 오오카 씨를 상대로 말을 계속했다. 당신이 목숨보다도 우선시했던 여자아이는 무사해요. '미련'을 해소했어요. 의식이 없어도 청력은 가장 마지막까지 남는다고 한다. 부디 내 목소리를 들을 수 있기를 기도하며 오오카 씨의 손을 살포시 잡았다.

"우즈키 씨, 수액 더블 체크 좀 해주시겠어요?"

야마부키의 목소리를 듣고서야 정신이 돌아왔다.

"오케이."

나는 그렇게 대답하면서 침대 옆을 떠났다.

수액 확인을 마치고 다시 오오카 씨의 병실로 돌아오니 여자아이는 사라지고 없다. 창문 밖으로 햇빛을 받아 반짝이는 벚꽃잎이 흩날리고 있었다.

2화

누구도 혼자가 아니다

가랑비가 창문을 적셨다. 간토 지방은 예년과 비슷한 시기에 장마가 시작되어 기온이 낮은 날이 이어지고 있었다. 이곳 요코하마도 조금 쌀쌀하다. 주간 근무 날 아침에 인수인계를 받고서 병실을 순회하기 위해 간호사실을 나섰다. 맨 먼저 찾아갈 곳은 남성용 4인 병실이다.

“안녕히 주무셨어요? 주간 담당 우즈키입니다.”

인사를 건네며 병실 안으로 들어가 창가 바로 옆 침대로 걸어갔다. “실례할게요”라는 말을 먼저 하고서 칸막이 커튼을 열고 들어갔다.

침대 등받이를 세우고 비스듬히 기대앉은 세키 씨가 코에 달린 산소 튜브를 손으로 만지며 미소를 지어 보였다. 희끗희끗한 다박수염과 햇볕에 검게 그을린 얼굴을 보면 우두머리 기질이 있는 세키 씨가 지금까지 얼마나 열심히 살아왔을지 상상이 간다.

세키 시게오 씨는 60세 남성인데 간질성 폐렴으로 입원 중이다. 간질성 폐렴이란 폐렴이라는 이름이 붙어 있지만 일반적인 폐렴과 다르게 폐포의 벽을 구성하는 조직이 서서히 굳어지는 질병이다. 발병 원인은 분명하지 않다. 세키 씨는 산소를 흡입하며 자택에서 치료를 받았으나 합병증인 폐암도 있는 데다 급작스레 용태가 나빠지는 바람에 입원하게 되었다. 지금은 침대 머리맡 벽에 달린 산소공급기에 튜브를 연결하여 산소를 계속 공급하고 있다. 치료 경과를 낙관할 수 없어 남은 시간은 두 달 정도 될 것으로 내다보고 있다.

환자 본인에게도 예후가 좋지 않다고 미리 알렸지만, 세키 씨는 우스갯소리도 잘하고 간호사들과 잡담을 즐기면서 밝은 모습을 보여준다. 숨이 차고 몸도 나른할 테니 무리하지 않기를 바라면서도 환자가 밝게 행동할 때는 환자에게 맞춰주려고 하는 편이다. 예후가 좋지 않다고 해서 백이면 백 모두 절망에 빠지는 것은 아니다. 남은 시간이 얼마 없기에 더더욱 즐겁게 살고 싶어 하는 사람도 있다. 가령 그게 고집에 불과하더라도 그 마음을 존중하는 자세는 중요하다.

"좋은 아침일세. 오늘 낮에는 우즈키 짱 담당이구나, 잘 부탁하네."

예, 하고 대답하려는 찰나 온화한 미소를 머금은 미코시바 주임이 "안녕하세요?" 인사하며 커튼을 열고 얼굴을 내밀었다.

"세키 씨, 몸은 좀 어떠세요?"

"그럭저럭, 나쁘지는 않네."

"그렇다면 다행입니다. 무리하지 마시고 뭐든 편하게 말씀해주세요."

"괜찮아, 괜찮아! 우즈키 짱이 오니까 기운이 펄펄 나네."

세키 씨의 우렁찬 목소리를 들은 미코시바 주임이 난처한 웃음을 흘렸다.

"아니, 또 이러신다니까……. 그렇게 부르면 안 된다고 했잖습니까. 간호사 이름에 '짱'을 붙이는 것도 성희롱에 걸릴 가능성이 있다니까요. 조심하셔야 합니다."

말투와 표정이 부드러운 만큼 더더욱 위엄이 느껴진다. 미코시바 주임에게는 상사로서 부하를 지켜야 할 책임이 있다.

"하하. 미안하네."

"잘 부탁드립니다."

미코시바 주임이 그 말을 남기고 자리를 뜨자 세키 씨는 혀를 쏙 내밀고 익살맞은 표정을 지었다. 나는 어깨를 으쓱해 보였다.

"저 사람이 주임이랬나?"

"네. 미코시바 주임이에요."

"상당한 미남이야."

"그런가요?"

확실히 미코시바 주임은 '미남'이 맞지만, 여기서 동의라도 했다가는 "한번 대시해봐"라는 말이 날아올 것만 같다. 미코시바 씨는 결혼했어요, 라고 알려주는 편이 나으려나.

"혈압 잴게요."

대화를 주고받으며 세키 씨의 팔에 혈압계 벨트를 감았다. 위잉, 소리와 함께 세키 씨의 팔이 수축된다.

"숨 쉬는 건 좀 어떠세요?"

삑 소리가 나면서 혈압 측정이 끝났다. 120에 62. 괜찮은 수치다.

"그야 힘들긴 한데, 사내는 근성으로 버텨야지."

"근성으로 버티는 성격이시구나."

나는 작게 웃으며 산소유량계로 시선을 보냈다. 이상 없음. 산소는 무조건 많이 들이마신다고 좋은 것은 아니다. 과유불급이라는 말처럼 산소를 너무 많이 마셔서 위독해지는 경우도 있다. 의사가 환자에게 필요한 산소량을 진단하면 간호사는 그대로 투여한다.

"열도 확인할게요"라면서 세키 씨의 겨드랑이에 체온계를 끼웠다. 체온을 잴 때는 펄스 옥스미터를 손가락에 꽂는다. 펄스 옥스미터는 혈중 산소포화도를 측정하는 기기다. 92퍼센트. 나쁘지 않다. 건강한 사람의 혈중 산소포화도는 96퍼센트이고 그 밑으로 떨어지면 호흡할 때 힘이 든다. 그러나 간질성 폐렴 환자가 산소를 흡입해서 92퍼센트가 나오면 안정된 상태로 본다. 90퍼센트 밑으로 떨어지면 위험하다.

"체내 산소포화도는 문제없어요."

"그렇지? 내 근성이 이겼군."

삐삐삐, 전자음이 울린다. 겨드랑이에서 체온계를 빼냈다. 열도 없다. 큰 변화가 없다는 사실에 나는 일단 안심했다.

"도움이 필요하시면 호출하세요."

그렇게 말하고 커튼 밖으로 나가려는데 등받이가 세워져 있어 보이지 않던 사각지대, 그러니까 침대 머리맡 바로 옆에서 웅크리고 있는 여성이 눈에 들어왔다. 흠칫 놀라 다리가 얼어붙었다. 삼십대로 보이는 여성이 머리를 아무렇게나 묶고 있었다. 캐릭터가 그려진 검은색 긴팔 티셔츠와 청바지라는 캐주얼한 차림이다. 맨얼굴에 쌍꺼풀이 진한 눈으로 잡아먹을 듯이 노려보고 있다. 손에는 뭔가를 쥐고 있다. 자세히 보니 돈이었다. 지폐 몇 장을 움켜쥐고 있다. 아직 아침 9시다. 이런 시간에 문병을 왔을 리는 없다. 거기다 여자의 몸은 희미하게 비쳐 보였다. 아, 세키 씨의 '미련'이다.

"우즈키 짱? 왜 그래?"

세키 씨가 나를 불렀다. 내가 아무 말 없이 갑자기 걸음을 멈췄기 때문이다.

"아, 아뇨, 아무 일도 아니에요."

세키 씨를 향해 웃어 보인 다음, 커튼 밖으로 나왔다. 커튼 아래쪽을 들여다보니 '미련'의 발이 보인다. 때가 탄 흰색 운동화는 낡아서 너덜너덜했다.

간호사실로 돌아와 세키 씨의 차트를 살펴보았다.

세키 시게오, 60세, 남성
현재 병력
50대 초반부터 숨이 찼으나 진찰은 받지 않고 상태를 지켜보고 있었음. 58세 때 간질성 폐렴과 폐암을 진단받음. 이후 자택에서 산소 요법을 시행함(쉴 때 3리터, 움직일 때 7리터까지). 6월 3일, 호흡 곤란으로 상태가 급격히 나빠져 응급 이송됨. 시한부 2개월을 선고받고 장기 요양 병동으로 이동. 흡연자(40년 이상).

흡연은 간질성 폐렴의 원인 중 하나다. 담배는 의존성이 높기 때문에 담배를 피우지 못하는 이 상황이 힘들 것이다.

인적 사항을 살펴보니 '과거에는 석공이었으며 발병하기 전까지는 샌드블라스트 기술자로 일했음'이라고 기록되어 있다. 샌드블라스트가 뭐지.

동그란 테이블 바로 옆에서 아사쿠라와 모토키가 대화를 나누고 있다. 이번 달로 프리셉터와 신입이 2인 1조로 일하는 기간이 끝나므로 독립을 준비하는 마지막 시기라 볼 수 있다. 아사쿠라의 새하얀 목덜미에 잔머리가 돋아나 있다. 가끔 보면 이 후배는 연하인데도 심장이 두근거릴 정도로 요염해 보일 때가 있다.

두 사람의 대화가 끝날 때까지 기다렸다가 아사쿠라에게 물었다.

"아사쿠라, 세키 씨가 샌드블라스트 기술자였다던데 그게 뭔지 알아?"

아사쿠라가 내가 들고 있는 단말기를 들여다보았다.

"아아, 그거요, 저도 궁금해서 세키 씨한테 물어봤는데요. 그게 뭐냐면, 묘비에 계명(스님이 고인에게 지어주는 이름-옮긴이 주)인가, 그런 걸 새기는 일이래요."

"석공이랑 달라?"

"석공은 정이나 쇠망치를 들고 하는 수작업이지만요, 샌드블라스트는 기계에 들어 있는 작은 모래들을 엄청난 기세로 내뿜어서 묘비를 파내는 일인가 보더라고요."

"고압 세척기랑 비슷한 방식이에요."

때마침 간호사실로 돌아온 미코시바 주임이 대화에 끼어들었다.

"작업할 때 고글과 마스크를 쓰긴 하는데, 자잘한 돌가루가 엄청나게 튀는 모양이에요. 어쩌면 직업이 간질성 폐렴에 영향을 미쳤을지도 모릅니다."

미코시바 주임도 샌드블라스트에 관해 알아본 모양이다.

"아아. 그게 원인 중 하나일 수도 있겠네요."

그렇게 납득하면서 미코시바 주임을 쳐다보니 간호사복 가슴 주머니에서 달랑거리는 갈색 사슴을 닮은 작은 캐릭터가 내 눈동자에 달라붙었다. 볼펜 클립 부분에 매달려 있었다. 미코시바 주임이 내 시선을 따라가다가 자기 가슴 주머니를 확인하고는 살짝 얼굴을 붉혔다.

"가모시칸이라는 영양 캐릭터인데……왜요?"

"가모시칸?"

"나가노에서 밀고 있는……무명의 마스코트예요. 지난번에 본가에 갔을 때 고향을 응원하는 마음으로 샀어요."

작은 목소리로 변명처럼 말하는 미코시바 주임을 앞에 두자 그의 낯선 일면을 엿본 것 같아 기분이 얼떨떨했다. 문득 시선을 들고 보니 반대편에 앉아 고개를 떨어뜨린 야마부키의 어깨가 미세하게 떨리고 있다. 억지로 웃음을 참는 듯했다.

"귀엽네요."

"……고맙습니다."

민망한지 고개를 숙이고 있는 미코시바 주임을 더 이상 곤란하게 하면 안 되겠다는 생각에 나는 단말기로 눈을 돌렸다. 세키 씨의 '미련'에 대해 생각하던 중이었다.

세키 씨에게는 부인과 두 자녀가 있다. 자녀는 둘 다 아들이다. 그렇다면 그 여성은 누굴까.

일을 하는 내내 머리맡에 있던 그 여성이 마음에 걸렸다. 그렇게 사나운 표정을 지을 일이 뭐가 있을까. 지금도 그런 표정을 지어야만 하는 상황에 놓여 있는 걸까. 움켜쥐고 있던 돈은 반가운 돈이 아닐지도 모른다.

"우즈키 씨, 잠깐 시간 있으세요?"

일을 마치고 탈의실에서 옷을 갈아입는데 아사쿠라가 먼저 말을 걸어왔다. 모토키는 옆에 없었다.

"왜? 모토키는 어디 가고?"

"모토키는 퇴근했어요."

"그렇구나. 근데 무슨 일 있어?"

"잠깐 의논하고 싶은 일이 있어서요."

아사쿠라는 벌써 간호사복을 벗고 검은색 블라우스와 연한 색상 청바지를 입고 있었다. 인턴들은 각 병동을 돌면서 수련을 해야 하는데, 장기 요양 병동에 오는 남자 인턴 중 몇은 꼭 아사쿠라에게 수작을 건다. 아사쿠라는 어딘가 애처로운 느낌을 풍기는 미인이다. 그런데 지금은 표정이 어둡다.

"나라도 괜찮다면 들어줄게. 같이 밥이라도 먹을까?"

"그래도 돼요?"

"물론이지. 저쪽에 회전초밥 먹으러 갈래? 요전에 도코 씨랑 같이 갔었는데 맛있었어."

"도코 씨가 선택했으면 맛집이 틀림없겠네요."

바다가 없는 지역에서 자란 도코 씨의 초밥 사랑은 유명한지라 아사쿠라는 이제야 희미한 미소를 내비쳤다. 나는 서둘러 옷을 갈아입고 아사쿠라와 함께 병원 밖으로 나갔다.

장마철 하늘에는 구름이 두껍게 깔려 있었다. 안개비가 흩뿌린 냉기가 온몸에 들러붙었다. 긴팔 티셔츠 한 장만 입었더니 추웠다. 아사쿠라도 블라우스 차림이라 추운지 어깨를 움츠렸다. 아사쿠라가 먼저 입을 열기를 기다렸더니 둘이 침묵을 지키며 걷는 꼴이 되고 말았다. 쏠쏠 내리는 가느다란 빗소리만이 귓가에 울린다.

15분가량 걸어서 욧짱 초밥에 도착했다. 욧짱 초밥이라는 상호는 이 가게에서 기르는 상어 이름에서 따왔다고 한다. 가게 입구에 놓인 큼지막한 수조 안에서 길이 30센티미터 정도 되는 상어가 헤엄을 치고 있다. 수조에는 '간판 상어 욧짱'이라는 푯말이 붙어 있다. 지난번에 왔을 때 도코 씨가 "이거, 나중에 먹는 걸까?"라고 진지하게 묻는 바람에 픕 하고 웃음을 터뜨렸었다. "가게에서 키우는 거겠죠"라고 대답하고 나서 혹시 몰라 스마트폰으로 검색했다가 실제로 초밥으로 먹는 상어도 있다는 걸 보고 놀라 서로의 얼굴을 빤히 쳐다보았었다. 아무튼 상어는 둘째치고, 맛있는 초밥집을 찾아다니는 도코 씨 입에서 감탄사가 터져나온 가게인 만큼 맛은 확실히 보장할 수 있다.

가게 안에 들어서자 컨베이어 벨트 안쪽에 요리사가 서 있다. 여기서는 컨베이어 벨트 위로 줄을 지어 지나가는 초밥을 먹어도 되고, 요리사에게 먹고 싶은 초밥을 직접 주문해도 된다. 물론 자리에 놓인 주문서에 적어서 건넬 수도 있다. 낯가림이 심한 사람에게는 요리사에게 말을 거는 것조차 걸림돌이 될 수 있으므로 이렇게 유연하게 대응하는 초밥집을 나는 좋아한다.

카운터 자리에 아사쿠라와 나란히 앉았다.

"난 서덜탕부터 시킬 건데 아사쿠라는 어떡할래?"

"서덜탕 좋네요. 저도 먹을래요."

저기요, 하고 부르자 요리사가 "어서 오십시오!" 하고 우렁찬 목소리로 대답했다.

"서덜탕 두 개 주세요."

"옛, 서덜탕 두 개!"

요리사가 큰소리로 복창했다. 아사쿠라의 고민을 듣기에는 좀 더 조용한 가게가 나았으려나 하는 생각이 뒤늦게 들었다. 아사쿠라는 찻잔에 녹차 가루를 넣고 카운터에 부착된 정수기에서 온수를 따라 내 몫까지 녹차 두 잔을 준비했다.

"숙녀분들, 서덜탕 나왔습니다!"

요리사가 국물이 넘칠 것 같은 큼지막한 국그릇 두 개를 카운터 위에 내려놓았다.

"고맙습니다. 잘 먹겠습니다."

두 손으로 그릇을 받쳐 들고 쭉 들이켰다. 하아, 두 사람의 입에서 안도의 숨이 동시에 새어나왔다. 서덜탕은 국물이 진해서 굉장히 맛있었다. 비 때문에 얼었던 몸이 스르르 녹는 기분이다.

"아아, 따끈따끈하다."

아사쿠라가 길게 숨을 내쉬며 말했다.

"그러게, 몸도 녹여주고, 맛도 좋고."

"우즈키 씨, 뭐 드실래요?"

아사쿠라가 주문서를 손에 들었다.

"음. 연어 알만 빼면 뭐든 다 괜찮아."

"연어 알 못 드세요?"

"응, 잘 못 먹어."

"그 맛있는 걸 못 먹다니 너무 안타깝네요."

아사쿠라는 홋카이도 출신이니까 어릴 때부터 신선하고 맛있는 해산물을 자주 먹었을 것이다. 모토키의 프리셉터를 결정할 때도 같은 고향 출신이라는 점이 영향을 끼친 듯했다. 아사쿠라는 삿포로, 모토키는 나카시베쓰 쪽이라고 했다.

나는 가리비와 참치와 전갱이를, 아사쿠라는 성게와 연어 알과 연어를 주문했다. 아사쿠라는 그것들을 다 먹고 나서야 비로소 본론을 꺼냈다.

"오늘 의논하고 싶었던 건……, 모토키에 관해서예요."

"그래."

얼추 예상은 하고 있었다. 프리셉터를 하다 보면 걱정스러운 일이 생기기 마련이다.

"얼마 전에 1인실에 입원해 있던 S씨가 스테르벤했잖아요."

스테르벤했다는 건 간호사들끼리 자주 쓰는 말인데, 스테르벤(sterben)은 사망을 뜻한다. 간호사실 안에서 간호사들끼리 '사망했다'라는 말을 주고받았더라도 그 말이 다른 환자나 가족 귀에 들어가면 분위기가 뒤숭숭해질 수밖에 없다. 또 병원 밖에서 '누가 죽었대' 같은 이야기를 입에 올릴 수는 없으므로 우리끼리는 의료계에서만 통하는 전문용어와 은어를 곧잘 쓴다.

"그때 저랑 모토키가 담당이었거든요."

1인실의 S씨는 간암 말기 환자였는데, 통증을 줄이고 여생을 잘 마무리하기 위해 장기 요양 병동에 입원해 있었다.

"모토키는 환자가 스테르벤하는 걸 처음 봤거든요. 그런데 뭐랄까, 너무 무덤덤해 보였어요……."

"환자 가족들 앞이라서 억지로 참았던 거 아닐까?"

"아마 그렇겠죠. 그런데 가족들이 다 나가고 저희끼리 엔젤 케어할 때도……왠지 모르지만 슬퍼 보이지는 않았어요."

엔젤 케어란 간호사가 병실에서 죽은 환자의 사후 처치를 하는 것을 말한다. 몸 전체를 깨끗하게 닦아내고 입과 콧구멍에서 체액이 흘러나오지 않도록 솜으로 막는 등의 일을 하는데, 요즘은 흡수성이 뛰어난 폴리머를 넣어서 만든 고성능 엔젤 케어 용품을 사용하기 때문에 신속하고 꼼꼼하게 처치할 수 있다. 몸을 닦고 옷을 갈아입히는 일은 가족과 함께 하기도 하지만 의료 기기를 제거하고 솜을 넣는 일은 가족을 내보내고 나서 하는 게 일반적이다.

"저는 신입일 때 스테르벤한 환자를 처음 보고 너무 충격을 받아서 정신을 못 차릴 지경이었거든요. 실제로 사람이 죽는 순간을 목격하고 나서 한동안은 트라우마에 시달렸어요. 이렇게 차가워지는구나, 이런 색으로 변하는구나, 어쨌든 너무 괴롭고 무섭고 슬펐어요."

처음으로 환자의 임종을 지켜보는 일은 신규 간호사가 넘어야 할 장벽 중 하나다. 학생 시절 열심히 공부하고 실습 때 여러 환자를 경험하더라도 간호사가 되어 매일 간호하던 환자가 눈앞에서 사망하는 모습을 보게 되면 충격이 어마어마하다. 나 역시 그랬다.

"알지. 나도 그랬으니까. 처음으로 내 눈앞에서 숨을 거둔 환자 이름과 병명을 지금도 기억하는걸. 방금까지 살아 숨 쉬고 있었던 걸 생각하면 소름이 끼치도록 무섭지."

"네. 진짜 무서웠어요. 근데 모토키는 자기가 해야 할 일을 척척 해내고, 저한테 엔젤 케어 용품 사용법까지 물어보면서 메모를 하더라고요. 솔직히 제 눈으로 보고도 믿기지가 않았어요."

스스로 우등생을 자처하는 듯한 모토키의 행동거지는 나도 마음에 걸렸다. 삶을 마감한 환자 앞에서까지 그런 태도를 보인다면, 대체 언제 감정을 솔직히 표출하는 걸까.

"그렇지만 모토키가 환자들에게 함부로 하지는 않지?"

아사쿠라는 녹차를 한 모금 마신 다음, 고개를 끄덕였다.

"환자를 대할 때는 진심으로 다가가려고 노력하는 것 같아요. 감정이 없다거나 타인에게 공감을 못하는 부류는 아니라고 생각해요. 환자가 스테르벤해도 아무 느낌이 없는 사람은 아니겠지만……, 실제로 무슨 생각을 하는지 통 모르겠어요. 제가 남에게 의견을 물어보거나 세게 말하는 걸 거북해하는 성격이다 보니 모토키와 더 가까워지지 못하나 봐요."

아사쿠라가 어깨를 축 늘어뜨렸다. 기다란 앞머리가 고개 숙인 아사쿠라의 눈가에 그늘을 드리웠다.

"우즈키 씨는 가토의 프리셉터였잖아요. 그때 많이 힘드셨죠?"

아사쿠라와 가토는 동기다. 프리셉터로서 고민이 있으면 신입 시절 자신을 맡았던 프리셉터에게 상의하는 게 가장 좋겠지만, 아사쿠라의 프리셉터는 결혼 후에 병원을 그만둔 터라 그러기가 쉽지 않을 것이다. 그래서 동기의 프리셉터였던 나에게 말해보자고 결심하지 않았을까.

"응급실을 지망했는데 완전 엉뚱한 데 발령을 받은 가토가 안쓰러워 보이긴 했어. 의욕이 떨어지지는 않을까, 여기가 적성에 안 맞으면 어떡하지, 그런 걱정도 되고."

"적성이요?"

"응. 아사쿠라도 원래는 소아과를 지망했었지?"

"네, 학생 때는 그랬어요. 그런데 실습을 다녀보니까 너무 괴로워서 포기했어요."

"맞아, 소아과는 힘들지."

"진짜 못 버티겠더라고요……."

소아과는 대단히 힘든 분야 중 하나다. 환자들이 어려서 어른들처럼 치료 방침을 이해하지 못한다는 점도 있지만, 그보다 정신적으로 힘들다. 자그마한 몸으로 병마와 싸우는 어린아이를 보고 있으면 너무 대견해서 가슴이 미어진다. 그런 만큼 어린 환자를 지켜보는 간호사에게도 상당한 각오가 필요하다. 병을 이겨내기 위해 무진장 애를 쓰던 아이의 상태가 갑자기 돌변하거나 사망하는 경우도 당연히 있다. 어른이 사망할 때도 충격이 큰 법이거늘, 하물며 씩씩해 보이던 어린아이가 급격히 상태가 나빠져서 숨을 거두는 모습을 직접 보게 되면 심장을 푹푹 찌르는 것처럼 고통스럽다. 환자 가족을 돌보는 일도 만만치 않다. 소아과는 눈앞의 상황을 똑똑히 직시하고 어린 환자와 가족의 든든한 버팀목이 되어줄 각오가 없으면 근무할 수 없는 분야라고 나는 생각한다.

"실습을 하거나 실제로 근무를 하다 보면 이 과가 내 적성에 맞는지 안 맞는지 알게 되잖아. 그래서 어쩌면 가토는 완화 의료와는 잘 안 맞을지 모르지만 여기서 배우는 것도 분명 있을 거라는 마음으로 지도했던 것 같아."

"가토가 잘 따라왔어요?"

"어땠더라. 아사쿠라 너도 알다시피 가토는 자기주장이 확실하고 고집이 센 편이라 무슨 생각을 하는지 모르겠다 싶을 때는 없었어. 오히려 조금만 더 네 생각을 억누르면 안 돼? 라고 말해주고 싶은 애였지."

아사쿠라는 신입 시절을 함께 보냈던 동기를 떠올리는지 씁쓸하게 웃었다.

"하긴, 그렇네요."

"지금은 응급실에서 열심히 뛰어다니고 있다니까 다행이지, 뭐."

"모토키는 순환기내과를 지망했던 모양이에요."

"그래?"

"예. 모토키한테 직접 들은 건 아니고 미코시바 주임이 말해줬어요. 어릴 때 심장 질환을 앓은 적이 있어서 순환기내과에 가고 싶어 했다고 하더라고요."

"그랬구나. 그러면 의욕이 안 오를 수도 있겠다."

"그렇다고 의욕이 아예 없어 보이지는 않아요. 그냥 장기 요양 병동이 적성에 안 맞는 걸까요?"

"글쎄. 진짜 그렇다면 스스로 그 사실을 알아차리면 좋은데, 어쩌면 모토키도 모르고 있을지도 몰라."

자신이 무엇 때문에 힘든지 언어로 전달하지 못하는 사람이 적지 않다. 고통을 언어로 표현하지 못하면 안에 쌓아두게 되므로 말로 표출할 줄 아는 편이 정신적으로는 훨씬 더 안정된다. 그러므로 오늘 아사쿠라가 내게 의논한 것처럼 누군가에게 고민을 털어놓는 행위는 매우 중요하다. 간호사란 혼자 끙끙대며 헤쳐나갈 수 있는 직업이 아니기 때문이다.

"모토키는 '속내'를 터놓지 않는 것 같아. 너한테만 그런 게 아니라 우리 모두에게. 내가 다음에 같이 밥 한번 먹으면서 얘기해볼게."

"그렇게 해주실래요? 어쩌면 제가 자기 프리셉터라서 말을 못하는 건지도 모르니까요."

아사쿠라는 간신히 눈가를 풀고 자신을 납득시키려는 듯 고개를 끄덕끄덕했다. 우리는 초밥을 더 주문하고 이쯤에서 일 얘기는 그만하기로 했다. 요리사의 힘찬 목소리가 가게 안을 쩌렁쩌렁하게 울렸다.

장마철이 원래 그렇듯 다음 날도 하늘이 무겁게 내려앉아 있었다. 병실 창문에 붙은 빗방울이 옆에 있던 빗방울과 결합하여 주르르 흘러내린다.

주간 근무인 오늘 아침에도 험악한 표정을 지은 여성이 세키 씨의 머리맡에 웅크리고 있다. 유심히 살펴보니 신발뿐 아니라 캐릭터가 그려진 긴팔 티셔츠도 낡아 보인다. 청바지도 새것 같지는 않다. 살림에 쪼들리는 걸까. 밥은 제대로 먹고 다닐까. 꼭 쥐고 있는 돈은 이 사람 돈이 아닌 걸까.

가족이 아닌 여성에게 미련을 보이는 경우는 교제 상대일 가능성도 충분히 있다. 세키 씨는 예순 살이지만 마음만은 아직 젊다. 젊은 여성과 사귀는 것도 불가능하지는 않다. 혹시 그 돈은 가정이 있는 세키 씨가 관계를 끊기 위해 여성에게 준 위자료가 아닐까. 그렇지만 병문안 오는 부인과는 굉장히 사이가 좋고 부부 만담가처럼 대화를 주고받으면서 웃고 있었는데.

집에서 산소 요법을 쓰면서 지냈으니까 간병인이나 요양보호사가 들락거렸을 수도 있다. 하지만 그 사람들이라면 유니폼을 입고 있을 텐데, 라고 생각하면서 '미련' 속의 여성에게 시선을 보냈다. 젊은 여성이 세키 씨를 이렇게 노려보는 상황이 그려지지 않는다. 사람을 잘 챙길 것 같은 세키 씨가 대체 무슨 짓을 하면 이토록 원망을 살 수 있을까.

"우즈키 짱?"

세키 씨가 나를 불렀다.

"예."

"체온계가 삑삑거리는데?"

"앗, 죄송합니다."

허둥지둥 세키 씨의 겨드랑이에서 체온계를 빼냈다.

"우즈키 짱이 멍하게 있다니 별일이네, 연애가 잘 안 풀려?"

"아니에요, 그런 사람이라도 있으면 좋겠는걸요."

가볍게 웃으면서 대답하고 체온을 기록했다. 나를 따라 웃는 세키 씨는 평소보다 더 숨이 차 보였다.

"호흡하기 힘드세요?"

"아냐, 근성, 근성으로 버티면 돼."

웃음 짓는 세키 씨의 입술이 조금 파랬다. 나는 침대 등받이를 세우고 접이식 테이블 위에 쿠션을 올렸다.

"몸을 테이블 쪽으로 기대시면 숨 쉬는 게 조금 편해지실 거예요."

내 말대로 세키 씨가 몸을 앞으로 기울여 쿠션에 기댔다. 기좌위라는 자세인데, 이렇게 하면 호흡이 훨씬 수월해진다.

"아……좋다. 아주 편해. 고마워."

산소포화도는 91퍼센트였다. 의사를 호출할 정도로 심각하지는 않지만 신중하게 관찰해야겠다는 생각이 들었다. 호출 벨을 가까이 놔주고 "무리하지 마시고 힘들면 바로 부르세요"라고 말했다.

"근성으로 이겨낼 수 없는 일도 있는 것 같군……."

세키 씨가 쓴웃음을 지으며 혼잣말을 했다. 나는 세키 씨의 어깨에 살포시 손을 올렸다. 보기보다 더 바싹 마른 몸에서 체온이 고스란히 전해졌다.

점심시간이라 휴게실로 갔더니 야마부키가 샌드위치를 먹고 있었다. 야마부키의 등뒤로 보이는 창문 너머에서는 보슬비가 계속 내리고 있다. 올해 장마철은 기온이 낮다. 나는 주먹밥과 차를 들고서 야마부키 옆에 앉았다.

"있잖아, 야마부키."

"왜 그러세요?"

"신입 시절에 환자가 처음 임종했을 때, 어땠어?"

"어땠냐뇨? 환자 상태를 묻는 거예요?"

"아니, 네 느낌이 어땠냐고."

"그야 어마어마하게 충격적이었죠."

"그렇지?"

"원래는 끝까지 참아야 하는 게 맞지만 저는 못 참고 환자 가족과 함께 엉엉 울었어요. 지금도 잊을 수가 없어요."

나는 야마부키가 보드라운 뺨을 타고 흐르는 눈물을 닦으며 훌쩍거리는 모습을 쉽게 상상할 수 있었다.

"그래. 나도 알아, 다들 그렇잖아."

"뭐예요. 무슨 일 있었어요?"

"얼마 전에 모토키가 말이야, 죽음을 맞이한 환자를 처음 봤는데도 전혀 충격받은 기색 없이 담담하게 일하는 걸 보고 아사쿠라가 걱정하더라고."

"아, 뭔지 알겠어요. 걔는 우는소리를 안 하잖아요."

야마부키는 샌드위치를 우물거리며 대꾸했다. 그때 도코 씨가 들어왔다.

"뭐야, 무슨 얘기 중이야?"

도코 씨는 가방에서 빵을 꺼내면서 야마부키 맞은편에 앉았다.

"모토키가 임종한 환자를 보고도 전혀 슬퍼하는 것 같지 않아서 아사쿠라가 걱정하고 있다고 했어요."

도코 씨는 캔 커피 뚜껑을 따서 한 모금 마셨다. 아이라인이 선명하고 속눈썹도 위로 예쁘게 올라가 있다.

"슬퍼하지 않고 뭘 했길래? 사후 처치는?"

"그건 제대로 했대요."

"음. 근데 아사쿠라는 뭐가 걱정이래?"

"모토키가 무슨 생각을 하는지 모르겠다고요. 환자가 죽었는데도 안 슬픈 건지."

도코 씨가 흐응, 하며 신음 같은 소리를 흘렸다.

"그래도 자기가 할 일은 제대로 했잖아. 그럼 된 거 아냐? 물론 환자가 죽은 건 슬프지만 장기 요양 병동은 지금까지의 과정을 중요하게 여기는 데잖아. 당연히 살 줄 알았던 환자가 수술 실패로 죽었다면 비참한 일이지만, 죽음이 예정된 환자가 숨을 거둔 상황에서는 지금까지 자기가 했던 간호에 자부심을 느끼면 되는 거 아냐? 난 장기 요양 병동은 그런 데라고 생각했는데. 내 생각이 틀렸나?"

"아뇨, 그 말은 맞아요. 시한부여서 언제 돌아가셔도 이상하지 않은 환자였으니까 간호하면서 실수만 저지르지 않았다면 우리는 마지막까지 최선을 다했다고 당당하게 말할 수 있어요. 그래도 역시 슬픈 건 슬픈 거잖아요."

도코 씨는 빵을 씹어 먹으면서 "역시 완화 의료는 어렵네"라고 중얼거렸다.

"어쨌거나 모토키가 속을 잘 안 보여주는 성격인 건 맞는 것 같아. 심성이 나쁜 애는 아니겠지만."

모토키가 속내를 털어놓지 않는다는 평가는 모두 일치했다. 나쁜 애는 아니다. 그저 자신의 감정을 남에게 전달하는 게 서튼 걸까.

“조만간 모토키 데리고 밥 먹으러 갈 생각이에요.”

내 말을 들은 야마부키가 ‘엇’ 하더니 화이트보드에 붙어 있던 간호사 근무표를 떼어왔다.

“아, 난 패스. 신입의 우울한 넋두리는 질색이라서.”

도코 씨가 말했다.

“네, 네. 어, 이번 금요일과 다음 주 화요일은 저랑 우즈키 씨랑 모토키 셋 다 주간 근무예요.”

“그럼, 그날로 할까?”

“좋아요. 모토키가 좋아하는 음식이 뭔지 제가 물어볼게요.”

야마부키는 그렇게 말하고 나서 두 번째 샌드위치 포장을 뜯었다.

결국 모토키를 데리고 간 곳은 욧짱 초밥이었다. 야마부키가 모토키에게 어떤 음식을 좋아하는지 묻자 한참을 생각하다가 “단밤이요”라고 대답했다나. 그건 식당을 정하는 데 아무 도움이 안 된다고 했지만 모토키 입에서는 더 이상 좋아하는 음식이 나오지 않은 탓에 가까운 욧짱 초밥으로 정했다. 야마부키가 한번 가보고 싶었던 눈치였다.

“초밥집에 상어가 있다니. 너무 웃긴다, 그치?”

야마부키가 모토키에게 말을 걸었다. 사복으로 갈아입은 모토키는 단정한 감색 니트에 베이지색 와이드 팬츠 차림이다. 야마부키는 회색빛이 도는 노란색 니트를 입고 있었다. "이거 마가린옐로라고, 요즘 유행하는 컬러예요. 귀엽죠?"라면서 아까 탈의실에서 자랑했다. 귀여운 데다 야마부키에게 썩 잘 어울렸다.

"상어가 살아 있어요?"

"그렇다니까, 살아 있는 상어. 그 상어 이름이 욧짱이래."

아사쿠라는 미리 말한 대로 오늘 식사 자리에는 따라오지 않았다. 자기가 없어야 모토키가 편하게 말할 수 있을 거라고 배려한 것이다. 하지만 지금 제일 신나게 떠드는 사람은 야마부키였다.

바람이 불더니 세 사람의 우산 위로 후드득후드득 굵은 빗방울이 떨어졌다. 오늘은 추적추적 내리는 장맛비답지 않게 빗발이 제법 굵다. 오늘도 가게에 도착하면 우선 서덜탕부터 시켜야겠다.

"아, 저기, 저기. 진짜 상어다."

야마부키가 수조 안의 상어를 신기한 듯이 쳐다보았다. 모토키도 야마부키 옆에 붙어 섰다. 야마부키는 2년 차니까 모토키보다 1년 선배다. 이렇게 햇수가 가까운 편이 말하기 편할 수도 있다. 야마부키를 데려오길 잘했다고 생각했다.

모토키를 가운데 앉히고 나서 셋이 나란히 카운터 자리에 앉았다. 내가 일단 서덜탕부터 주문하겠다고 했더니 모토키가 "저도요." 하고 말했다. 야마부키는 필요 없다고 했다.

변함없이 활기가 넘치는 요리사와 밝고 깨끗한 내부를 둘러보다 보니 죽음이 가까워진 수많은 환자와 마주하는 우리와 이 가게는 정반대라는 생각이 들었다. 그러나 누군가가 죽어가는 순간에도 우리는 배고픔을 느낀다. 우리가 먹지 않으면 죽음의 문턱에 선 환자를 제대로 돌볼 수 없다. 그렇기에 이렇게 활기차고 밝은 초밥집이 존재한다. 그렇게 생각하자 '정반대'가 아닐지도 모르겠다 싶었다. 목숨이 붙어 있는 한 사람은 밥을 먹어야 하고, 밥을 먹는 사람도 언젠가는 죽는다. 그렇게 세상은 돌아가고 있다.

요리사가 내 앞에 서덜탕을 내려놓았다. 나는 국그릇을 두 손으로 들고 벌컥벌컥 들이켰다. 후우, 숨을 길게 내쉬었다. 잘게 썬 쪽파를 고명으로 올린 서덜탕은 맛도 좋고 체온도 올려준다. 모토키는 내가 먼저 먹는 것을 확인하고 나서야 국그릇을 입으로 가져갔다.

"우즈키 씨, 못 먹는 생선 있어요?"

야마부키가 주문서를 작성하고 있었다.

"응, 연어 알은 못 먹어."

"아, 맞다. 그치만 연어 알은 제가 먹을 거니까 주문할게요. 모토키 짱은 못 먹는 거 있어?"

모토키는 "아뇨, 아무거나 잘 먹어요"라고 대답했다. 좋아하는 음식은 단밤이고 딱히 싫어하는 음식도 없다는 걸 보면 먹는 거에 별로 관심이 없는지도 모르겠다.

"그럼, 알아서 적당히 주문할게요."

야마부키는 주문서를 작성하고 요리사에게 건넸다.

"근데, 모토키 짱, 일은 할 만해?"

야마부키가 밝은 표정으로 직구를 던졌다. 후배와 이런 이야기를 하는 게 즐거워 보였다.

"일, 말이에요?"

"응, 응. 프리셉터랑 떨어져서 홀로 서야 할 날이 얼마 안 남았잖아. 불안하지 않아?"

나는 잠시 입을 다물고 야마부키가 대화를 주도하는 모습을 지켜보기로 했다. 지금 모토키 눈에 자기 프리셉터보다 근무 경력이 오래된 선배는 구름 위의 존재처럼 보이기 마련이다. 내가 신입이던 시절에 5년 차 간호사가 어떻게 보였는지 상상하자 나보다 야마부키 쪽이 대화하기 편하리라는 것을 짐작하고도 남았다.

"혼자 일하는 건 불안하긴 한데, 그래도 열심히 해보려고요."

담담한 어조로 말하는 모토키의 대답을 들으며 역시 우등생 같다는 느낌을 지울 수 없었다.

"짜증 날 때는 없었어? 아사쿠라 씨가 엄격하다거나 고사카 수간호사가 무섭다거나."

야마부키는 스스럼없이 물었다. 아사쿠라는 제외하고, 고사카 수간호사는 나도 무섭다.

"아뇨, 아사쿠라 씨는 굉장히 친절하시고 고사카 수간호사님도 무섭지는 않아요."

"어머, 얘 봐, 고사카 수간호사가 안 무섭대."

야마부키가 짓궂게 웃었다. 모토키는 우물쭈물 "그게……." 하며 고개를 갸웃거렸다.

"네가 분명히 말하지 않으면 사람들은 네 마음을 몰라."

야마부키가 시원스레 말을 내뱉었다. 그 순간 모토키의 몸이 살짝 경직되는 게 보였다. 야마부키는 감정을 솔직하게 드러내는 성격이다. 남에게 감정을 능숙하게 표현할 줄 아는 사람은 그렇지 못한 사람이 왜 그렇게 행동하는지 이해하지 못하리라.

"불안할 때는 불안해하고 슬플 때는 슬퍼하면서 네 감정을 겉으로 드러내는 편이 일할 때도 도움이 될 거야."

근무 햇수가 비슷하니까 모토키가 야마부키와는 편하게 이야기할 수 있으리라 기대했건만 야마부키의 말투는 너무 노골적이다. 물론 나쁜 의도로 한 말이 아니라는 건 나도 안다. 모토키와 아사쿠라, 두 사람을 생각해서 한 말일 것이다. 내용도 아무런 문제가 없다. 다만 계속 직구만 던지면 모토키는 끝까지 입을 열지 않을 것 같았다.

"그럼 인간관계 말고, 업무 내용은 어때?"

나는 자연스레 대화에 끼어들었다. 모토키가 나를 똑바로 쳐다보았다.

"업무 내용 말씀이세요?"

"그래. 순환기내과를 지망했다고 들었는데, 장기 요양 병동에서 근무해보니 어떤가 싶어서."

"보람 있는 일이라고 생각합니다."

모토키는 즉시 대답했다.

"아사쿠라 씨에게 여기서만 경험할 수 있는 일도 있다고 들었습니다. 알차고 보람 있는 시간을 보내고 있습니다."

모토키는 또박또박 대답했다. 취업 면접 모범 답안 같은 대답에 나는 내심 한숨을 푹 쉬었다. 모토키 뒤에서 야마부키가 입술을 삐죽 내밀었다. 왜 더 세게 말하지 않느냐고 묻는 눈빛이다. 나는 세게 말한다고 무조건 좋은 건 아니라고 눈짓으로 야마부키를 나무랐다.

"모토키 짱, 연어 알도 먹어. 우즈키 씨는 못 먹는다니까."

화제를 바꾸려는 양 야마부키가 모토키에게 초밥을 권했다. 모토키는 "고맙습니다." 인사하고 연어 알이 올려진 접시를 받아 자기 앞에 내려놓고서 녹차를 마셨다.

"추가로 더 주문할까요?"

야마부키가 주문서를 집었다. 오늘 모토키의 속내를 알아내기는 어렵겠다고 포기한 걸까.

"아, 가리비랑 네기토로(다진 참치살에 쪽파를 썰어 섞거나 올린 초밥-옮긴이 주)."

야마부키는 내가 말한 대로 써 넣었다.

"모토키 짱은?"

"아, 그럼 저도 우즈키 씨랑 같은 걸로요."

그렇게 대답하고는 연어 알 김초밥을 젓가락으로 집었다가 다시 놓기를 반복했다. 젓가락이 김에 붙었다가 또다시 떨어졌다.

"저기, 모토키, 혹시 연어 알 못 먹어?"

내 말에 모토키는 '앗!' 하며 화들짝 놀란 표정을 지었다. 무의식적으로 감정이 묻어난 목소리가 입 밖으로 튀어나왔다.

"아뇨……아니에요."

"아니긴, 계속 집었다 놨다 하고 있잖아."

모토키는 잠자코 연어 알 김초밥을 물끄러미 쳐다보았다. 그리고 10초 넘게 가만히 있다가 모깃소리로 "실은……어란을 못 먹어요"라고 대답했다.

"아니! 그럼 그렇다고 말했어야지! 모토키 짱은 그런 점이 마음에 안 든다니까."

야마부키가 모토키의 접시를 가져가려고 했다. 그러자 모토키가 접시를 잡고서 "아뇨, 주문해주셨으니까 먹을게요"라며 버텼다.

나는 눈을 휘둥그레 떴다. 뭐가 이토록 모토키의 행동을 통제하는 걸까.

모토키는 간호사라는 이 일뿐만 아니라 모든 면에서 이상적인 틀을 만들고 그 틀에 자신을 끼워 맞추는 버릇이 있는 게 아닐까. 선배가 먼저 먹을 때까지 기다렸다가 먹는다. 일에서 보람을 느낀다. 호불호를 밝히지 않는다. 그렇게 이상적인 틀 안에 자신을 맞추며 살아온 게 분명했다. 지금까지는 어떻게든 버텨왔을지도 모른다. 하지만 간호사라는 일은 그런 식으로 버틸 수 있을 만큼 만만치 않다. 틀에 억지로 맞추려다 이 아이가 망가지기 전에 그 틀을 깨뜨려주고 싶다고 생각했다. 하지만 틀을 깰 수 있는 건 오직 자신뿐이다. 옆에서 조언을 건네고 응원을 해줄 수는 있다. 하지만 타인을 바꿀 수는 없다. 간호도 마찬가지다. 실제로 힘을 내는 건 환자의 몫이다. 간호사가 할 수 있는 일은 어깨를 빌려주고 손을 내밀어주는 것까지다.

"난 연어 알을 좋아하니까 얼마든지 먹을 수 있어."

결국 야마부키가 모토키의 연어 알 초밥을 받아 꼭꼭 씹어 먹었다.

"우즈키 씨와 모토키 짱이 가히 미니 참치라 할 만한 연어 알의 참맛을 모른다니 아쉽네요."

야마부키가 살짝 삐진 투로 말했다.

"이제 성인인데 먹고 싶은 건 맘대로 먹게 해줘, 안 그래, 모토키?"

나는 모토키에게로 시선을 보냈다. 모토키는 조금 당황한 표정으로 고개를 주억거렸다.

다음 날은 점심 무렵까지 실컷 자고 일어나 냉동 볶음밥으로 늦은 점심을 때우고 나서 다시 이불을 뒤집어썼다. 오후에 출근하는 날은 최대한 늦게까지 누워 있고 싶다. 그래서 출근 시간 전까지 이불 속에서 자고 또 잤다.

야간 근무 시간 내내 세키 씨의 머리맡에는 '미련' 속의 여성이 붙어 있다. 오늘도 여전히 돈을 꼭 쥔 채 웅크리고 있다. 이 사람이 누구인지는 아직도 모른다.

혹여 이대로 세키 씨의 용태가 나빠지면 어쩌지. 나는 초조했다. 세키 씨의 '미련'도 해소하지 못했고, 이 여성이 왜 이런 표정을 짓고 있는지도 알아내지 못했다. 나는 아무도 구하지 못했다.

나는 '미련'을 보기 시작하면서부터 환자와 더 가까워졌다는 느낌이 들었다. 이왕 보게 됐으니 무슨 일이 있더라도 꼭 해소해주고 싶다. 그래, 꼭 해소해주고 말겠어.

간호사실에서 활력 징후 수치를 입력하면서 세키 씨가 근무했던 직장 이름을 확인했다. '이로하 석재'에 가보면 뭔가 알아낼 수도 있을 것 같다.

야간 근무를 끝내고 올려다본 하늘이 파랬다. 장마가 시작된 후로 오랜만에 보는 맑은 하늘이다. 나는 곧바로 이로하 석재의 위치를 검색했다. 도보로 30분 정도 걸리는 거리다. 병원 앞 편의점에서 요깃거리를 사서 걸어가기로 결심한 순간 스마트폰이 울렸다. 아사쿠라에게서 라인(일본에서 주로 쓰는 모바일 메신저 앱-옮긴이 주) 메시지가 왔다.

[우즈키 씨, 일 끝났어요? 잠깐 볼 수 있을까요?]

오늘 아사쿠라는 비번이다. 모토키와 초밥을 먹으러 갔던 일이라면 이미 메시지로 보고했지만 직접 얼굴을 보고 이야기를 듣고 싶을 수도 있다.

[지금 병원 앞 편의점에서 아침밥 사는 중. 올래?]

[바로 갈게요.]

꾸벅 인사하는 고양이 이모티콘이 전해졌다. 문득 스마트폰 배터리를 확인하니 얼마 남아 있지 않았다. 휴식 시간에 충전을 했는데도 요즘은 배터리가 너무 빨리 닳는다. 벌써 3년 가까이 썼으니 배터리가 오래돼서 그럴 수도 있다.

바로 온다더니 참치마요 주먹밥과 페트병에 든 차를 골라 미처 계산을 끝내기도 전에 아사쿠라가 얼굴을 내밀었다. 지방에서 혼자 올라온 병동 간호사 중에는 병원 근처에 집을 얻어 사는 사람이 많다. 일이 불규칙적이다 보니 되도록 빨리 집에 돌아가서 쉬고 싶은 것이다. 아사쿠라도 병원 근처의 빌라에서 혼자 자취를 하고 있다.

"피곤하시죠? 야간 근무 끝나자마자 만나자고 해서 죄송해요."

"괜찮아."

어차피 오늘은 곧장 집에 돌아가지 않고 이로하 석재에 가 볼 예정이었다. 편의점 앞에 있으면 환자 보호자와 마주칠 수도 있으므로 우리는 조금 걸어서 가까운 단지 안의 작은 공원

벤치로 가서 앉았다. 어제까지 비가 계속 내린 탓에 군데군데 물웅덩이가 패어 있었다. 오랜만에 햇빛을 받은 초목은 생기가 넘쳤다.

나는 주먹밥을 오물오물 씹으며 모토키와 같이 밥을 먹으러 갔던 일에 대해 자세히 얘기했다. 모토키가 자신을 우등생이라는 틀 안에 끼워 맞추려는 것처럼 보인다는 얘기도 했다. 아사쿠라는 내 얘기를 묵묵히 듣고만 있다.

"어떻게 하면 좋을까요?"

긴 머리를 느슨하게 묶은 아사쿠라의 옆얼굴이 피곤해 보였다. 피로가 쌓여서인지 여느 때의 처연한 분위기가 한층 더 두드러진다. 움켜쥐면 그대로 부러질 것처럼 가냘파 보였다.

"너무 깊이 생각하지 않는 게 낫지 않을까? 지금도 넌 최선을 다하고 있고, 그걸 어떻게 받아들일지는 결국 모토키에게 달렸다고 봐."

아사쿠라가 작게 한숨을 쉬었다.

"미코시바 주임도 비슷한 말을 하더라고요."

프리셉터는 상당히 부담스러운 역할이기 때문에 주임을 비롯해 상사들이 뒤에서 철저하게 서포트해준다. 미코시바 주임도 아사쿠라의 의논 상대가 되어준 모양이다.

"'아사쿠라 씨의 방식은 틀리지 않았어요. 아사쿠라 씨는 지금처럼만 하면 되고, 그다음에 어떻게 할지는 모토키 씨가 결정할 문제입니다'라더라고요."

"맞아, 내 생각도 그래."

"미코시바 주임 얘기를 듣고 나니까 마음이 조금 놓였어요. 자신감을 상실한 상태였거든요."

살랑살랑 바람이 불자 눅눅한 땅 내음이 코를 간질였다. 바람이 자그마한 화단에 피어 있는 갖가지 꽃들을 흔들고 지나간다.

"여러모로 고맙습니다. 우즈키 씨, 이제 집에 가서 쉬실 거죠? 제가 붙들어서 죄송해요."

"아니, 괜찮아. 오늘은 어차피 집에 바로 갈 생각이 아니었거든."

아사쿠라가 폐를 끼쳤다고 생각할까 봐 그렇게 말했다.

"외출하세요?"

"아니, 외출이라고 할 정도는 아니고."

아사쿠라에게도 '미련'에 관해서는 털어놓지 못했다. 괜히 의미심장한 뜻이 있는 것처럼 말해버린 탓에 이로하 석재에 가 볼 생각이라고 솔직하게 대답했다.

"이로하 석재라면 세키 씨가 근무했던 곳이잖아요."

"맞아. 샌드블라스트가 뭔지 내 눈으로 확인하고 싶어졌거든."

전혀 모르는 사람이라면 어영부영 넘겼겠지만 친한 동료에게 거짓말을 하려니 죄책감이 들었다. 그렇지만 '미련'에 관해 말했다가는 이상한 사람 취급을 받겠지.

"저도 환자들이 병원 밖에서 어떻게 지냈을지 궁금할 때가 있어요."

아사쿠라는 좋은 뜻으로 받아들여주었다.

"맞아. 그런 것도 있어."

"저도 같이 가도 돼요?"

"엣, 왜?"

예상치 못한 말에 눈이 휘둥그레졌다.

"저도 샌드블라스트가 뭔지 궁금하기도 하고, 건강할 때 세키 씨가 어떤 사람이었는지 조금이라도 알아두면 좋겠다 싶어서요. 게다가 혼자 집에 틀어박혀 있으면 자꾸 기분이 가라앉거든요."

아사쿠라가 힘없이 웃었다. '미련'에 대해 파헤치려면 혼자 가는 편이 좋겠지만 딱히 거절할 말이 떠오르지 않아 "그래. 그럼 같이 가자"라고 대답해버렸다.

이로하 석재는 넓은 부지를 차지하고 있는 석재상이었다. 건물 주위에 묘석과 석상 등이 잔뜩 놓여 있었다. 샌드블라스트를 보고 싶다는 건 그저 핑계였지만 실제로 눈으로 보니 관심이 생겼다.

"어머나, 유이 씨 맞지?"

한 여성이 아사쿠라를 보고 알은체를 했다.

"어!"

아사쿠라의 입에서 놀란 목소리가 튀어나왔다.

"여긴 어쩐 일이야? 뭐야, 석재에 관심 있어?"

"아, 네, 맞아요. 최근에 샌드블라스트 기법이라는 말을 처음 들었는데요, 실제로 어떤 건지 궁금하더라고요."

아사쿠라에게 말을 붙인 여성은 오십대쯤 되어 보이는 나이에 차림새가 화려한 부인이었다. 짧은 머리카락을 보글보글하게 파마하고 끝에만 밝은 갈색으로 염색했다. 나이도 외모도 '미련' 속의 여성은 아니었다.

"유이 씨, 간호사랬지? 혹시 세키 씨 때문에 온 거야?"

"예?"

여기는 분명 세키 씨의 전 직장이 맞지만 세키 씨의 병은 개인 정보에 해당하기에 우리가 함부로 떠벌릴 수는 없다. 아사쿠라도 세키 씨에 관해서는 한마디도 하지 않았다. 우리가 입을 다물고 있자 상대방이 먼저 "어머, 아닌가? 세키 씨라고, 솜씨 좋은 기술자가 있었거든. 근데 폐병에 걸려서 지금 입원 중이야"라고 입을 뗐다.

"그러셨구나. 그런데 여기서 뭐 하고 계셨어요?"

"뭐라니."

여성은 눈을 동그랗게 뜬 채 "나 여기서 일하잖아"라더니 아사쿠라의 어깨를 탁탁 두드리며 웃었다.

이 여성은 아사쿠라가 사는 빌라 옆집에 사는 분이었다. 사람을 잘 보살피는 성격이라 불규칙하게 생활하는 아사쿠라에게 늘 마음을 써준다고 한다. 음식을 만들어서 갖다주기도 하고 "시골에서 보내줬어"라며 채소를 나눠주기도 하는, 요즘 보기 드문 이웃이다. 그 이웃이 여기 이로하 석재에서 사무원으로 일하고 있었던 것이다.

아사쿠라는 나를 직장 선배라고 소개했다. 우리는 석재상 건물 안으로 들어가 손님용 소파에 앉았다. 여성이 즉시 차를 내왔다.

"샌드블라스트에 관심이 있다고 해도 말이야, 실제로 기계를 만지는 건 현장에서 일하는 기술자들이라서 난 실물을 보여줄 수가 없는데 어쩌나."

그렇게 말하며 사진을 몇 장 보여주었다. 첫 번째 사진에는 묘석에 고무판처럼 생긴 것을 부착하는 남성의 뒷모습이, 두 번째 사진에는 묘석에 천을 씌우고 그 안에 들어가서 작업하는 남성의 모습이 찍혀 있었다. 묘석 옆에 소형 기계가 놓여 있고 그 기계에 호스 같은 게 연결되어 있었다. 그 기계가 샌드블라스터인 듯했다. 두 장의 사진에는 각기 다른 남성이 찍혀 있었는데, 둘 다 세키 씨인지 아닌지는 알아볼 수 없었다.

"이렇게 판을 먼저 만들고, 그 위에다 샌드블라스터로 모래를 내뿜어서 계명을 새겨요."

그 밖에도 사진을 여러 장 보여주고 친절하게 설명까지 해주었지만 세키 씨라고 확신할 수 있는 사진도 없고 '미련' 속 여성이 찍혀 있지도 않았다. 일과 관련 있는 사람이 아니라는 뜻일까.

"석재상 직원 말고 샌드블라스트 기술자들과 대면하는 사람은 또 누가 있나요?"

"아무래도 제일 자주 만나는 건 묘원 관리자 같은데. 그다음엔 절 사람들. 우리 회사 같은 경우는 서부 묘원과 관련된 일이 많아요. 근처에 큰 절이 하나 있는 건 알죠? 거기 주지 스님이 묘원 관리도 하시거든요."

"그렇군요."

아사쿠라와 같이 와서 오히려 다행이었다. 사무원 여성에게 좋은 정보를 얻었다. 절과 묘원에 가봐야겠다. 석재상에는 '미련'과 관련된 힌트가 없으므로 서둘러 다음 장소로 가야 했다.

"왜, 벌써 가게? 좀 더 있다 가도 되는데."

여성이 붙잡았지만 우리는 인사를 하고 석재상을 나왔다.

"우즈키 씨, 혹시 뭔가 조사 중이에요?"

아사쿠라가 물었다. 내 언동이 수상해 보였나 보다.

"아니, 그런 건 아니야."

눅눅한 바람이 내 머리를 쓰다듬고 지나갔다. 이럴 때 '미련'에 관해 전부 털어놓을 수 있다면 얼마나 좋을까, 라는 생각이 짧게 스쳤다. 하지만 이내 지나미의 웃는 얼굴이 떠올랐다. 모든 게 완벽하게 아름다웠던 그날, 여러 가지 색으로 물들었던 하늘. 이건 내가 혼자 해결해야 하는 일이다.

"제가 도울 일이 있으면 말해주세요."

아사쿠라는 다정하다. 자기도 모토키 때문에 고민이 많을 텐데 내게도 마음을 써주다니.

"고마워. 넌 혼자 돌아가도 괜찮겠어?"

"예. 뜻밖의 이웃도 만나고, 저를 걱정해주는 사람이 많다는 걸 새삼 깨달았어요."

"혼자서 너무 끙끙대지 마. 넌 혼자가 아니니까."

아사쿠라는 고개를 끄덕이고는 "우즈키 씨도요"라고 덧붙였다.

"그래. 고마워……그럼, 잘 가."

나는 아사쿠라와 헤어져 다시 걷기 시작했다. '혼자가 아니다.' 그렇다. 나도 혼자가 아니다.

절까지는 이로하 석재에서 걸어서 15분 정도 걸렸다. 입구에 커다란 은행나무가 서 있고 부지도 넓었다. 안에 들어가자 짙은 자주색 가사(스님이 어깨에 걸쳐 입는 법의-옮긴이 주)를 걸쳐 입은 남성이 걸어가고 있었다.

"실례합니다."

그 사람이 천천히 뒤를 돌아보며 미소를 지었다.

"무슨 일이십니까?"

"저어, 묘비에 글씨를 새기는 샌드블라스트에 관해 조사하고 있는데요."

"예에."

"그 일은 석재상의 기술자들이 하는 거죠?"

"맞습니다. 혹시 묘비명을 의뢰하고 싶으신 건가요?"

"아, 아뇨. 저는 기술자들이 하는 일에 관심이 있거든요. 조금 전에 석재상에 들렀다가 여기 주지 스님께서도 관련이 있다는 말을 들었습니다."

"그러셨군요. 제가 여기 주지승입니다."

주지 스님은 자세가 반듯하고 어깨가 넓고 체격도 컸다. 모든 것을 감쌀 듯한 안도감을 주는 사람이다 싶었다. 하지만 '미련'은 여성이니까 이 사람은 아니다.

"석재상 기술자분들이 묘비명을 어찌나 멋있게 새겨주시는지, 항상 감사할 따름입니다."

"샌드블라스트 기술자들과 만나는 사람은 주지 스님과 묘원에서 일하는 사람들 외에 또 누가 있을까요?"

"글쎄요……아, 상주분들과도 만나지 않을까요?"

"상주요?"

"예. 묘비에 이름 새기는 일을 부탁하실 테니까요."

"기술자와 상주가 만날 일이 있나요?"

"예에. 기술자들은 보통 이른 아침처럼 성묘객이 거의 없는 시간을 골라 작업하십니다. 그런데 간혹 작업 현장을 직접 보고 싶어 하는 상주분도 계시거든요. 가족의 묘비에 어떤 식으로 이름이 새겨지는지 보고 싶은 마음이 드는 것도 당연합니다. 그리고 멋진 묘비명을 보고 눈물짓는 분들도 계십니다."

사람은 세상을 떠난 뒤에도 여러 사람의 도움을 받아야 하는구나. 간호사는 살아 있는 환자를 상대로 일한다. 환자가 숨을 거두었을 때도 사후 처치까지만 하면 된다. 하지만 그 후에 무덤을 만드는 사람도 있고, 묘비명을 새기는 사람도 있다. 그 작업을 지켜보는 것은 세상을 떠난 가족을 애도하는 마음에서 비롯된 것이겠지.

"그렇군요……바쁘실 텐데, 고맙습니다."

주지 스님에게 감사 인사를 하고 절을 나섰다. 만약 세키 씨의 '미련' 속에 등장한 여성이 상주가 맞는다면 더는 밝혀내기 어려울 것 같아 걱정이 밀려왔다. 하늘이 잔뜩 흐렸다. 오랜만에 잠깐 맑게 갠 하늘을 보여주나 싶더니 오후부터는 또다시 비가 내릴지도 모르겠다. 나는 걸음을 재촉하며 묘원으로 향했다.

묘원은 절 바로 뒤편에 있었다. 새삼 이렇게 둘러보니 묘비에 새겨진 글자들은 섬세하면서도 무척이나 아름다웠다. 지금까지 여러 번 봐왔을 테지만 묘비명을 새기는 방법에 관해서는 한 번도 생각해보지 않았다.

주지 스님이 묘원 관리자라고 했지만 청소하는 직원은 따로 있는 모양이었다. 묘원 안을 걷고 있자 작업복을 입고 쓰레기를 줍는 남성이 있었다. 남성이라는 점에서 이미 세키 씨의 '미련'은 아니었다. 역시 '미련'에 등장한 여성은 상주일까. 상주가 기술자를 노려보는 건 어떤 상황일까. 사나운 표정으로 돈을 움켜쥔 '미련'과 방금 들었던 '묘비명을 보고 눈물짓는 상주'라는 말은 도무지 연결이 되지 않는다.

구름 사이로 나타난 연약한 태양이 발치에 짧은 그림자를 드리웠다. 곧 점심때다. 야간 근무를 마치자마자 움직였는데도 '미련'에는 한 걸음도 다가가지 못했다. 오늘은 이쯤에서 그만하고 일단 집에 돌아가는 편이 나으려나. 태양은 금방 사라지고 또다시 잿빛 구름이 하늘을 뒤덮었다.

이로하 석재 쪽으로 가자 아까는 없던 소형 트럭이 서 있었다. 슬쩍 보니 트럭 운전사로 보이는 남성과 아까 만났던 여성이 서서 이야기를 나누고 있었다. 남성은 육십대쯤 돼 보이고 넙데데한 얼굴 아래로 턱살이 출렁거렸다. 작업복에 달린 지퍼가 터질 듯 살이 쪘고 더운지 손수건으로 연신 얼굴을 훔쳐댔다.

"내 말 좀 들어봐. 금고에 넣어뒀던 돈이 또 없어졌어."

나는 저절로 발이 멈췄다. 돈이 없어졌다고 했다.

"또요? 야쿠모 사장님, 누구한테 원한이라도 산 거 아니에요?"

여성이 싱겁게 웃으며 말했다.

"알 게 뭐야. 조만간 CCTV 달 거니까 두고 보라고. 범인 꼭 찾아서 경찰에 넘기고 말 거야."

야쿠모 사장이라고 불린 남성이 침을 튀기며 씩씩거렸다. 누가 돈을 훔쳐간 모양이다. 나는 '미련'이 움켜쥐고 있던 돈이 떠올랐다. 뭔가가 찰칵 끼워지는 듯한 느낌이 들었다. 소형 트럭을 보니 페인트로 '야쿠모 공방'이라고 적혀 있다.

스마트폰을 꺼냈다. 다행이다, 배터리가 아직 남아 있었다. 야쿠모 공방을 검색해보니 여기서 가까웠다. 샌드블라스트 작업을 할 때 필요한 판을 만드는 공방인 듯했다. 나는 집으로 돌아가려던 마음을 접고 지도 앱을 보면서 야쿠모 공방으로 걸음을 옮겼다.

내가 걸어가는 동안 야쿠모 사장이 모는 소형 트럭이 나를 추월해 지도에 표시된 위치에 먼저 도착했다. 트럭에서 내린 사장이 공방 안으로 들어갔다. 나는 살금살금 다가가 창문 옆에서 공방 안을 훔쳐보았다.

"야, 빨리빨리 안 움직여?"

갑자기 날아온 성난 목소리에 하마터면 스마트폰을 떨어뜨릴 뻔했다. 사장이었다.

"기한 못 맞추는 날에는 월급 깎을 거니까 그렇게 알아! 니들은 묘비에 적힌 이름만도 못해. 죽은 사람보다 못하다고!"

일반적으로 이런 공방의 규모가 어느 정도인지는 모르지만 창문으로 보이는 공방 안은 그리 넓지 않았다. 다섯 평이나 되려나. 책상이 쭉 놓여 있고, 여섯 명의 여성이 사장이 내뱉는 욕설을 참아가며 책상에 코를 박고 일을 하고 있다.

그런데 묘비명과 관련된 업체의 사장이 이런 식으로 말을 한다는 사실이 충격이었다. 주지 스님은 "멋진 묘비명을 보고 눈물짓는 분들도 계십니다"라고 했다. 나 역시 죽은 사람의 이름을 새기는 일에 경의를 품기 시작한 참이었다.

묵묵히 일만 하던 사람들 중 한 명이 고개를 슬쩍 들더니 야쿠모 사장을 쏘아보았다. 나는 그 사람 얼굴을 본 순간 입이 쩍 벌어졌다. 아무렇게나 대충 묶은 머리, 캐릭터가 그려진 검은색 긴팔 티셔츠, 쌍꺼풀이 선명한 눈으로 매섭게 쏘아보는 표정. 세키 씨의 '미련'에 나온 여성이 분명하다.

묘비에 이름을 새기는 판을 만드는 사람이었구나. 그러면 샌드블라스트 기술자인 세키 씨와 접점이 있어도 이상하지 않다. 그런데 여성의 눈빛은 세키 씨를 향한 것이 아니었다. 그렇다면 사장을 향한 원망이 가득 담긴 얼굴로 돈을 훔치는 장면을 세키 씨가 우연히 목격한 건 아닐까. 세키 씨도 사장이 어떤 사람인지 알기에 이 여성을 걱정하고 있는지도 모른다는 생각이 들었다.

야쿠모 사장은 끊임없이 독설을 퍼부었다. 직원들의 인격을 모독하는 막말이 줄기차게 이어졌다. 나는 기분이 착 가라앉았다. 이렇게 심한 말을 매일 듣다 보면 사장을 원망하는 마음이 드는 것도 당연하지 않을까. 돈을 훔치고 싶어질 수도 있다. 갑질은 엄연한 범죄니까. 그렇지만 절도 역시 범죄다. 연민을 느끼면서도 내가 여기 온 목적이 세키 씨의 '미련'을 해소하기 위해서라는 사실을 상기했다. 어렵게 찾은 여성을 못 본 체할 수는 없다.

야쿠모 사장은 한바탕 악다구니를 쓴 다음 밖으로 나왔다. 그리고 그대로 트럭에 올라타더니 어디론가 가버렸다. 나는 트럭이 시야에서 사라질 때까지 지켜보다가 공방 창문으로 다가가 손으로 창문을 똑똑 두드렸다.

"실례합니다."

창가에서 일하던 여성이 화들짝 놀란 얼굴로 엉거주춤 일어나 나를 쳐다보았다. 수상쩍어하면서도 일단 창문을 열어주었다.

"무슨 일이에요?"

"놀라게 해서 죄송합니다. 저기, 저쪽에 앉아 있는, 검은색 티셔츠를 입은 사람에게 볼일이 있는데요, 좀 불러주시겠어요?"

여성은 어리둥절해하며 나를 쳐다보다가 옆 옆자리에서 작업 중이던 '미련' 속의 여성에게 말을 걸어주었다. 그 여성은 고개를 살짝 내밀고 내 쪽으로 시선을 돌렸다. 사나운 표정이 굳어버린 걸까. 표정이 부드럽지 않다.

여성은 귀찮다는 눈빛으로 창가까지 걸어와 "뭐예요?"라고 심드렁하게 물었다. 나는 작은 목소리로 "금방 끝나니까, 잠깐만 나오실래요?"라고 되물었다. 여성이 못마땅한 기색을 내비치며 밖으로 나왔다.

"무슨 일인데 그래요? 지금 바쁜 거 안 보여요?"

여성이 팔짱을 낀 채 짜증스레 말했다.

"저어, 저는 그냥 지나가던 사람인데요……, 좀 전에 야쿠모 사장이 금고 근처에 CCTV를 설치할 거라고 하더라고요."

여성은 눈동자가 튀어나올 정도로 놀랐다. 내 예상이 적중한 모양이다. 놀라움과 두려움과 나에 대한 경계심. 그런 것들이 순식간에 여성을 덮친 것처럼 보였다.

"무슨 뜻이죠?"

"별 뜻은 없어요."

"뭐 하자는 거예요? 당신, 누구예요?"

"그러니까, 지나가던 오지랖 넓은 사람이라고요."

"당신이 뭔데 오지랖을 부려요? 아무것도 모르는 주제에."

여성의 얼굴에서 분노가 일렁거렸다. 느닷없이 나타난 낯선 사람에게 자신의 절도 행위를 들켰을지도 모른다고 생각하면 두렵기도 하겠지. 그 두려움이 분노로 발산된 느낌이었다. 나는 여성이 겁먹지 않게 조심하면서 내가 할 수 있는 말은 전하고 싶었다. 그다음에 어떻게 할지는 이 여성에게 달렸다. 타인의 행동을 바꿀 수는 없다. 그렇더라도 말을 건네거나 기회를 만들어줄 수는 있다.

"이건 그냥 제 상상이지만요, 아마도 당신 주위에 눈치를 챈 사람이 있을 거예요. 그 사람은 사장에게 일러바치지 않고 입을 다물고 있어요. 그치만 신경이 많이 쓰이나 봐요. 그런 사람이 있다는 것만은 알아주세요."

여성은 눈을 가늘게 뜨고 나를 쏘아보았다.

"아무것도 모르면서 멋대로 지껄이지 말라고요. 내가 얼마나 힘들게 사는지 당신같이 젊은 사람이 알기나 해요?"

여성은 툭툭 내뱉듯이 말했다.

"애는 어려서 손이 많이 가지. 남편은 몸이 약해서 일을 못하지. 내가 할 줄 아는 거라곤 서예가 다예요. 이런 상황에서 어떻게 제대로 일을 하겠어요? 여기서 겨우겨우 필경 일을 구했는데, 당신은 이 일마저 빼앗을 셈이에요?"

여성은 쌓이고 쌓인 울분을 터뜨릴 대상을 찾은 것처럼 아주 기세등등했다. '필경'이 아까 이 사람이 하고 있던 그 일을 말하는 걸까.

"그런 거 아니에요. 다만, 다 알면서도 입을 다물고 지켜보는 사람이 있다는 걸 알려주려는 거예요."

"입을 다물고 있는 사람이 당신이란 거잖아요."

"전 아니에요."

"저런 쓰레기 같은 사장한테서 돈 좀 훔치는 게 뭐가 대수라고."

여성은 거칠게 콧숨을 내쉬며 공방으로 돌아갔다. 내가 할 수 있는 일은 여기까지다. 이제부터 이 사람의 행동을 결정하는 것은 내가 아니다. 나는 '미련'을 만나 세키 씨의 마음을 전했다. 이걸로 충분하다며 스스로를 달래야 했다.

낮게 드리워져 있던 구름에서 가느다란 빗방울이 떨어지기 시작했다. 나는 공방을 돌아보지 않고 집으로 걸음을 돌렸다.

그 후로 며칠 동안 비가 주룩주룩 내렸다. 이 시기에 비가 많이 와야 땅속에 물이 고이고, 그 물이 여름철 채소를 맛있게 만들어준다는 얘기를 들은 적이 있다. 차가운 비에도 의미는 있다.

세키 씨와 같은 병실에 입원한 환자의 구강 관리를 도와주고 있는데 세키 씨의 커튼 안쪽에서 명랑한 목소리가 새어나왔다.

"참, 공방 금고에서 사라졌던 돈이 다시 돌아왔대요."

문병을 온 세키 씨의 부인이었다.

"돌아온 게 아니라 처음부터 아무도 안 훔쳐간 거 아냐?"

세키 씨의 밝은 목소리도 들렸다. 아무래도 그 여성이 금고에 돈을 돌려놓은 듯했다. 내 앞에서 분통을 터뜨리던 여성의 얼굴이 생각났다. 그녀는 자신의 불우한 신세를 한탄하며 호소했다. 남의 돈을 훔쳐야 할 정도로 절박한 상황에 놓인 사람이 있다는 현실에 가슴이 아프다. 그렇지만 남의 것을 훔치는 행위는 범죄다. 넘지 말아야 할 선은 분명히 존재한다.

"그야 모르죠. 거기 사장이 워낙 입이 걸고 욕도 잘하잖아요. 그래서 하느님이 벌을 내렸는지도 몰라요."

"허허. 그 정도로 반성할 사람이 아닌데."

그 사장이 아랫사람에게 무례하게 행동하는 것은 그 일대에서도 이미 유명했다. 모쪼록 세키 씨처럼 배려심이 깊은 사람이 그 여성 주변에 또 나타나기를. 그렇게 여러 사람의 어깨를 조금씩 빌리는 동안 그 여성의 표정이 부드러워지는 날이 오기를 기대한다. 사람은 누구도 혼자가 아니니까.

체온 측정할 시간이 되어 세키 씨가 있는 병실로 들어갔다.

"세키 씨, 대화 중이신데 죄송해요. 오후 체온 잴 시간이라서요."

나는 그렇게 말을 건네며 칸막이 커튼을 열고 들어갔다.

"아, 우즈키 짱, 잘 부탁하네."

"여보, 우즈키 '씨'라고 했잖아요! 아유, 미안해요."

부인이 세키 씨의 옆구리를 쿡 찔렀다. 이제 세키 씨의 머리맡에 '미련'은 없다. 나는 가슴을 쓸어내리며 침대 옆으로 다가갔다.

3화

고통을 똑바로 마주하고

올해도 덥다. 폭염이라는 소리를 벌써 몇 년째 듣는지 모르겠다. 병동 휴게실 창문 밖에서 태양이 이글거리고 있다. 에어컨이 돌아가지만 움직이지 않고 내내 누워 있는 환자의 몸에 맞게 온도를 설정하기 때문에 바쁘게 돌아다니는 간호사 입장에서는 영 시원하지가 않다. 환자와 간호사는 체감 온도가 다르다.

11시가 되기 직전이었고, 오전 시간 마지막 기저귀 교환을 하고 있었다. 요양보호사와 함께 차례차례 병실을 돌아다니는데 갑자기 실내 온도가 확 내려갔다. 에어컨 바람이 세졌다. 기저귀 교환을 끝낸 나는 설마설마하면서 간호사실로 돌아왔다.

역시나 설정 온도가 내려가 있었다.

병실 쪽에서 야마부키가 걸어온다.

"혹시 야마부키 네가 온도 내렸어?"

동그스름한 뺨이 빨갛게 달아오르고 이마에는 땀이 송골송골 맺혀 있다. 상당히 더워 보인다.

"네, 죄송해요. 그러면 안 되는 건 아는데 너무 더워서요."

오전 내내 야마부키는 환자 목욕을 거들었다. 한여름의 목욕 보조는 생지옥이나 다름없다. 간호사복에 때가 타지 않도록 두꺼운 방수 앞치마를 두르고 장화를 신고 환자의 몸에 뜨거운 물을 끼얹어야 한다. 욕실과 탈의실도 따뜻하게 유지해야 하기 때문에 간호사들로서는 옷을 입은 채로 사우나실에 들어가는 거나 마찬가지다. 목욕 전후의 환자를 부축하고 휠체어에 태워서 돌아다니다 보면 땀이 비 오듯 쏟아진다.

"목욕 보조하느라 힘들었지? 고생했어. 수분 섭취하고 와."

"알겠습니다."

야마부키는 허리에 손을 올리고 상반신을 뒤로 젖힌 채 '윽' 하며 끙끙거리나 싶더니 이내 간호사실을 빠져나가 휴게실로 들어갔다. 간호사는 상반신을 앞으로 숙인 자세로 일할 때가 많아 요통에 시달리는 사람이 수두룩하다. 개인 복대를 차고 일하는 사람도 있다. 목욕 보조할 때도 몸을 반쯤 굽히고 어정

쩡하게 서서 움직이기에 허리가 아플 수밖에 없다.

휴게실에 갔던 야마부키는 금방 돌아왔다. 원칙적으로 근무 시간에는 자리를 비우면 안 되므로 아마도 미리 사뒀던 스포츠 음료를 급하게 들이켜고 왔을 것이다. 야마부키는 가슴 주머니 언저리에 분홍색 선이 들어가 있는 귀여운 간호사복을 입고 있었다. 간호사는 빠릿빠릿하게 움직여야 하기에 간호사복을 고를 때도 신중을 기해야 한다. 신축성이 좋고 주름이 잘 생기지 않는 소재여야 할 것. 간호사복을 세탁해주는 병원도 있지만 집에서도 관리하기 편한지, 혹시 속옷이 비치지는 않는지 확인해야 한다. 목욕을 담당하는 날은 통기성이 좋은 옷을 입는다거나 하면서 업무 내용에 따라 바꿔 입는 사람도 있다.

별도의 규정이 없는 병원에서는 다들 1년에 두 번 정도 병동에 배달되는 쇼핑몰 카탈로그를 보고 간호사복과 간호사가 쓰는 물품을 구입하는 편이다. 야마부키처럼 귀여운 디자인을 선호하는 사람이 있는가 하면 기능성이나 가격을 중시하는 사람도 있다. 카탈로그를 보면 청진기 색도 다양하다. 소아과 간호사는 캐릭터가 그려진 명찰을 달고 다니기도 한다. 다들 개성을 드러내기 위해 고민한다. 관광지에 가면 클립형 볼펜을 그 지역 특산물처럼 만들어서 파는 걸 자주 볼 수 있는데, 간호사들에게 주머니에 끼울 수 있는 볼펜을 선물하면 대체로 반응이 좋다.

모토키가 빈 수액 팩을 들고 간호사실 안으로 들어왔다. 수액 교환을 하고 온 모양이다. 그리고 여러 개 놓인 쓰레기통을 유심히 살펴본다. 간호사실에서는 쓰레기를 까다롭게 분리한다. 일반 쓰레기와 혈액과 체액 등 감염성이 있는 쓰레기를 철저히 분리해야 한다. 모토키는 제대로 분리해서 버렸다. 프리셉터와 2인 1조로 움직이던 석 달의 시간이 끝나고 지금은 혼자 일하고 있다. 일도 손에 익은 듯하고 습득하는 것도 빠르다. 그런데 왜 기운이 없어 보이는 걸까. 야마부키도 셋이 함께 초밥을 먹으러 갔던 그날 이후로 따로 조언을 하는 것 같지는 않던데, 뭔가에 쫓기는 사람처럼 보이는 모토키가 걱정스러웠다.

나도 조금 더위를 먹었는지도 모르겠다. 피곤이 가시지 않고 계속 몸에 들러붙어 있는 느낌이다. 스스로 건강관리를 제대로 하지 못하면 간호사 일은 할 수가 없다.

주간 근무를 마치고 푹푹 찌는 거리를 걸었다. 몸이 무거웠다. 집까지는 금방이지만 오후 5시가 넘었는데도 햇볕이 쨍쨍 내리쬐는 탓에 오늘따라 집으로 가는 길이 멀게 느껴진다. 땀에 젖어 달라붙은 티셔츠가 찝찝했다. 집에 도착해 문을 열고 들어가자 무심코 긴 한숨이 터져나왔다. 지나미의 사진을 향해 "나 왔어." 하고 인사했다.

저녁밥 차리는 것도 귀찮았다. 레토르트 카레나 먹자. 냉동실에서 랩에 싸놨던 밥을 꺼내 전자레인지에 넣고 돌렸다. 쟁여둔 레토르트 카레를 꺼내기 위해 싱크대 아래쪽 수납장을 열자마자 습기가 확 밀려온다. 그러고 보니 한동안 습기 제거제를 교체한 기억이 없다.

"아, 슈퍼 가야 하는데……."

혼잣말을 중얼거리며 카레를 꺼내 전자레인지에 넣었다. 요즘은 끓는 물에 넣고 데우지 않아도 되는 식품이 다양하게 나와 있어서 편하다. 접시에 밥을 옮겨 담고 그 위에 데운 카레를 붓기만 하면 완성이다. 지나미와 같이 살던 시절에도 저녁은 간단히 해결하던 날이 많았던 게 문득 생각났다. 둘 다 추가 근무를 한다거나 바쁘고 피곤한 날은 레토르트 카레와 전자레인지에 돌리기만 하면 되는 즉석 쇠고기덮밥을 자주 먹었다. 그래도 그때는 싱크대 수납장의 습기 제거제는 꼬박꼬박 교체했었는데.

"잘 먹겠습니다."

조그맣게 인사하고 밥을 한술 떠 입에 넣었다. 덜 데워졌는지 차가운 밥알이 섞여 있다.

다음 날도 후덥지근했다. 아침에 출근만 했을 뿐인데도 몸이 끈적거렸다. 탈의실에 들어가자마자 쿨링 물티슈를 꺼내 들고서 목이며 겨드랑이를 훔쳤다. 간호사가 냄새를 풍기면 환자에게 불쾌감과 비위생적인 느낌을 줄 수 있다. 옷을 갈아입고 복도로 나가자 야마부키가 머리카락을 흩날리며 뛰어온다.

"야마부키, 안녕? 왜 이렇게 늦었어?"

"늦잠 잤어요. 아, 큰일 났다!"

야마부키는 땀을 줄줄 흘리며 탈의실로 들어갔다. 간호사는 근무 시간이 인수인계 시간을 기점으로 확실히 나뉘기 때문에 지각하면 큰일이다. 아직 7시 50분이니까 아슬아슬하게 지각은 면할 수 있을 듯하다. 야마부키에게 서두르라고 한마디 하고서 병동으로 걸음을 옮겼다.

"라디오에서 오늘도 불볕더위가 이어질 거라던데. 바깥도 더워 보이네요."

아침 인사를 하러 갔을 때 남자 병실의 창가 쪽에서 구마노 씨가 말을 걸었다. 침대 등받이를 올리고 앉아 창밖을 바라보고 있다. 구마노 씨는 햇빛에 눈이 부신지 실눈을 뜨고 말했다.

"햇빛이 너무 세죠? 커튼 닫아드릴까요?"

"아뇨, 이대로가 좋아요."

구마노 데쓰야 씨는 42세 남성으로 약간 처진 눈에 더없이 선해 보이는 인상이지만, 얼굴과 목 주변이 차마 눈 뜨고 볼 수 없을 정도로 수척해서 고행의 길을 걷는 수도승 같은 분위기를 풍긴다. 피부와 흰자위가 전체적으로 노르스름하고 수축되어 있다. 몸이 안 좋아서 병원에서 진찰을 받았을 때는 더 이상 어떻게 손쓸 길이 없는 간암 말기였다. 그때가 2월경이었으니까 입원하고 반년이 지났다. 증세를 생각하면 용케 잘 버티고 있는 편이다. 복수가 차오른 복부와 퉁퉁 부은 다리가 무거워 보였다. 베르니케 뇌병증이라고 하는 알코올성 질환과 코르사코프 증후군이라는 기억력 장애로 인해 작화증 증상을 보이긴 하지만 의사소통은 가능하다. 작화증이란 알코올성 치매에서 나타나는 증상 중 하나로, 자신의 공상을 실제 일처럼 말하고 상대가 거짓말을 해도 그것이 허위임을 인식하지 못해 그대로 받아들이고 대화를 이어가는 것을 말한다.

"혈압과 체온 측정하겠습니다."

오전 첫 활력 징후 측정이다.

"이렇게 날씨가 좋은 날은 비어 가든에 가서 한잔하고 싶군요."

구마노 씨가 자조하는 듯한 웃음을 지으며 말했다.

"그거 좋네요."

나는 그의 입가에 스친 자조의 빛을 못 본 척하고 말을 받았다. 구마노 씨가 이렇게 된 건 술 때문이다. 스무 살이 되자마자 마시기 시작해서 20년 넘게 술을 마셨다. 맥주, 소주, 일본 술, 와인 등 알코올만 들었으면 가리지 않고 거의 매일 마셨다고 한다. 첨가물을 넣지 않은 식자재만 취급하는 '해피 라이프'라는 회사에서 배달 기사로 일하다가 음주 운전으로 해고된 뒤로는 음식 배달 아르바이트를 하며 생계를 이어왔다. 일이 불안정해지면서부터 부부싸움이 잦아졌고 그러다가 2년 전에 이혼했다. 그때부터는 며칠에 한 번꼴로 아르바이트만 하면서 하루 종일 술독에 빠져 지내왔다.

"마누라한테 고생을 많이 시켰어요."

구마노 씨는 전처 얘기를 입에 올릴 때마다 표정이 쓸쓸했다.

음주 운전으로 해고됐을 때 이미 알코올 의존증이 시작됐던 게 아닐까. 일과 운전에 지장을 주는 걸 알면서도 계속 마셨다니까 그때 정신과에 가서 검진을 받았더라면 의존증이라는 진단이 나왔을 것이다. 당시 제대로 치료를 받았더라면 이 정도로 나빠지지 않았을지도 모른다고 생각하니 돌이킬 수 없는 일이라는 것을 알면서도 안타깝기 그지없다. 병원에 가지 않고 알코올성 간염, 간경변증, 간암으로 진행된 결과가 지금이다.

"실례할게요."

나는 이렇게 말하고 나서 퉁퉁 부은 다리를 살짝 들어 올려 피부를 살펴보았다. 계속 같은 부위가 침대에 닿으면 피부에 압박이 가해져 빨갛게 되기 때문에 다리 밑에 쿠션을 넣어 침대와 다리 사이에 공간을 만든다. 흔히 부스럼이라 부르는 욕창이 생기면 아픈 건 물론이고 세균에 감염될 위험도 커진다. 다리를 살펴보면서 보습을 위해 연고를 발랐다.

"아프지는 않으세요?"

"예, 괜찮습니다."

"무슨 일 있으면 호출하셔야 해요."

호출 벨을 가까이 놔주고 병실을 나서려던 참에 볼펜을 떨어뜨리고 말았다. 볼펜이 흰색 리놀륨 바닥 위에서 데굴데굴 굴렀다. 나는 몸을 굽히고 침대 밑을 들여다보았다. 그 순간, 소스라치게 놀라 숨을 헉 삼켰다. 반대쪽에서 나와 똑같은 자세로 침대 밑을 살피는 여성과 눈이 딱 마주쳤다. 아니, 그건 내 착각이었다. 호흡을 가다듬고 나서 다시 보니 여성의 몸이 희미하게 비쳐 보인다. 피부가 희고 깡마른 여성의 입가에 멍이 들어 있다.

"어, 괜찮아요?"

구마노 씨가 침대 위에서 내게 말을 걸었다. 나는 팔을 뻗어 볼펜을 주운 다음, 천천히 몸을 일으키며 "아, 네. 괜찮아요. 죄송해요, 볼펜을 떨어뜨렸거든요"라고 둘러댔다.

자연스럽게 창가로 다가가서 여성을 관찰했다. 흰색 원피스 차림에 가냘픈 등을 동그랗게 말고 웅크리고 있다. 입가의 멍은 붉은빛이 도는 자주색이다. 전신이 다 보이지 않아서 더 불안했다. 상처가 더 있는 건 아닐까. 넘어져서 얼굴을 박은 걸까, 설마 누구한테 맞은 건 아니겠지. 사건이나 사고에 휘말렸을 가능성은 없을까. 꺼림칙한 장면이 차례차례 머릿속에 떠올라 입술을 꽉 깨물었다. 이 여성은 무사할까.

헤어진 부인인가 싶어 침대 옆 수납장에 놓인 사진을 슬쩍 쳐다보았다. 부인은 가와고에의 '도키노카네'라는 시계탑 앞에서서 환하게 웃고 있었다. 둘이 놀러 가서 찍은 사진인 듯했다. 밝은색 스카프 차림에 푸근하고 명랑해 보이는 여성으로 '미련' 속의 여성과는 분위기가 전혀 다르다. 혹시 애인인가. 이혼하고 혼자니까 애인이 있어도 이상하진 않지만, 애인이 있는데 한 번도 병문안을 오지 않았다는 사실이 마음에 걸린다. 아무도 구마노 씨를 보러 오지 않았다. 그리고 만약 애인이 있다면 전처 사진을 이렇게 떡하니 올려놓지는 않겠지.

이 여성은 상당히 젊다. 이십대, 어쩌면 십대일지도 모른다. 혹시 딸일 수도 있겠다 싶었지만 구마노 씨에게는 자녀가 없다. 대체 어떻게 하면 부상을 당한 젊은 여성과 마주칠 수 있는지 궁금했다.

하루 쉬고 나서 출근하던 날, 병원 앞에서 야마부키와 마주쳤다.

"좋은 아침. 오늘은 늦잠 안 잤어?"

내가 웃으며 인사를 건네자 야마부키도 따라 웃었다.

"알람 설정한 스마트폰을 손이 안 닿는 곳에 뒀거든요."

"잘했어. 안 그러면 알람 끄고 다시 잠들 수도 있으니까."

오늘은 출근 시간까지 제법 여유가 있다. 수다를 떨며 탈의실까지 둘이 나란히 걸었다. 밖이 더운 탓에 시원한 에어컨 바람이 기분 좋게 느껴진다.

병동에 도착한 후에 구마노 씨의 간호 기록을 살펴보니 어제는 하루 종일 배변을 하지 못한 듯했다. 간이 망가진 환자에겐 배변 관리가 굉장히 중요하다. 몸에 변이 쌓이면 장내에 암모니아가 발생해 뇌에 나쁜 영향을 끼친다. 나는 안 좋은 예감을 끌어안은 채로 아침 인수인계를 하고 병실을 돌기 시작했다.

"구마노 씨, 안녕하세요? 주간 담당 우즈키입니다."

침대 등받이를 세우고 앉은 구마노 씨는 내 쪽엔 눈길도 주지 않고 어딘가 먼 곳을 바라보고 있다.

"구마노 씨, 괜찮으세요?"

"벌레, 벌레가……."

구마노 씨가 헛소리를 중얼거렸다. 불길한 예감이 적중한 것 같다. 나는 일단 호출 벨부터 눌렀다.

"구마노 씨, 잠깐 팔 좀 볼게요."

앞으로나란히를 할 때처럼 팔을 앞으로 뻗게 했더니 내 예상대로 손이 움찔움찔 움직였다. 자세 고정 불능증이다. 간 기능 장애 환자의 의식 수준이 변화하는 것을 간성 뇌증이라고 하는데, 자세 고정 불능증도 간성 뇌증 증상 중 하나다.

"무슨 일이세요?"

전화기 너머에서 야마부키의 느긋한 목소리가 흘러나왔다.

"나 우즈키야. 구마노 씨가 간성 뇌증으로 의식이 몽롱해. 의사 선생님 호출하고, GE도 데워줘."

나는 빠르게 상황을 전달했다. GE(Glycerin Enema)란 글리세린 관장을 뜻한다. 이 상황에서 환자 옆을 떠날 수는 없다. 그래서 바로 사용할 수 있도록 준비해달라고 야마부키에게 부탁했다.

"엇, 네."

허둥대는 야마부키의 대답을 끝으로 통화는 끊겼다.

배변을 못했으면 담당 의사에게 보고를 했어야지. 왜 GE 지시를 받지 않았지? 어제 주간 담당 누구야……하며 나는 속으로 욕을 퍼부었다. 리모컨을 조정하는 손가락에 불현듯 힘이 들어갔다. 침대를 평평하게 눕힌 다음, 환자가 착란 상태에서 침대 난간에 부딪히면 위험하므로 난간과 환자 사이에 쿠션을 끼워 넣었다. 혈압을 측정할 때도 반항을 하지는 않았다. 삐삐 전자음이 울렸다. 다행히 혈압은 정상이다.

"실례하겠습니다."

침대 주위에 커튼을 치고 기저귀를 확인했다. 대소변을 싸지는 않았다. 담당 의사가 병실로 들어왔다. 아직 젊지만 성실하고 착한 사람이다.

"구마노 씨, 기분은 어떠십니까?"

의사가 구마노 씨 얼굴을 들여다보면서 말을 붙였다.

"벌레가……."

"저 기억나시죠? 지난번에 같이 식사하러 갔었잖아요."

"아아, 그 집……맛있었어요."

구마노 씨가 공허한 눈빛으로 대답했다. 작화증이다. 구마노 씨는 이 사람과 밥을 먹으러 간 적이 없지만 상대의 말에 맞춰주고 있다. 의사가 환자 상태를 확인하기 위해 일부러 없는 이야기를 꾸며낸 터였다.

"환각에 빠져 벌레가 보이는 것 같아요. 그리고 자세 고정 불능증도 있어요. 혈압은 120에 70. 실금은 없습니다. 어제 배변을 못한 것 같은데요, GE 해도 될까요?"

나는 재빨리 상태를 보고했다. 의사는 "GE 부탁합니다. 배변 확인되면 다시 연락해주세요"라는 말을 남기고 돌아갔다.

"우즈키 씨, 준비됐습니다."

야마부키가 글리세린 용액과 바셀린이 담긴 트레이를 들고 구마노 씨 침대 옆으로 다가왔다. 느긋해 보여도 일 처리는 빠르다.

"고마워. 지금 좀 도와줄 수 있어?"

"네. 괜찮아요."

"구마노 씨, 어제 배변을 못하셔서 관장하겠습니다."

구마노 씨를 천천히 옆으로 돌려 눕히고 차고 있던 기저귀를 빼서 깔았다. 야마부키가 구마노 씨를 붙잡고 있는 동안 글리세린 용액을 주입했다. 복수가 차 있어서 마사지를 세게 할 수는 없다. 배를 살살 문지르자 곧바로 묽은 변이 나왔다.

"다행이다."

"다행이에요."

배변 후에 혈압이 떨어지는 경우도 있으므로 즉시 혈압을 측정했다. 혈압은 그대로다. 미지근한 물과 비누로 국부와 둔부를 깨끗이 씻기고 기저귀도 새로 갈았다.

"구마노 씨, 수고하셨어요. 이제 끝났습니다."

구마노 씨는 아직도 눈에 초점이 없었다. 변을 내보냈으니 암모니아 상승이 멈추고 증세가 좋아지기를 기대하는 수밖에 없다.

"공워……."

뒷정리를 하고 있는데 구마노 씨가 뭐라고 중얼거렸다.

"뭐라고 하셨어요?"

"공원……여자……부상……."

나는 소름이 돋았다. 부상을 입은 여자. 설마 '미련' 속의 여성을 말하는 걸까?

"작화증일까요?"

야마부키가 내 귀에 대고 작게 말했다.

"글쎄. 나도 모르겠어."

"공원에서……여자가."

구마노 씨의 혼잣말이 이어졌다. 의식이 혼미한 건지, 작화증인지, 사실인지, 구분이 되지 않았다. 나는 발치를 곁눈질했다. 여성은 오늘도 작게 웅크리고 있다.

상태를 보아하니 점심은 못 먹을 것 같아서 의사의 지시에 따라 수액을 놓고, 내일부터는 매일 배변 상황을 보고하기로 했다. 구마노 씨 상태를 관찰하면서 다른 환자들을 보살폈다. 구마노 씨는 가만히 누워 있었다.

"기분은 어떠세요?"

"아, 그냥 그래요."

퇴근 시간 무렵에 구마노 씨의 의식이 돌아왔다. 나는 조금 마음이 놓였다.

"퇴근할 시간이라서 가볼게요. 곧 야간 담당자가 올 거예요."

"고맙습니다. 그럼 내일 봅시다."

"네, 내일 뵙겠습니다. 편히 쉬세요."

내일 봅시다……. 구마노 씨는 앞으로 몇 번이나 더 이렇게 말할 수 있을까. 내일 보자고 인사했던 사람을 영영 다시 볼 수 없게 된 적이 한두 번이 아니다. 코르사코프 증후군은 회복이 불가능하거니와 단 하루만 배변을 못해도 간성 뇌증을 일으켜 의식 수준이 떨어지는 걸 보니 '내일 봅시다'라고 말할 수 없는 날이 머지않았음을 예감했다. 나는 하얀 불빛이 쏟아지는 병동 복도에서 내 그림자를 밟으며 발걸음을 옮겼다.

알람을 끄고 몸을 일으켰다. 커튼을 걷자 아침 햇살이 내리꽂혀 눈이 부셨다. 오늘은 쉬는 날이지만 이른 시간에 알람을 설정해두었다. 푹푹 찔 것 같은 바깥 날씨를 확인하고 나니 그만두고 싶다는 생각이 잠시 꿈틀거렸지만 그래도 역시 나가야 한다며 마음을 다잡았다. 식빵에 땅콩버터를 발라 천천히 씹어 먹었다. 크로스백에 스포츠음료를 챙겨 넣고 집을 나섰다.

자전거를 타고 구스노키 공원으로 가자. 구마노 씨는 잠꼬대하듯 '공원'이라고 중얼거렸다. 이 일대에서 공원이라고 하면 구스노키 공원이 맨 먼저 떠오른다. 구마노 씨가 입원한 건 반년쯤 전이다. '미련' 속의 여성이 부상을 당한 채로 공원에 있다면 그건 틀림없는 사건이다. 아무리 그래도 여태 거기 있지는 않을 거라고 생각하면서도 확인을 하지 않고는 배길 수 없었다. 그 여성은 지금 어디서 뭘 하고 있을까.

구스노키 공원에는 전에도 몇 번 가본 적이 있다. 현도(県道) 바로 옆에 있는 널찍한 자연공원이다. 역 앞에서 공유 자전거를 빌려 타고 도로를 쭉 달렸다. 현도 왼쪽은 콘크리트로 덮인 경사면이다. 뙤약볕이 따가웠다. 이미 등은 땀에 흠뻑 젖었다. 요즘은 자전거를 탈 때도 헬멧을 쓰라고 권장한다. 자전거 대여소에도 헬멧이 놓여 있다. 어떤 사람이 썼던 건지 모르니 살짝 거부감이 들긴 했지만 그렇다고 무시할 수는 없었다.

구마노 씨가 이 길을 달린 건 해피 라이프에서 일하던 시절일까. 혹은 음식 배달 아르바이트를 할 때였을까. 내 뒤로 흘러가는 경치는 계속 똑같다. 왼쪽은 경사면이 끝없이 이어지고 오른쪽은 잡목림이 펼쳐졌다. 이 길을 차나 오토바이를 운전하면서 지나가려면 졸리겠다는 생각이 얼핏 들었다.

그때 순간적으로 머릿속이 번뜩였다. 혹시 술을 마시고 졸음운전을 한 건 아닐까……라는 최악의 시나리오가 뇌리에 스쳤다. 사고를 내고 여자를 다치게 했다. 그러나 술을 마시고 차를 몬 탓에 신고를 하지 못했다. 이거야말로 '미련'이 남을 정도로 충격적인 상황이 확실하다.

다행히 사고의 흔적을 전혀 발견하지 못한 채로 구스노키 공원에 다다랐다. 차를 다섯 대 세울 수 있는 주차장과 음료수 자판기가 보였다. 안쪽에 공놀이를 할 수 있는 잔디 광장이 있고, 거기서 더 들어가면 나무가 우거져 산책하기 좋은 산책로가 나온다.

나는 주차장 끄트머리에 자전거를 세웠다. 헬멧을 벗자 머리가 아주 조금 시원해졌다. 조금만 더 활동하기 좋은 계절이었다면 가족 동반으로 놀러 나온 사람들로 북적거렸을 테지만 한여름 대낮의 공원은 더위 때문인지 텅 비어 있다.

잔디 광장을 지나 숲으로 들어가자 살짝 기온이 떨어진 느낌이 들었다. 조용한 숲속을 거닐다가 나무를 올려다본 순간 그 키에 압도되었다. 식물은 드물게도 태곳적부터 거의 모습을 바꾸지 않고 살아남은 생물 중 하나가 아닐까. 우리 인간들보다 훨씬 오래 살고, 훨씬 크고, 훨씬 옛날부터 존재해왔다. 그렇게 생각하자 식물에 대한 경외감마저 들었다.

숲을 한 바퀴 돌아봤지만 역시나 '미련' 속의 여성은 없었다. 그렇게 쉽게 풀릴 리가 없다고 생각하며 자전거를 세워둔 주차장으로 돌아왔다. 집에서 가져온 스포츠음료는 벌써 바닥난 터라 자판기에서 음료수를 뽑으려고 주머니에서 동전을 꺼냈다. 그때 발밑에서 뭔가가 반짝거렸다. 나는 허리를 숙이고 그걸 주웠다. 은색 목걸이였다. 목걸이 줄에 기다란 직사각형 장식과 은색 호루라기 같은 게 달려 있다. 장식에는 귀여운 핑크색 스톤이 붙어 있다.

"누가 떨어뜨렸나 보네."

비록 비바람을 맞긴 했지만 그렇게 낡아 보이지는 않았다.

'미련'과 연관이 있을 것 같지는 않았다. 하지만 설사 그렇더라도 주인은 잃어버린 목걸이를 찾고 있을 수도 있다. 일단 갖고 가자. 그렇게 마음먹은 나는 흙을 탈탈 털어내고 나서 목걸이를 주머니에 넣었다.

구스노키 공원에서는 목걸이를 발견한 것 말고는 아무런 성과가 없었다. 나는 더위에 지쳐 집으로 돌아왔다.

"다녀왔어."

지나미에게 인사하고 냉장고에서 보리차를 꺼내 컵에 따랐다. 헬멧을 썼던 탓에 머리카락이 축축하게 젖었다. 에어컨을 켜고 소파에 퍼질러 앉아 보리차를 마셨다. 더운 날씨에 열심히 자전거 페달을 밟았더니 녹초가 돼버렸다. 주머니에서 주운 목걸이를 꺼내 테이블 위에 올려놓았다. 어떻게 하면 주인에게 돌려줄 수 있을까. 아이디어가 떠오르기도 전에 어느새 나는 소파 위에서 까무룩 잠이 들었다.

다음 날은 주간 근무였는데, 점심시간에 휴게실로 갔더니 웬일로 모토키가 스마트폰을 들여다보고 있다. 지금까지는 선배가 옆에 있으면 스마트폰도 보지 않으려고 애를 쓰는 모습이 눈에 보였다. 내 앞에서 스마트폰을 만지작거리는 걸 보니 어쩌면 조금은 우등생이라는 틀에서 벗어났을지도 모른다고 내심 기대했다. 다만 칼로리 메이트(일본의 오츠카 제약에서 만든 식사 대용 과자-옮긴이 주)만 먹고 있는 건 마음에 걸린다.

"모토키, 점심은 그게 다야?"

모토키는 스마트폰에서 얼굴을 들고 나를 쳐다보았다.

"요즘 입맛이 없어서요."

"더위 먹은 거 아냐?"

"그럴지도……모르겠어요."

"올해도 아주 푹푹 찌네. 해마다 이러니까 아주 죽을 맛이야."

"맞아요. 전 홋카이도 출신이라서 여기 더위는 진짜 적응이 안 돼요."

"맞다. 나카시베쓰에서 왔댔지?"

"예. 겨울엔 눈이 엄청 많이 오는 곳이에요."

"폭설로 유명한 지역 맞지? 전에 놀러 갔다가 공항 근처에서 커다란 사슴을 본 적 있어."

"아, 가보셨군요. 사슴이랑 청설모는 널렸어요."

고향 이야기가 나오자 모토키의 표정이 살짝 부드러워졌다. 광대한 자연에 둘러싸인 홋카이도에서 살다가 혼자 간토 지방까지 와서 일하려니 얼마나 불안할까.

"우즈키 씨, 개 좋아하세요?"

"개?"

"네. 이거 좀 보세요."

모토키가 내 쪽으로 스마트폰을 내밀었다. 커다란 개가 발이 푹푹 빠지는데도 눈 위에서 신나게 뛰놀고 있다. 아까부터 이 개 영상을 보고 있었던 모양이다.

"귀엽다! 너희 집 반려견이야?"

"네."

"엄청 크다."

"맞아요, 한 30킬로그램은 나갈 거예요. 래브라도리트리버고, 이름은 러브예요."

그런 견종이 있다는 건 알고 있었다.

"똑똑한 애들이지?"

"맹도견이나 경찰관으로 활약하는 애들도 있어요. 우리 러브는 좀 맹한 편이지만요."

모토키가 눈이 반달이 된 얼굴로 사진을 여러 장 보여주었다. 꾸밈없이 웃을 때는 이렇게 표정이 환한데. 평소에 자신을 얼마나 억누르고 사는 걸까.

"앗, 잠깐만. 방금 그 사진, 입에 뭘 물고 있는 거야?"

나는 모토키가 입에 가느다란 뭔가를 물고 개를 쳐다보는 사진을 보고서 스크롤하던 손을 멈추게 했다.

"예? 아아, 이건 강아지 피리예요."

"강아지 피리?"

"네. 강아지 훈련할 때 쓰는 건데요. 사람에게는 안 들리는 음역이 강아지에게는 들려서 훈련할 때 사용해요."

"그런 것도 있구나."

난생처음 듣는 얘기였다. 사진을 자세히 살펴보았다.

"모토키, 이거랑 비슷한 것 같은데, 어때?"

구스노키 공원에서 주운 목걸이에 달린 호루라기와 비슷해 보였다. 모토키는 내가 보여준 사진 속의 목걸이를 찬찬히 뜯어보다가 "그렇……네요. 닮았어요"라고 대답했다.

"이거……혹시 유골 목걸이 아니에요?"

"유골 목걸이?"

"네에. 사람이 죽었을 때처럼 죽은 반려동물을 화장해주는 업체가 있는데요. 반려동물의 유골로 목걸이를 만들어서 걸고 다니기도 하거든요. 그게 아닐까 싶어서요."

그런 게 있는지도 몰랐다. '유골 목걸이'로 검색하자 사진이 주르르 나왔다. 내가 주운 목걸이와 비슷하게 생긴 것도 있었다.

"와아! 진짜네. 이렇게 많구나……."

나는 반려동물을 키워보지 않아서 유골로 목걸이를 만든다는 건 아예 상상도 못했다.

"이거, 우즈키 씨 목걸이 아니에요? 누구 거예요?"

"역 반대쪽에 구스노키 공원이라고 있는데, 거기서 우연히 주웠어. 누가 잃어버리고 찾을지도 모른다 싶어서 주워 오긴 했지만 어떻게 하면 좋을지 모르겠어."

모토키는 턱을 괴고 잠시 생각하는 기색을 보이다가 "괜찮으면, 제가 반려견 계정에 올려볼까요?"라고 말을 꺼냈다.

"응? 반려견……뭐라고?"

"제가 SNS에서 반려견 전용 계정을 운영하고 있거든요. 유골 목걸이를 잃어버린 사람의 심정을 잘 아는 견주들이 사진을 퍼뜨려주면 주인을 찾을지도 몰라요."

"그런 게 가능하다고?"

나는 요즘의 SNS를 잘 모른다.

"가능해요. 최근에도 반려견 사진을 넣어서 만든 귀걸이를 잃어버린 사람이 SNS에 사진을 올렸다가 무사히 찾았다고 하더라고요."

"파급력이 엄청나네. 어떻게 하면 돼?"

"간단해요. 저한테 사진을 보내주시겠어요?"

내가 사진을 보내자마자 모토키는 주운 장소와 상황을 첨부해서 사진을 등록했다. 순식간이었다.

"굉장하다, 이렇게 금방 되는 거였어?"

"예. 어, 벌써 누가 공유했나 봐요."

화면을 보니 벌써 여러 명이 공유한 상태였다.

"이야. 팔로워가 많구나?"

"반려견 계정 팔로워는 수천 명 정도니까 그렇게 많은 편은 아니에요."

반려견 계정이라고 한 걸 보면 다른 계정도 있는 걸까.

"반려견 계정 말고는 또 무슨 계정이 있는데?"

단순히 궁금해서 물어본 거였는데 모토키는 일순 입을 다물고 부끄러운 듯 얼굴을 붉혔다. 내가 대답하기 곤란한 질문을 한 건가.

"……아이돌 계정이요."

작은 소리로 수줍게 속삭이는 모토키를 보자 나도 모르게 웃음이 터졌다.

"뭘 부끄러워하고 그래. 좋아하는 대상이 있으면 좋지."

모토키에게 애정을 갖고 매달릴 대상이 있어서 다행이라는 생각이 들었다. "네, 그렇죠……." 하고 대답하는 모토키의 입술이 빙그레 풀어졌다.

"……유골 목걸이에 관해 연락이 오면 바로 알려드릴게요."

"그래, 부탁할게."

모토키와 일과 무관한 이야기를 이렇게 길게 한 건 처음인 것 같다. 유골이 되어버린 건 안타깝지만 이름 모를 누군가의 반려견에게 감사를 전하고 싶었다.

모토키의 계정으로 DM이 온 건 그로부터 이틀이 지나서였다. 모토키가 올린 글은 상당히 많이 퍼졌고 '좋아요'를 누른 사람도 수만 명이나 됐다.

[DM이 왔어요. 내용을 보니까 목걸이 주인이 맞는 것 같은데 어떻게 할까요?]

[어떤 사람인지 모르니까 일단은 만나자는 약속만 하고 좀 더 지켜보는 게 낫지 않을까? 어쩌면 이상한 사람이 모토키를 노린 건지도 모

르잖아.]

나는 젊은 여성이 SNS에서 알게 된 사람과 직접 만나는 일에 거부감을 느꼈다.

[제가 중년 남성인 척하고 있으니까 괜찮을 것 같긴 한데요, 그래도 알겠습니다.]

중년 남성인 척한다니…… 내게는 그런 발상 자체가 없었기에 어이가 없었지만, 아무튼 모토키 덕분에 목걸이 주인을 만나게 될지도 모른다는 기대가 생겼다. 그 사람에게서 구마노 씨 '미련'의 힌트를 얻게 되기를……하고 간절히 바랐다.

나는 혼자 가서 만나면 된다고 생각했지만 모토키가 자기도 같이 가겠다며 따라나섰다. 실제로 SNS에서 연락을 주고받은 사람은 모토키였기에 솔직히 고마웠다. 그 목걸이의 주인이라는 사람과 오후 1시에 오사다역에서 만나기로 약속했다. 병원에서 가장 가까운 역이 오사다역이다. 시간이 남아서 역 앞의 아담한 카페에 들어가 둘이 점심을 먹기로 했다.

"오늘은 고마워. 설마 진짜 목걸이 주인과 만나게 될 줄이야."

나는 아이스커피와 함께 베이글 샌드위치를 먹었다.

"꼭 돌려줄 수 있으면 좋겠어요."

요즘 입맛이 없다던 모토키는 샌드위치를 깨작거리다가 입이 깔깔한지 밀크티만 홀짝홀짝 마셨다. 병동에 처음 왔을 때보다 훨씬 야위었다. 흰색 티셔츠 밖으로 뻗어나온 가느다란 목이 꼭 왜가리 같았다. 문득 모토키가 내 얼굴을 진지하게 쳐다보았다.

"우즈키 씨는 장기 요양 병동에서 벌써 5년째 근무하고 계시잖아요. 동기 부여는 어떻게 하세요?"

"동기 부여?"

"예에. 5년이나 계속한다는 게 대단해 보여서요. 어떻게 하면 매일 의욕적으로 일할 수 있는지 궁금해요."

모토키가 먼저 일 얘기를 꺼낸 건 처음이었다.

"동기 부여라……."

모토키의 표정이 사뭇 진지했다.

"음……난 장기적인 간호 목표는 설정하지 않으려고 해."

"간호 목표……말씀이에요?"

"응."

간호사는 간호 목표를 설정하고 그 목표를 달성하기 위해 간호 계획을 세운다. 그렇게 세운 간호 계획에 따라 환자를 간호한다. 간호 목표에는 장기 목표와 단기 목표가 있는데, 환자 시점에서 바람직하다고 생각하는 상태를 목표로 설정한다. 장기 목표는 병동에서 기대하는 결승점 같은 것이다. 예를 들어

'대상자는 안심하고 자택으로 돌아간다'처럼 말 그대로 장기적인 목표이다. 단기 목표는 장기 목표를 달성하기 위한 여정이라 할 수 있다. 예를 들면 '대상자는 매일 적극적으로 재활 훈련을 한다', '대상자는 감염을 예방하기 위해 노력한다' 등이 이에 해당한다. 환자의 용태가 달라지면 목표도 바뀌고 계획도 바뀐다. 그 과정을 되풀이하며 더 나은 간호를 위해 노력한다.

"장기 요양 병동에서는 단기 목표조차 달성하지 못하는 경우가 생기잖아. 매일 재활 훈련을 받게 하고 싶었는데 예상보다 상태가 더 나빠질 때도 있고, 이젠 그만 퇴원해도 될 것 같은데 가족이 환자를 받아들일 준비가 안 돼서 못할 때도 있고. 목표를 지나치게 높게 설정하지도 않았는데 달성하지 못하게 방해하는 요인이 많으면 괜히 내가 잘못한 듯한 느낌이 들거든."

모토키는 가만히 내 말에 귀를 기울였다.

"그런 느낌이 쌓이면, 몇 년을 해도 이 일이 싫어지는 순간이 있어. 내가 대체 뭘 위해서 간호사가 됐나 싶을 때도 있고. 그래서 나는 내 맘대로 초단기 목표를 세워."

"초단기 목표라고요?"

"그래. 예를 들면 '대상자는 적어도 하루에 한 번은 웃는다', '대상자는 내가 맡고 있는 순간만이라도 통증이 조금 누그러진다', '대상자는 한순간이라도 통증에서 해방된다', 이런 식으로 진짜 짧은 목표를 세우는 거야."

"아무에게도 말하지 않고 그렇게 하고 있다고요?"

"맞아. 생각해보니 아무한테도 말한 적이 없네? 모토키가 처음이야."

나는 괜히 민망해서 싱겁게 웃었다. 선배의 잔소리처럼 들리면 안 되는데, 라고 생각하면서.

"저는……큰 좌절 없이 여기까지 왔어요."

입을 다물고 있던 모토키가 소소한 개인사를 털어놓기 시작했다.

"성적도 늘 상위권이었고, 부모님의 기대도 커서 열심히 공부했어요. 여동생은 공부는 내팽개치고 노는 데만 정신이 팔린 애라서, 그만큼 저한테 거는 기대가 컸거든요. 그래서 내가 잘해야 한다는 생각을 항상 하고 살았던 것 같아요."

창밖에서 들어온 강한 햇빛이 모토키의 손 위에 가로수 그늘을 드리웠다.

"그런데 간호사가 되고 몇 달이 지나도록 모든 게 다 엉망진창이에요. 아사쿠라 씨는 다정하고 일도 꼼꼼하게 가르쳐주셨어요. 선배님들도 모두 좋은 분들이고, 미코시바 주임님도 마음을 많이 써주시고. 저도 나름 열심히 하고 있어요. 그런데 이유는 모르지만, 퇴근하고 나면 기운이 쭉 빠져요……."

모토키는 고개를 숙인 채 두 손으로 컵을 감싸며 머뭇머뭇하다가 작게 중얼거렸다. "출근하기……싫다는 생각이 들 때도 있어요." 그러고는 가냘픈 어깨를 움츠리며 괴로운 표정을 지었다.

"그랬구나……. 나한테 이야기해줘서 고마워. 네 마음을 알게 돼서 다행이다."

"저는 어떻게 하면 좋을까요?"

매달리는 듯한 모토키의 시선을 느끼며 나는 엷은 미소를 지어 보였다.

"글쎄. 어떻게 하면……좋을까."

빨대로 아이스커피를 쭉 빨아들였다. 차가운 쓴맛이 목구멍을 훑고 지나갔다.

"애초에 말이야……내 눈에는 죄다 엉망진창으로 보이진 않거든. 충분히 노력하고 있고, 큰 실수도 없고, 환자들과 말썽을 일으킨 적도 없잖아?"

"……말썽은 없었지만."

모토키는 일을 빨리 파악했다. 한 번 가르쳐주면 꼼꼼히 메모해서 익히거니와 환자와의 관계도 원만하다. 오히려 지나치게 착실한 축에 들 정도다.

"그런데도, 힘들다는 거잖아?"

내 물음에 모토키는 고개를 아래위로 가볍게 움직였다.

“어쩌면 그건 말이야……다 엉망진창이라서가 아니라, 아무 탈이 없는데도 힘겹게 느껴지는 게 아닐까?”

내가 묻자 모토키는 이맛살을 살짝 찌푸리며 생각에 잠긴 표정을 지었다.

“생각해보니까……실수해서 힘들다거나 처치가 힘들다거나, 그런 건 아닌 것 같아요.”

“그렇지? 그러면 지금부터 너를 힘들게 하는 원인이 뭔지 곰곰이 따져보면 되지 않을까?”

“힘들게 하는 원인……말씀이죠?”

“맞아. 지금 하는 이 일이 괴로운 이유가 뭘까. 나는 왜 일하러 가기 싫을까. 그 점을 깊이 들여다보면 될 것 같은데?”

모토키는 입속말로 ‘깊이 들여다본다’ 하고 중얼거렸다.

“고민해보고 난 뒤에도 도저히 힘들어서 못하겠다 싶으면 억지로 계속할 필요는 없다고 봐. 큰맘 먹고 잠시 일을 쉬는 것도 괜찮아. 정신을 갉아먹고 몸을 축내는 거야말로 진짜 끔찍한 일이니까. 그러니까 난 이대로 계속 생각해보는 것도 좋고, 잠시 일을 떠나보는 것도 괜찮다고 생각해. 어쩌면 그사이에 다른 병동으로 이동한다는 선택지가 등장할 수도 있잖아. 목적지는 하나가 아니다, 여러 갈래 길이 있다, 그렇게 생각하면서 어깨에 들어간 힘을 좀 빼보는 건 어때?"

모토키가 잔뜩 말려 있던 어깨를 살그머니 펴는 듯 보였다.

"야마부키 동기 중에는 입사하자마자 두 달 만에 병원을 관두고 지금 헌혈의 집에서 일하는 사람도 있거든."

"아, 그 사람 얘기는 야마부키 씨한테 들었어요. 환자의 임종을 지켜보는 게 괴로워서 금방 그만뒀다고 하던데요?"

"그래, 아마 맞을 거야. 그치만 지금은 자기 일을 즐기고 있대. 간호사가 할 수 있는 일이 병동에만 있는 건 아니거든. 간호사 면허증은 여기저기서 꽤 쓸모가 있어."

"네."

모토키가 밀크티를 입으로 가져갔다. 그러더니 뭔가 떠올랐다는 듯이 고개를 쳐들었다.

"야마부키 씨가 그 사람이 미팅을 주선하기로 했다면서 저도 같이 가자고 했었어요."

나는 하마터면 아이스커피를 뿜을 뻔했다.

"미팅 자리에 같이 가자고 했다고?"

"네. 그 동기분이 헌혈의 집에서 알게 된 사업가랬나……? 암튼 그 남자와 미팅을 하게 됐다고 하면서요."

"가봐. 재미있을 거야."

야마부키는 야마부키 나름대로 모토키에게 마음을 쓰고 있다. 단순히 자기가 옳다고 믿는 것을 직구로 던지는 데 그치지 않고 다른 방법으로 모토키에게 다가가려고 시도하는 모습이 보기 좋았다. 모토키가 야마부키의 동기와 속마음을 터놓고 이야기를 해보면 좋을 것 같다. 일을 하는 방식은 다양하므로 그 중에서 스스로 선택하면 된다. 야마부키의 동기가 가까이에서 그 사실을 증명하고 있다.

오후 1시가 되자 눈초리가 위로 치켜 올라가고 호리호리한 체격의 젊은 남성이 약속 장소에 나타났다. 약간 떨어진 위치에서 그 사람을 지켜보았다. 요란한 금발 머리에 까만 탱크톱을 입고 목에는 촌스러운 십자가 목걸이가 걸려 있다.

"저 사람 같지?"

"그런 것……같아요."

우리는 얼굴을 마주 보았다. 외모로 사람을 판단해선 안 되지만 경계심을 불러일으키는 차림새 때문에 여자 둘이서 만나려니 어쩐지 겁이 났다. 게다가 그 유골 목걸이에는 귀여운 핑크색 스톤이 달려 있다. 경박해 보이는 이 남자의 것이라기엔 왠지 찜찜했다.

"뭔가 싸하지 않아? 일단 오늘 저 사람과 한 약속은 취소하자."

"……그게 좋겠어요. 메시지를 주고받을 때는 여자 같았거든요. 이미지가 너무 달라요. 그럼 메시지 보낼게요."

모토키는 '갑자기 열이 나서 못 만나게 됐어요'라는 내용을 담아 사과 메시지를 보냈다. 젊은 남성이 스마트폰을 확인하더니 곧바로 알겠다는 답장이 왔다. 이어서 남성이 사리를 떴다. 역시 이 사람이 맞았던 걸까.

길을 걷던 남성이 갑자기 도로 한쪽에 세워져 있던 술집 간판을 발로 뻥 찼다. 나는 큰소리를 듣고 놀라 어깨를 움츠렸다. 모토키도 '아, 깜짝이야' 하고 중얼거렸다. 근처에 있던 사람들도 섬찟 놀라 남성을 피해 지나갔다.

"모토키, 오늘은 고마웠어. 우린 여기서 헤어지자."

나는 왠지 모르게 가슴이 쿵쾅거렸다. 목걸이와 구마노 씨는 아무 상관이 없을 것이다. 하지만 약속이 취소됐다는 이유만으로 충동적으로 폭력을 행사하는 저 남성과 '미련' 속의 멍든 여성이 희미하게 겹쳐 보였다.

설마 하면서도 한편으로는 '미련'의 힌트를 얻을지도 모른다는 생각이 들었다. 그래서 남성을 쫓아가야겠다고 결심했다.

"네? 우즈키 씨, 어디 가시게요?"

"그게, 좀 마음에 걸리는 일이 있어서. 잘 가, 오늘은 진짜 고마웠어! 또 연락할게! 미팅 잘하고 와."

"아니……."

나는 한여름의 역 앞에 모토키를 혼자 남겨두고서 남성을 따라갔다.

남성은 손에 쥔 비닐봉지를 이리저리 흔들며 단정치 못한 걸음으로 느릿느릿 걸었다. 남성을 몰래 미행하는 일은 어렵지 않았다. 화가 누그러졌는지 또다시 뭔가를 차거나 하지도 않았다. 오사다역에서 만나자고 했으니 이 근처에 사는 사람일 것 같다. '미련'과의 관계는 그저 내 상상에 불과할지도 모르지만 어쨌거나 확인은 하고 싶다.

남성은 주택가를 빠져나간 뒤에도 계속 걸었다. 나는 그 뒤를 따라 걸었다. 뒤통수를 때리는 햇볕이 따가웠다. 모자라도 쓰고 올 걸 그랬다며 뒤늦게 후회가 밀려왔다.

시야에 잡히는 민가가 점점 줄어들더니 대신 밭이 늘어났다. 역에서 조금만 벗어나면 농가가 나오는구나. 구스노키 공원으로 가는 길이지만 공원까지 걸어가기엔 멀겠다고 생각한 순간, 남성이 왼쪽으로 꺾어 들어갔다.

그쪽은 밭이었다. 현재 재배 중인 농작물은 없고 밭 한쪽에 뽑을 시기가 지나 노란색 꽃이 핀 양배추 몇 개가 방치되어 있다. 밭 옆에는 트랙터가 서 있었다. 그 안쪽으로 헛간 세 채가 눈에 들어왔다. 나무로 만든 오래된 헛간 벽에는 먼지가 뽀얗

게 쌓여 있다. 남성이 그중 한 곳으로 들어갔다.

나무 뒤에 숨어서 보고 있자니 남성은 이내 헛간에서 나와 거기서 조금 떨어진 안채 쪽으로 걸어갔다. 안채는 큼지막한 일본 가옥이다. 농가 지주의 아들일까. 손에 들고 있던 비닐봉지가 사라지고 없었다. 헛간에 두고 온 걸까.

나는 조그맣게 "실례합니다"라고 말하고서 종종걸음으로 트랙터 옆까지 이동했다. 좀 전에 남성이 들어갔던 헛간이 바로 코앞에 있다. 천천히 걸어가서 눅눅한 나무문에 손을 올렸다. 문은 삐걱거리는 소리도 없이 바로 열렸다.

헛간 안은 그늘이 져서 서늘했다. 먼지와 두엄 냄새가 훅 끼친다. 입구에서 안쪽으로 들어가자 선반이 늘어서 있고, 선반 위에는 양동이와 농기구와 목장갑과 비료 따위가 아무렇게나 놓여 있다. 맨 위 칸에는 손이 닿지 않는 걸 보니 선반 높이가 2미터 정도는 될 것 같다. 자칫 잘못해서 물건이 떨어지는 상상을 하자 조금 무서웠다. 그 남성이 이런 데서 뭘 했을지 생각하면서 실내를 둘러보았다. 그때 비닐이 버스럭거리는 소리가 들렸다. 뭐지……. 소리가 나는 쪽으로 조심조심 걸음을 옮겼다. 불안감을 달래며 구석진 선반 뒤쪽을 살펴보니 웬 여성이 쪼그리고 앉아 있다. 헉, 하는 소리가 입 밖으로 새어나왔다. 남성에게 받았을까, 여성이 비닐봉지에서 뭔가를 꺼내 먹고 마시고 있었다.

"저기……."

잠깐 망설이다가 입을 열자 여성이 소스라치게 놀라 '으악!' 하고 소리를 내질렀다.

"누, 누구야!"

"저, 죄송해요, 저는 지나가던 사람이에요."

"뭐 하는 거예요, 당장 나가요."

여성은 뼈가 앙상하게 드러난 손으로 주먹밥을 움켜쥐었다.

이십대 초반쯤으로 보이는 깡마른 여성. 정면에서 얼굴을 확인한 나는 가슴이 철렁했다. 구마노 씨의 '미련'에 등장한 여성이다. 입가의 멍은 이제 없었다. 대신 눈가에 멍이 들었다. 게다가 심하게 부풀어올라 있다.

"저기요……괜한 오지랖일지 모르지만 여기서 뭐 하시는 거예요?"

먼지가 가득한 헛간은 사람이 살 만한 데가 아니었다. 여성은 남은 주먹밥을 마저 먹고 페트병에 든 녹차까지 마시고 나서 한숨을 크게 내쉬었다.

"내가 잘못한 거라서 어쩔 수 없어요."

"그게 무슨 말이에요?"

"당신이야말로 여긴 어떻게 들어온 거죠?"

"그건……."

나는 크로스백 안에 들어 있던 유골 목걸이를 꺼냈다.

"아! 그건!"

"이 목걸이 주인을 찾고 있어요. 유골 목걸이라는 건데요……. 혹시 아세요?"

여성은 내가 꺼내 보여준 목걸이를 자기 손바닥에 살포시 올렸다.

"이거……내 거예요."

"앗!"

"아아, 다행이다……돌아왔구나……."

여성은 금방이라도 울음을 터뜨릴 듯한 얼굴로 목걸이를 꽉 거머쥐었다. 핑크색 스톤 장식이 이 여성에게 잘 어울렸다.

"이 목걸이를 잃어버리고 내내 찾고 있었어요. 구스노키 공원 근처에서 떨어뜨린 것 같아서 몇 번이나 가서 찾아봤지만 못 찾았거든요. 내가 계속 찾는 모습을 보고서 오토바이를 타고 그 길을 자주 지나다니던 배달원이 함께 살펴봐준 적도 있어요."

아하, 그래서 구마노 씨와 만난 거구나.

"못 찾을 것 같아서 포기하고 지내다가 SNS에서 당신이 올린 글을 봤어요."

내가 아니라 모토키가 올린 거지만 여기서 그 얘기를 꺼내면 사정이 더 복잡해질 것 같아서 자세한 설명은 나중으로 미루기로 했다.

"여러 번 메시지를 주고받다 보니까 진짜 좋은 사람 같길래 오늘 받으러 갈 예정이었어요. 그런데 그만 남자친구에게 들켜버렸지 뭐예요."

아까 그 남성이 남자친구란 말인가.

"그 사람이 내가 딴 남자와 데이트라도 하러 가는 줄 알고 착각해서는. 유골 목걸이를 받으러 간다고 몇 번이나 말했는데도 이해를 못하고…… 여기 들어가 있으라고 해서 완전히 포기하고 있었어요."

모토키는 SNS에서 중년 남성 흉내를 내고 있다고 했다. 아까 그 남성은 오늘 우리의 약속을 데이트로 착각한 듯하다. 그래서 직접 약속 장소를 찾아가서 한소리 할 작정이었는지도 모른다. 약속을 취소했을 때 그렇게 열받은 이유가 그거였나.

나는 처음 여성의 얼굴을 봤을 때부터 줄곧 마음에 걸렸던 일을 물어보았다.

"혹시 그 사람이 폭력을 쓰기도 하나요?"

여성은 난처해하며 눈을 내리깔았다.

"당신이 무슨 상관이에요?"

목소리가 딱딱하게 굳었다.

"상관은 없지만, 당신 눈가가 부어올랐어요."

"……폭력이라고 할 정도는 아니에요. 다 내 잘못이에요."

"그렇지만, 멍도 들었고 아파 보이는데요?"

"이건……살짝 부딪쳐서 그래요."

"그나저나 애당초 왜 이런 헛간에 들어와 있는 거죠?"

그러자 여성이 고개를 들고 내 얼굴을 빤히 쳐다보았다.

"남자친구 몰래 SNS를 했던 내 잘못이에요. 어릴 때 나쁜 짓을 하다가 옷장에 갇힌 적 없어요? 그거랑 비슷한 거예요."

여성이 단호하게 말했다. 전형적인 데이트 폭력이다. 연인 사이에서 한쪽이 폭력과 폭언으로 다른 한쪽을 지배하는 것. 구마노 씨는 상처가 난 얼굴로 목걸이를 찾던 이 여성을 목격했고, 심상치 않던 그 모습이 걱정되어 기억에서 떠나지 않았다. 그러다가 입원을 하게 됐지만 여전히 가슴 한쪽에 미련으로 남은 것이다.

"우선 여기서 나가요."

"안 돼요. 못 나가요."

"왜죠? 문은 열려 있어요. 그래서 저도 들어올 수 있었고요."

"아뇨, 멋대로 나가면 그 사람이 이성을 잃고 격분할 거예요. 난 못 나가요. 여기선 물도 마실 수 있어요."

그렇게 말하면서 헛간 구석의 수도를 가리켰다. 그건 농기구 따위를 씻을 때 쓰는 수전인지라 사람이 마셔도 될 만큼 깨끗하지가 않다. 이 사람은 감각이 마비되었다. 데이트 폭력을 당한 사람에게는 자신이 심한 처사를 당하고 있다는 감각이 점점 둔해지는 증상이 흔하게 나타난다. 이런 상황은 세뇌에 가깝다. 혹은 의존증, 도를 넘은 의존증이다. 열쇠로 문을 잠그지도 않았고 감금되지도 않았다. 그런데도 스스로 여기서 나가야 한다는 생각조차 하지 못한다.

여성은 너무 말라서 뼈만 앙상했다. 자세히 보니 입술도 바싹 말라 있다. 오랫동안 이 안에 있었으니 탈수 상태일 가능성도 있다. 구타로 인해 부상을 입었으므로 검진도 받게 해야 한다. 경찰은 남의 사생활에는 개입하지 않는다는 민사 불개입 원칙을 내세워 아무것도 해주지 않을지도 모르지만, 일단 검진부터 받고 사회복지사와 연결되면 데이트 폭력 피해자를 지원하는 단체에서 지원을 받을 수도 있다.

아무튼 이 사람을 여기서 데리고 나가야만 한다. 도움을 요청하기 위해 가방에서 스마트폰을 꺼냈으나 화면을 확인하자마자 낭패감에 얼굴이 굳어졌다. 전원이 꺼져 있었다. 배터리가 나가버린 것이다.

최근 들어 배터리가 빨리 닳는다는 걸 알고 있었다. 어쩌자고 즉시 휴대전화 매장에 가지 않았을까. 요즘 나는 할 일을 제때제때 하지 않고 핑계를 대는 일이 많아졌다. 지금은 의기소침해 있을 때가 아니지만, 어쨌든 이런 내가 싫다. 나는 스스로를 비난하며 두 손으로 얼굴을 감쌌다. 어쩌면 좋을까. 어떻게 하면 이 사람을 여기서 데리고 나갈 수 있을까. 먼지가 가득한 공기를 들이마셨더니 가슴이 답답할 지경이었다. 간신히 여기까지 왔건만, 정녕 나는 이 사람을 도울 수 없는 걸까.

그때 등뒤에서 무슨 소리가 났다. 아까 그 남성이 다시 돌아온 건가 싶어 놀라서 뒷걸음질을 쳤다. 선반 틈으로 슬쩍 엿보자 자그마한 사람 그림자가 눈에 들어왔다.

“우즈키 씨?”

헛간에 들어온 사람은 다름 아닌 모토키였다.

“여기서 뭐 하세요?”

“모토키! 집에 안 갔어?”

나는 다급하게 입구 쪽으로 달려갔다.

“그게…… 우즈키 씨가 걱정스러운 얼굴로 어디론가 가길래 따라왔어요. 그러다가 여기로 들어가는 걸 봤고……. 근데 여기는 뭐예요?”

모토키는 그렇게 말하면서 실내를 둘러보았다.

“여긴 농가에서 쓰는 헛간인 것 같아. 참, 목걸이 주인을 만났어."

"정말요? 그 남성을 만났어요?"

"아니, 자세한 얘기는 나중에 할게……. 지금 이 안에 있는 여성의 목걸이였어."

나는 목소리를 낮추고 귓속말을 했다.

"예에! 여기 있다고요?"

"그렇다니까."

나는 모토키를 안쪽 선반 앞까지 데리고 갔다. 화들짝 놀란 모토키가 작게 숨을 들이마셨다.

"저 사람, 다쳤잖아요! 게다가 왜 이런 데서……."

"이상하지? 아마 탈수 증세도 있을 거야. 어쩌면 아까 그 남성에게 맞았는지도 몰라…… 구급차를 불러야 할 거야."

"저도 그렇게 생각해요!"

여성이 모토키를 의아하게 쳐다보았다.

"아니, 당신도 지나가던 사람이에요? 당신들 대체 뭐예요?"

"모토키, 스마트폰 켜져 있어?"

"아, 네. 켜져 있어요."

"미안, 내 스마트폰은 배터리가 다 돼서."

"그럼 제가 구급차 부를까요?"

"응, 부탁할게."

모토키는 고개를 끄덕거리며 스마트폰을 꺼내 119에 전화를 걸었다. 갑작스러운 상황을 눈앞에 두고도 당황하는 기색 없이 침착했다. 부상자 정보를 공유한 순간부터 우리는 어느새 간호사가 되어 있었다. 모토키는 위치를 설명하면서 헛간 밖으로 나갔다. 구급차를 마중하러 나간 것이다.

구급차는 금방 왔다. 여성은 처음에는 구급대원 지시도 무시한 채 꿈쩍도 하지 않았다. 그러나 탈수 증세도 있고 다친 것도 확실했기에 결국은 구급대원에게 설득되어 구급차에 올랐다. 이윽고 아까 그 남성이 안채에서 나오더니 구급대원 한 명과 뭐라 뭐라 대화를 나눴다. 나는 다른 구급대원에게 사정을 설명하고 남성과 여성 사이에 데이트 폭력이 있었을 가능성을 전했다. 남성은 변명 비슷한 말을 내뱉다가 다시 안채로 들어갔다.

나는 후유 하고 가슴을 쓸어내렸다.

모토키가 왜 안 보이나 싶었더니 스포츠음료가 든 페트병 두 개를 들고 이쪽으로 달려오고 있다. 자판기에서 사온 것 같다. "드세요." 하면서 내게 페트병 하나를 내밀었다.

"고마워."

"큰일 날 뻔했네요."

"그러게 말이야. 그래도 목걸이 주인을 찾아서 정말 다행이야. 구급차가 와서 마음이 놓였어. 이게 다 네 덕분이야, 고맙다."

"우즈키 씨는 속마음을 잘 터놓지 않는 편이세요? 말해줬으면 처음부터 같이 왔을 텐데요."

모토키가 입술을 삐죽거렸다. 속마음을 잘 터놓지 않느냐니, 이런 말을 모토키에게 듣게 되리라고는 상상도 하지 못했다.

"나도 남 말할 처지가 아니구나. 오늘은 덕분에 살았어, 고마워."

"아니에요, 저야말로 오늘 우즈키 씨랑 이런저런 얘기를 할 수 있어서 좋았어요."

수고했다고 격려하면서 마치 건배를 하듯 모토키의 페트병에 내 페트병을 가볍게 부딪쳤다. 모토키는 멋쩍게 웃었다. 나는 그 여성이 데이트 폭력 의존증에서 벗어날 수 있기를 진심으로 바랐다. 햇볕이 강하게 내리쬐는 탓에 더웠다. 스포츠음료를 꿀꺽꿀꺽 삼키자 차가운 물이 몸속을 휘젓는 기분이 들었다.

기록적인 폭염이 연일 계속되었다. 야간 근무가 있는 날은 오후 3시가 지나 하루 중 제일 더운 시간에 출근길에 오르게 된다. 양산을 쓴 채 하늘을 쳐다보았다. 여름 하늘은 드넓고 구름 한 점 없이 청명하다.

퇴근 시간이 거의 다 됐을 무렵 구마노 씨의 침대 옆으로 갔다.

"기분은 어떠세요?"

"음, 똑같아요."

"실은 최근에 좀 좋은 일이 있었어요."

"허허, 그래요?"

"구스노키 공원에서 목걸이를 주웠는데요."

"목걸이?"

"예. 어떤 여성이 아주 소중하게 여기던 목걸이였어요. 제가 그 목걸이 주인을 찾아서 돌려줬어요. 그러고 나니까 정말 기뻤어요."

"그랬군요. 참 잘됐네요."

"애인에게 폭력을 당하고 정신적으로도 지배받던 여성이라서 걱정이 이만저만이 아니었는데요…… 검사도 받았으니까 이제 좋아질 일만 남은 것 같아요."

내가 말을 마치자 짧은 침묵이 내려앉았다.

"……우즈키 씨, 왜 그런 이야기를 나한테 하는 겁니까?"

구마노 씨가 나지막이 물었다.

"모르겠어요. 그냥 하고 싶어졌어요."

구마노 씨는 눈을 실처럼 가늘게 뜨고서 "께름칙하네요"라는 한마디를 내뱉었다. 내겐 가느다란 바늘로 심장을 쿡쿡 찌르는 듯한 통증이 이어졌다. '께름칙하네요.' 남에게 직접 말을 듣고 보니 이게 섬뜩한 일이라는 사실이 더 실감 났다. 역시 이건 정상이 아니다.

남의 마음에 응어리진 '미련'을 보는 일이 바람직할 리가 없다. 환자 입장에서는 남에게 보여주고 싶지 않은 부분도 있을 것이다. 그렇지만 나는 그것을 보고 어떻게든 해소하려고 머리를 굴리고 만다. 해소하지 못하면 깊은 후회로 남을 것만 같다. 하지만 그런 내 감정은 환자와는 무관하다. 나는 발밑이 푹 꺼지면서 의지할 곳을 잃어버린 듯한 기분에 사로잡혔다.

"……그럼 이만 가보겠습니다. 주간 담당자가 곧 올 거예요."

"예에. 내일 봅시다."

"네. 내일 뵙겠습니다."

얼마 남지 않은 '내일 봅시다'라는 인사를 곱씹으며 병실을 나왔다.

구마노 씨에게 들은 '께름칙하네요'라는 말이 머리에 들러붙어서 떨어지지 않는다. 께름칙하구나. 역시 소름이 끼치도록 무서운 상황이 맞구나. 탈의실에서 옷을 갈아입으며 그날을 회상했다. 내가 '미련'을 보게 된 2년 전 그날을.

"올해 여름휴가는 10월에 가게 됐어."

지나미가 그렇게 말했다. 둘이 함께 샐러드 우동을 먹고 있을 때였다. 그 무렵에는 저녁으로 샐러드 우동을 즐겨 먹었는데, 우동에 삶은 돼지고기와 채소와 김치를 올리고 간장 소스를 끼얹기만 하면 돼서 편했다. 또 탄수화물과 단백질과 섬유질을 한꺼번에 섭취할 수 있는 데다 맛도 있어서 둘 다 좋아했다.

"난 10월은 안 돼. 좀 더 일찍 가야 할 것 같아."

지나미는 다른 병원의 혈액내과에서 일하고 있었고, 나는 그때도 지금처럼 장기 요양 병동 소속이었다. 병동 근무 간호사는 같은 시기에 여러 명이 동시에 휴가를 내지 못한다. 특히나 장기 휴가가 겹치면 병동 업무가 제대로 돌아가지 않기 때문에 보통 여름휴가는 6월부터 11월 사이에 나눠서 가게 된다.

"그렇지? 그러면 올해는 오랜만에 본가나 다녀와야겠다."

그렇게 말하고 우동을 후루룩후루룩 삼키는 지나미는 평소와 똑같이 사랑스러웠다. 나는 지나미를 좋아했다. 친구 이상으로 좋아했다. 아니, 지나미를 사랑했다. 그렇지만 말로 표현하지는 못했다. 동성을 좋아하게 된 건 지나미가 처음이었고, 같이 집을 얻어 살 정도로 친하게 지내던 친구가 자신을 사랑한다는 사실을 알았을 때 지나미가 혐오감을 느끼거나 겁을 낼지도 모른다는 생각에 차마 말할 수 없었다.

미리 말했듯이 10월이 되자 지나미는 큼지막한 가방을 메고 고향으로 내려갔다.

"선물 사올게, 기대해."

지나미는 늘 그랬듯이 헤실헤실 웃으며 아침 일찍 가벼운 발걸음으로 집을 나섰다. 물론 나는 잘 다녀오라고 인사하며 지나미를 배웅했다. 그날 저녁에는 혼자 뭘 먹어야 할지 몰라 고민하다가 편의점에 들러 어묵을 사서 집에 왔다.

집에 도착하기 무섭게 스마트폰이 요란하게 진동했다. 모르는 번호였다. 누군지 궁금해하면서 통화 버튼을 터치하자마자 여성의 다급한 목소리가 귓가를 파고들었다.

"여보세요! 우즈키 씨……우즈키 사에 씨 번호가 맞나요?"

절박한 말투에서 심상치 않은 분위기가 전해졌다.

"네……그런데요."

"미카도 지나미 엄마예요. 지나미가……."

불길한 침묵이 흘렀다. 지나미에게 무슨 일이 생긴 걸까.

"지나미가…… 사고를 당했습니다."

"……예?"

지나미 어머니가 말하길 지나미가 본가 근처에서 교통사고를 당해 구급차를 타고 병원으로 이송되었다고 했다. 내 전화번호는 지나미 스마트폰을 보고 알아낸 듯했다. 어머니 목소리는 또렷이 들렸다. 하지만 '차', '사고', '구급차' 같은 단어는 내가 모르는 단어처럼 내 귓가를 스르르 빠져나갔다. 상황을 제대로 파악할 수 없었다. 받아들일 수 없었다. 신발을 신은 채로 현관에 우뚝 서 있었다. 익숙한 우리 집이 어색하고 낯설어 보였다. 몸이 그 자리에 얼어붙어서 한 발짝도 움직이지 못했다.

"지나미가 잠꼬대하듯 당신 이름을 부르고 있어요. '사에, 귀중한 서랍'이라는 말도 되풀이하면서요. 우즈키 씨는 그게 무슨 뜻인지 알죠? 아는 거 맞죠!"

지나미 어머니는 거의 절규하다시피 하며 당신은 절대로 모르면 안 된다는 투로 나를 몰아붙였다.

귀중한 서랍……, 모를 리가 없다. 나는 그게 뭔지 알고 있다!

그건 우리 둘 사이에서 자주 쓰던 표현이었다. 이 집에는 서랍이 달린 작은 목재 캐비닛이 하나 있다. 우리는 평소에는 거의 쓸 일이 없는 중요한 것들을 넣어둔 그 서랍을 '귀중한 서랍'이라고 불렀다. 간호사 면허증이며 여권 등 절대 잃어버리면 안 되는 물건들이 들어 있다.

"어쩌면 지나미의 마지막 말일지도 몰라요……."

그렇게 말하는 지나미 어머니의 목소리가 금방이라도 꺼질 것 같은 촛불처럼 가늘게 떨렸다. 마치 애원하는 듯한 말투였다. 나는 떨리는 어머니의 목소리와 '마지막'이라는 말에 말문이 콱 막혔다. 눈앞이 보이지 않았다. 스마트폰을 거머쥔 손이 차갑게 식었다. 탁, 소리와 함께 뭔가가 발치에 떨어졌다. 더 이상 손에서 비닐봉지의 무게가 느껴지지 않았다.

"우즈키 씨!"

"……자, 잠깐만 기다리세요."

나는 신발을 벗어 던지고 집 안으로 뛰어들어가 '귀중한 서랍'을 힘껏 당겼다. 서랍 안에 있던 서류들이 내 쪽으로 미끄러졌다. 그 안에 처음 보는 쇼핑백 하나가 섞여 있었다. 스마트폰을 어깨와 귀 사이에 끼운 채로 허둥지둥 쇼핑백을 열었다. 자그마한 상자와 카드가 눈에 들어오자마자 심장이 덜컥 내려앉았다. 벨벳 소재에 짙은 남색 상자. 상자를 열어보니 가느다랗고 예쁜 반지가 두 개 들어 있었다. 카드를 읽었다.

[Happy Birthday]

갑작스러운 생일 축하 인사를 본 나는 절규가 터져나올까 봐 손으로 입을 틀어막았다. 손가락 사이에서 가쁜 숨이 새어 나왔다. 다음 달은 내 생일이다. 반지는……커플링이었다. 둘 중에 더 작은 반지를 골라 조심스레 손가락에 끼웠다. 손가락을 훑던 차가운 반지는 내 약지에 꼭 들어맞았다.

"지나미……."

"우즈키 씨!"

전화기 저편에서 지나미 어머니가 큰소리로 나를 불렀다.

"귀……'귀중한 서랍'의 뜻을 알아냈어요……. 지, 지나미에게 '고마워'라고……전해주세요."

숨이 흐트러져서 말이 제대로 나오지 않았다. 지나미 어머니가 숨을 꿀꺽 삼켰다. 그런 다음 마음을 단단히 먹은 듯한 어조로 "알겠습니다. 고맙습니다"라고 말했다. 전화기 너머에서 술렁임이 일었다.

"불러서 가봐야겠어요."

지나미 어머니는 급하게 전화를 끊었다. 나는 한참이나 스마트폰을 꽉 움켜잡고 있었다. 이윽고 온몸에 힘이 풀려 그 자리에 털썩 주저앉았다.

어디선가 곤충이 날갯짓하는 소리가 들린다 싶었더니 내 목에서 흘러나온 신음 소리였다. 바닥에 앉아 스마트폰을 무릎 위에 올린 채 입술을 악물고 양손에 얼굴을 묻었다. 숨이 똑바로 쉬어지지 않아 고통스러웠다. 제발 살려주세요, 목숨만은 살려주세요. 그렇게 기도하며 새 반지를 낀 왼손을 오른손으로 꽉 붙잡았다. 손끝이 사시나무처럼 떨렸다.

다리를 껴안고 앉아 두 무릎 사이에 얼굴을 파묻었다. 아무 생각도 할 수 없었다. 기도 말고는 내가 할 수 있는 일이 하나도 없었다. 두세 시간쯤 그러고 있었을까. 또다시 스마트폰이 부르르 진동했다. 깜짝 놀라 몸에 힘이 들어갔다. 아까 그 번호였다.

"네."

재빨리 전화를 받았다. 목소리가 갈라졌다.

"우즈키 씨 맞죠?"

지나미 어머니의 메마른 목소리가 흘러나왔다.

"……네."

"조금 전에 지나미가……."

거기서 말을 한 번 멈추었다. 째깍째깍 시곗바늘 돌아가는 소리만 들렸다. 겨우 몇 초일지도 모르지만 내게는 영원처럼 느껴졌다. 다음에 이어질 말이 나쁜 소식이라면 그 말을 듣기 전에 세상이 멸망하기를 바랐다.

"지나미가……숨을 거두었습니다."

귓가에서 풍덩 하는 물소리가 들렸다. 몸이 차갑게 식고 무거워지더니 귀를 막았을 때처럼 내 주위의 모든 소리가 싹 사라졌다. 빠글빠글 기포가 이는 소리만이 머릿속을 울렸다.

갑자기 머리가 어찔하더니 몸이 옆으로 쓰러졌다. 바다 밑바닥으로 가라앉았다. 어두워서 아무것도 보이지 않았다. 추웠다. 몸이 덜덜 떨렸다. 차디찬 물이 전신을 삼켰다.

숨을 들이쉬면 물이 목구멍으로 흘러들어와서 호흡을 할 수가 없었다. 목이 메어 아무리 숨을 들이마셔도 산소가 들어오지 않았다. 답답하고 고통스러웠다. 심장이 삐걱대고 날카로운 통증이 일었다. 누군가가 내 심장을 향해 쏜 화살이 피부를 뚫고 들어와서 박혔다. 화살은 거듭 내 심장을 꿰뚫었고 그때마다 피가 철철 흘러넘쳤다. 쾅쾅대는 머리와 벌떡거리는 맥박. 온몸에 통증이 퍼졌다. 그 통증만 선명할 뿐 보이는 건 아무것도 없었다. 나는 점점 더 암흑 속으로 빨려들어갔다. 바닷물이 내 몸을 휘젓고 갈기갈기 찢었다가 다시 집어삼켰다.

"왜 지나미와 같이 휴가를 내지 않았지?"

"좋아한다는 말도 전하지 못했잖아."

파도가 칠 때마다 들려오는 날카로운 말들이 내 몸을 갉아먹었다.

"귀중한 서랍이 뭔지 알아줘서 고맙습니다"라던 지나미 어머니의 목소리가 멀리서 흐릿하게 울렸다. 바다 깊은 곳에 있는 내게 그 말은 아무런 의미가 없었다.

지나미가 죽었다…… 에이, 그게 말이 돼? 여름휴가가 끝나면 돌아올 거야. 지나미가 이 세상에 없다니 말도 안 돼. 다시는 못 본다니, 그런 거짓말이 어디 있어? 그럴 리가 없잖아. 믿을 수 없다고 발버둥칠 때마다 시리도록 차가운 물이 내 몸을 찢어발겼다. 너무 아파서 몸을 반으로 접은 채로 괴로움에 몸부림쳤다. 쿵쿵대는 심장과 뒤엉킨 감정과 마구 날뛰는 머리 때문에 미쳐버릴 지경이었다. 머리카락을 벅벅 긁었다. 언제 전화가 끊겼는지도 기억나지 않았다.

꺼이꺼이, 듣기 싫은 소리가 계속 난다 했더니 내 울음소리였다. 옆으로 누워 무릎을 껴안고 목 놓아 울었다. 지나미가 죽다니. 아니야. 다시는 못 만난다니, 말도 안 돼. 이토록 좋아하고, 이토록 보고 싶고, 이토록 그리워하는데! 눈물과 침이 바닥을 적셨다. 절망의 밑바닥에서 끓어오른 비탄의 파도가 감당할 수 없을 정도로 거세게 내 몸을 강타했다.

아무리 울고 몸부림치고 괴로워해도 통증은 사라지지 않았다. 지나미는 두 번 다시 이 집으로 돌아오지 않는다.

그날은 뜬눈으로 밤을 새웠다. 얼음장 같은 심해가 찢어발긴 내 몸은 밤새 캄캄한 암흑 속에 버려져 있었다. 나는 암흑천지에 내던져진 채 지나미가 선물로 준 반지를 거듭 어루만지며 하염없이 눈물을 흘렸다.

이 반지는…… 지나미도 나와 같은 마음으로 나를 사랑했다는 뜻 맞지? 둘이 한마음이었다고 생각해도 되지? 깊은 슬픔 속에서 고개를 들고 '지나미, 대답해줘'라고 중얼거렸다가 대답할 상대가 없다는 사실에 소름이 끼쳐서 또다시 펑펑 울었다. 슬픔은 점점 더 진하고 깊어졌다. 지나미가 없다는 사실을 받아들이지 못하는 눈에서 눈물이 건잡을 수 없이 흘러내렸다.

이튿날, 몸속에 엉겨붙은 비탄을 질질 끌며 간신히 병원까지 간 나를 맨 처음 본 사람은 미코시바 주임이었다. 미코시바 주임은 살짝 놀란 기색을 보이다가 이내 "무슨 일 있었습니까?" 하고 물었다. 울어서 눈이 퉁퉁 부은 내 꼴이 말이 아니었으리라. 밤새 칠흑같이 깜깜한 암흑세계에 끌려 들어갔다가 나온 상태였다. 산송장처럼 보였겠지. 나는 "룸메이트가 죽었어요"라고 목소리를 짜냈다.

"오늘은 됐으니까 그냥 돌아가세요. 좀 쉬는 게 좋을 것 같습니다."

미코시바 주임이 다정한 목소리로 말했다.

"그렇지만 제 사정과 일은 별개잖아요."

"그게 무슨 소리예요? 건강하지 못한 간호사가 어떻게 환자를 돌보겠습니까? 게다가 우즈키 씨는 지금 자신이 얼마나 힘든지 아직 제대로 자각하지 못하는 것 같군요. 일단은 쉬도록 하세요."

주임의 말을 듣고 그날은 그냥 집에 돌아왔다. 일을 하는 데는 아무 문제 없다고 생각했다. 그런데 집에 오자마자 의식이 멀어지는 느낌이 들면서 그 자리에 주저앉은 순간에야 내가 무리했었다는 것을 깨달았다. 어제 사온 어묵이 현관에 흩어져 끔찍한 광경을 자아내고 있었다. 치울 힘이 남아 있지 않았던 나는 그대로 신발을 벗고 안으로 들어갔다.

주임에게서 심료 내과(심리적 측면에서 내과 질환을 치료하는 진료 과목-옮긴이 주)에 가서 간단한 진단서를 받아 오라는 연락이 왔다. 그렇게 하면 병결로 처리할 수 있다고 했다. 뭐라 받아칠 기운도 없었던 터라 군말 없이 집 근처의 멘탈 클리닉을 찾아갔다.

"제일 친했던 친구가 죽어서 힘들어요"라고 했더니 진단서에 '우울증'이라고 적어줬고, 덕분에 나는 2주 동안 병원을 쉴 수 있었다.

쉬는 동안 지나미의 장례식에 다녀왔다. 동기인 삼보가 운전하는 차를 타고 갔다. 삼보와 나와 지나미는 간호학부 시절부터 알고 지낸 동기다. 삼보도 지나미와 친했다. 삼보는 내 왼손 약지 위에서 반짝이는 반지를 보고도 아무것도 묻지 않았다. 내가 반지를 쳐다보면서 우는 걸 보고 지나미가 준 선물임을 알아차렸을지도 모른다.

영정 사진 속에서 환하게 웃음 짓는 지나미 얼굴을 보자 지나미가 이 세상에 없다는 사실이 거짓말처럼 느껴졌다. 장례식도 가짜 같았다. 잘 짜맞춘 한 편의 군상극일 뿐이야. 그렇게 생각하고 싶었지만, 관 속에 누워 있는 지나미를 보니 발밑이 꺼진 것처럼 다리가 후들거렸다. 숨이 가빠오고 머리가 빙 도는 순간 누가 내 팔을 꽉 붙잡았다. 쓰러질 뻔한 나를 삼보가 부축

해주었다. 나는 수건을 입에 물고 신음을 삼키며 울었다.

집에 돌아온 뒤에도 아무 일도 하지 않았다. 여전히 암흑이 나를 뒤덮었다. 몸이 무겁고 귀가 먹먹해서 소리를 제대로 알아듣지 못했다. 식사량이 줄어 점점 야위어갔다. 밤에도 잠을 이루지 못했다. 여태껏 간호사로 일하면서 환자가 눈을 감는 순간을 여러 번 봤다. 사람이 죽는 모습을 한두 번 본 게 아니었다. 그렇지만 내 곁에 있던 사람, 더구나 사랑했던 사람이 이 세상에서 사라지는 것이 얼마나 잔혹하고 비통한 일인지는 그때 처음 깨달았다.

내가 반죽음을 당한 느낌이었다. 떠난 사람의 빈자리는 그 무엇으로도 채울 수 없었다.

2주가 지나 병원에 복귀했다. 동료들이 나를 걱정했지만, 지나미의 죽음을 아는 사람은 미코시바 주임과 수간호사뿐이었다. 그랬기에 나는 '몸이 안 좋아서 잠시 쉬고 온 사람'으로 통했다. 그 사실이 고마웠다. 괜히 여기저기 쑤시고 다니는 사람들이 아니라는 것을 알면서도 동정하거나 위로하려 드는 건 싫었다. 일에 몰두하는 사이, 암흑은 농축되고 축소되어 점점 줄어들더니 지금은 내 가슴 한구석에 가라앉아 있다.

병원에 복귀하고 얼마 안 됐을 때였다. 몸이 희미하게 비치는 낯선 사람이 환자 침대 옆에 서 있었다. 처음 겪는 일인지라 놀랍기도 하고 유령일지도 모른다는 생각에 겁도 났다. 하지만 위해를 가하거나 환자를 해코지하는 일은 없었다. 환자와 환자를 보러 온 문병객들과 대화를 나누다 보니 어쩌면 그건 환자가 죽음을 의식했을 때 나타나는 '미련'일지도 모른다는 감이 왔다. 그렇다면 내가 꼭 해소해주고 싶다는 의욕이 솟아났다.

그렇다고 모든 환자의 미련이 보이는 건 아니었다. 입원하기 직전에 환자가 마음에 걸려 했던 대상이나 응어리진 대상이 내 눈에 보였다. 환자 스스로 받아들이고 이해했을 때는 보이지 않는 듯했다. 응어리지거나 받아들일 수 없는 대상이 보이는 것이다. 시간과 장소에 상관없이 막무가내로 나타나는 것도 아니다. 어째서인지 간호사복을 입고 있을 때만 나타났다.

간호사복이 스위치를 켜는 거라고 나름대로 해석했다. 병원에 와서 간호사복으로 갈아입고 나면 마음가짐이 차분해지고 자세가 반듯해지는 기분이 든다.

'미련'을 해소하고 '미련'에 관여할 때마다 내가 지나미를 떠나보낸 슬픔에서 조금씩 빠져나오고 있음을 알아차렸다. 혹시 내가 조금이나마 앞으로 나아갈 수 있도록 지나미가 '미련'을 보여주는 게 아닐까. 말하자면 '미련'은 나를 향한 지나미의 애정인 것이다. 그게 사실이라면, 내가 '미련'을 해소함으로써 이 세상에 남은 지나미의 응어리진 마음도 승화할 수 있지 않을까. 그런 생각마저 들었다. 또 '미련'을 해소하면서부터 그전보다 환자들과 더 가까워진 듯한 기분도 들었다. 환자를 위한 일이라고 생각했다. 그렇기에 지금까지 안간힘을 썼다.

그런데 구마노 씨에게 '께름칙하네요'라는 말을 듣고 말았다. 역시 이건 '께름칙한' 상태구나. '미련'은 지나미를 여읜 상실감에서 헤어 나오기 위한 수단이기도 했다. 환자를 위한 것도, 지나미를 위한 것도 아닌 그저 내 도피처였던 걸까. 오로지 내 가슴속에 깔려 있던 어둠을 몰아내기 위한 도구에 불과했던 걸까.

때마침 스마트폰이 울려 정신이 번쩍 들었다. 화면에 모토키에게서 온 메시지가 떠 있었다.

[수고하셨어요. 지난번에는 감사했습니다.]

잠시 떠 있던 마음이 현실로 쑥 끌려왔다. 과거의 일을 떠올렸더니 밝은 탈의실 바닥이 일순 바다로 보였다. 머리를 흔들며 어두운 생각을 떨쳐냈다. 모토키는 카페에서 둘이 대화했던 일을 말하는 걸까. 목걸이 주인을 찾아줬던 그날이 아주 먼 옛날처럼 느껴진다.

[수고했어. 나야말로 목걸이 주인을 찾을 수 있게 도와줘서 정말 고

마웠어.]

[아니에요, 제 얘기를 들어주셔서 고마웠습니다.]

역시 카페에서의 일을 말한 거였구나. 나는 '내가 더 고마워!'라고 말하는 고양이 이모티콘을 보냈다. 읽음 표시가 떴는데도 한동안 답장이 없다. 그냥 감사 인사를 하고 싶었던 건가 생각하면서 퇴근 준비를 했다.

사물함을 잠그고 탈의실을 나가려는데 또다시 알림이 왔다.

[일이 왜 힘들었는지 곰곰이 생각해봤어요. 어쩌면 저는 아무리 최선을 다해 간호해도 나아지지 않는 환자를 보는 게 힘들었던 것 같아요.]

자리에 서서 메시지를 확인했다.

[저는 어릴 때 심장병 치료를 받은 후로 간호사가 되기로 결심했어요. 하지만 지금 저는 아무도 치료하지 못해요.]

장기 요양 간호 특유의 무기력감에 빠진 걸까.

[그 생각만 하면 말로 표현할 수 없을 만큼 괴롭습니다. 이름만 간호사지, 아무 도움도 못 되고 아무 의미도 없는 일을 하고 있는 것 같은 생각이 들어요. 제가 이런 말을 하면 선배님들은 그렇지 않다고 하시겠지만, 저는 도저히 참을 수가 없어요.]

모토키의 메시지가 이어졌다.

[장기 요양 병동의 간호를 부정할 마음은 없어요. 저는 선배님들을 존경하고 회복이 안 되는 환자를 돌보는 것도 중요하다는 건 알아요.

하지만 저는 환자를 낫게 해주고 싶습니다.]

거기서 메시지는 중단되었다. 내 대답을 기다리는 걸까.

[그래, 그렇지. 어떤 느낌인지 알겠어. 어쨌든 뭐가 힘든지 스스로 알아냈다니 너무 다행이고. 지난번에도 말했다시피 길은 하나가 아니니까 여러 가지 길 중에서 스스로 선택하면 된다고 나는 생각해.]

나는 모토키를 다독이면서 가슴에 손을 올렸다. 나도 내가 걸어가야 할 길을 스스로 결정해야만 한다. '미련'을 대하는 방법도 하나가 아닐 테니까.

병원을 나서는 참에 다시 메시지가 왔다.

[고민 끝에 어렵게 결론을 내렸습니다. 9월까지만 일하고 그만두기로요. 수간호사님과 주임님과 아사쿠라 씨에게는 이미 말씀드렸어요. 그동안 신세 많이 졌습니다.]

무심결에 한숨이 새어나왔다. 그래. 결정했구나. 어떻게 말을 꺼내야 할지 망설이면서 쓰느라 뜸을 들였구나.

[그랬구나. 그동안 수고했어! 나한테 얘기해줘서 고맙고. 자기 자신과 마주하고 고심 끝에 결론을 내리다니 기특한걸? 넌 최선을 다했어. 네가 환자들과 보호자들에게 마음을 많이 썼기에 그만큼 더 힘들었을 거야. 고생했어. 네가 떠난다니 슬프지만! 스스로 선택한 길이니까 응원할게. 다음에 또 같이 밥 먹으러 가자.]

나는 수고했어! 라고 말하는 곰돌이 이모티콘을 붙여서 보냈다.

병원 밖으로 나오니 뜨거운 하늘에 비행기구름이 길게 떠 있다. 끝없이 쭉 뻗은 새하얀 직선은 걸리는 게 없어 시원시원해 보였다.

4화

한 걸음 앞으로 나아가기 위해

올해도 어김없이 10월이 돌아왔다. 꺾일 줄 모르는 늦더위와 가을의 경계선. 창문 밖으로 보이는 하늘은 쾌청하기 그지없지만, 그럼에도 공기는 조금씩 건조하고 서늘해지는 계절. 나는 이 계절이 제일 싫다.

주간 근무를 마치고 잔업을 잠깐 하다가 역 쪽으로 걸음을 옮겼다. 어디선가 날아온 달달한 금목서 향기를 맡은 순간 나도 모르게 걸음을 멈추고 심호흡을 했다.

9월 말에 모토키가 퇴사한 뒤로 아사쿠라는 눈에 띄게 침울해졌다. 모토키는 홋카이도의 본가로 돌아갔다고 한다. 아사쿠라는 자기가 부족해서 모토키가 그만둔 게 아닌지 신경 썼다. 그런 아사쿠라를 위로하기 위해 야마부키가 술자리를 제안했다.

약속 장소인 술집 안으로 들어가자 시끄러운 소리가 날아왔다. 이렇게 시끌벅적한 술집은 오랜만이다. 한껏 분위기가 달아오른 건 오늘이 금요일이기 때문일까. 간호사는 달력의 빨간색 표시에 맞춰 쉬지 않는 탓에 날짜 감각이 무뎌진다.

아사쿠라와 야마부키와 도코 씨는 벌써 와 있었다.

"늦어서 죄송해요."

"아, 우즈키 씨다. 수고하셨습니다."

오늘 아사쿠라는 비번이고 야마부키와 도코 씨는 야간 근무였던지라 아침에 인수인계할 때 얼굴을 봤다. 늦을 것 같아 먼저 시작하라고 했더니 다들 잔이 반 이상 비어 있다.

"뭐로 하실래요?"

야마부키가 메뉴판을 건네주었다.

"일단 맥주로 시작할까?"

"네."

야마부키가 밝게 대답하며 점원을 호출하는 벨을 눌렀다. 지난번에 자랑하던 마가린옐로 니트를 오늘도 입고 있다. 마음에 드는 모양이다.

"그럼, 다시 한 번 아사쿠라를 위하여!"

내 맥주잔이 도착하자마자 서로 잔을 부딪쳤다. 고맙습니다, 하며 잔을 기울이는 아사쿠라는 오늘은 어깨까지 오는 머리를 묶지 않고 늘어트렸다.

"모토키에게 어떻게 해줘야 했을까요?"

아사쿠라가 물었다.

"됐어, 넌 열심히 했어, 어차피 그만둘 사람은 어떻게 해도 그만두는 법이야."

도코 씨가 스키니 팬츠에 싸인 긴 다리를 다시 꼬고는 파스타 튀김을 오독오독 씹으면서 대답했다.

"그럴까요."

"그렇다니까. 게다가 계속하는 게 무조건 좋은 것도 아니잖아. 모토키는 본가로 돌아갔다며? 안식처가 있으니 얼마나 다행이야. 억지로 계속해봤자 모토키에게나 환자에게나 좋을 게 하나도 없어."

모토키는 여동생을 대신해 부모님의 기대를 한몸에 받으며 매사에 최선을 다하고 좌절을 모른 채 살아왔다고 자기 입으로 말했다. 그러다가 병원 일이 힘들어 견딜 수 없어진 순간, 다시 말해 난생처음 좌절을 겪은 순간, 본가로 돌아가기로 결단을 내렸다. 좌절한 자기 모습을 부모님에게 있는 그대로 보여주기로 한 것이다. 나는 그것만 해도 모토키에게는 잘된 일이라고 생각했다.

“누가 뭐래도 모토키 짱은 괜찮을 거예요.”

야마부키가 혀 꼬부라진 소리로 어눌하게 말했다.

“그만두기 직전에 같이 미팅을 했는데요.”

“뭐, 미팅? 와, 부럽다.”

도코 씨가 끼어들었다.

“도코 씨는 애인 있잖아요.”

“누가 없대? 그래도 가끔 그런 데 나가면 재밌을 거라는 거지.”

“그럼 다음에 같이 가요.”

야마부키가 히죽거렸다.

“아무튼 미팅 자리에 가긴 했지만요, 모토키 짱은 남자들과는 한마디도 안 하고 끝날 때까지 제 동기랑 둘이서만 얘기했어요.”

“그건 미팅이 아니지.”

“그렇긴 한데요, 제 동기도 1년 차 때 병동을 그만뒀거든요. 그러니까 둘이 이런저런 얘기를 나눴을 테니 잘됐다고 생각해요.”

도코 씨가 그건 그렇겠네, 라며 웃었다.

“다들 모토키를 잘 챙겨주셔서 정말 고맙습니다. 제가 더 잘

하지 못해서 아쉽긴 하지만요."

"아니래도 그러네. 아사쿠라는 정말 최선을 다했다니까."

도코 씨가 이제 그 얘기는 그만하자며 아사쿠라에게 술을 따라주었다.

"그나저나 미팅에서 성과는 있었고?"

"아쉽게도 제 타입은 아니었어요."

"상대가 사업가라고 하지 않았어?"

"어, 우즈키 씨, 모토키 짱한테 들었어요? 헌혈의 집에서 근무하는 제 동기가 젊은 사업가한테 헌팅을 당했는데요. 그 남자가 벤처 기업을 세웠다 없었다 했다는데, 알고 보니 세상 물정을 몰라서 계속 망하기만 했던 거였어요. 거기다 부모님 집에 얹혀살고, 그렇다고 부모님이 돈이 많은 것도 아니고, 결국은 간호사랑 결혼해서 한량처럼 살고 싶어 하는 느낌이랄까."

"윽, 최악이네. 월급을 노리고 간호사를 고른 거 아냐?"

도코 씨가 눈을 부라렸다.

"그런 느낌이었어요."

"으아, 안 가길 잘했네."

도코 씨가 한숨을 내쉬는 걸 보고 셋이 동시에 웃음을 터뜨렸다. '꿈을 좇는 백수'를 남자친구로 둔 간호사는 의외로 많다. 소위 '호구'다. 나도 한 선배의 얼굴이 떠올랐다. 본인들이 행복하다면야 남이 이러쿵저러쿵 간섭할 문제는 아니겠지만.

"아사쿠라는 애인이 고향에 있다고 했지?"

홋카이도에 있다는 말을 얼핏 들었던 기억이 났다.

"네. 삿포로에서 시스템 엔지니어로 일하고 있어요."

"장거리 연애하면 안 외로워?"

"음, 글쎄요. 이제 익숙해서요."

"아사쿠라 씨, 결혼하면 홋카이도로 돌아갈 거예요?"

"그래야겠지? 남자친구가 고향에서 살고 싶어 하니까 내가 삿포로로 가야 할 거 같아."

"아직 전 결혼은 상상이 잘 안 돼요"라며 야마부키가 머리 뒤에서 두 손을 깍지 꼈다.

"우즈키 씨는 마음에 드는 사람 없어요?"

야마부키가 태평하게 물었다.

"글쎄. 지금은 없어."

"연애할 생각 없어요?"

"으음, 지금은 관심 없어. 일이 좋아."

"마음이 바뀌면 언제든지 말만 하세요. 미팅 자리 주선할게요."

"그래놓고 또 이상한 사람만 데려오는 건 아니지?"

내 말에 다 같이 소리 높여 웃었다. 나도 따라 웃었다.

나는 친한 동료들에게도 지나미 이야기를 하지 못했다. 숨기려는 건 아니다. 다만, 차분하게 이야기하기에는 아직 좀 더 시간이 필요하다고 생각할 뿐이다.

"도코 씨는 결혼 생각 없어요?"

내가 도코 씨에게 물었다. 나이도 그렇고, 근무 연차도 그렇고, 여기서는 도코 씨가 제일 선배다.

"결혼이라."

도코 씨는 그렇게 운을 떼며 술잔을 내려놓았다. 도코 씨의 애인은 소화기외과 의사다. 도코 씨보다 몇 살 어리다고 들었다.

"결혼 생각이 아예 없지는 않아. 나도 내년이면 서른이고, 그 사람 일도 순조롭고, 결혼 생각을 안 하는 건 아닌데……."

뭔가 애매한 말투다.

"결혼하면, 아이에 관해서도 생각을 안 할 수가 없잖아? 아이를 갖기로 했다고 쳐, 그러면 병동 근무는 힘들지 않겠어? 물론 병동에서 일하면서 임신과 출산까지 해내는 선배도 있지만. 그건 어디까지나 건강한 사람 얘기고. 입덧이 심하거나 체력적으로 달리는 사람은 병동에서는 일 못해. 내가 예전에 근무했던 수술실은 더 힘들 테고, 중환자실도 관심은 있지만 임신한 몸으로는 어림도 없을 거야. 거기다 어린아이를 키우는 상황을 생각하면 쉽게 결정을 못하겠어."

간호사는 면허증이 있기 때문에 일을 그만두더라도 비교적 복귀하기 쉽고 보통의 회사처럼 출산과 육아가 출세에 큰 영향을 끼치지도 않는다. 그러나 육체적으로 고된 일은 분명하다. 임신 중에는 환자의 목욕과 이동을 돕는 등 힘을 쓰는 일은 할 수 없다. 수술실이나 중환자실처럼 잠깐 앉아 있을 겨를도 없이 바쁜 과도 무리다. 어느 과건 환자의 용태 변화에 따른 갑작스러운 잔업이 잦고 야간 근무도 해야 해서 출산과 육아를 감당하기가 쉽지 않다.

"그러면 외래나 개인 병원에서 일하면 되지 않냐고 하겠지만, 난 아직은 병동에서 더 부지런히 뛰어다니고 싶거든. 이렇다 보니 결혼은 당장은 힘들지 않을까 싶어."

도코 씨는 팔짱을 낀 채 생각에 잠겼다.

"그러고 보니, 미코시바 주임과 결혼하신 분은 업무량을 조율하기 쉬운 외래로 옮겼다면서요?"

야마부키가 말을 꺼냈다.

"어머, 그래?"

"예. 벌써 결혼 3년 차인데 아직 아이가 안 생겨서 부인이 외래로 옮기고 적극적으로 임신 준비를 하고 있다고 했어요."

"……근데 야마부키 넌 그런 정보는 어디서 들은 거야?"

나는 어딘가 베일에 싸인 듯한 미코시바 주임의 웃는 얼굴을 떠올리며 신기해서 물었다.

"그야 미코시바 주임한테서 직접 들었죠. 휴게실에서 쉴 때 잡담처럼 가볍게 말하던데요?"

아사쿠라와 나는 동시에 풋, 하고 웃었다. 동그란 볼을 부풀리며 흥미진진하게 주임의 이야기에 귀를 기울이는 야마부키 모습이 눈에 선했다. 야마부키는 친화력이 좋다.

아닌 게 아니라 병동 근무는 여성의 호르몬 불균형을 초래할 수 있다. 야근이 이어지다 보면 생리 주기가 느려지기도 하고, 불규칙적인 근무 시간 때문에 건강이 나빠지기도 한다. 임신이 잘 안 되는 것도 충분히 있을 수 있는 일이다. 여성이 많은 직장이지만 여성의 신체 리듬에 맞춰 일하고 싶으면 다른 곳으로 이동해야 한다니 불합리하다는 생각이 들었다. 비록 이동하더라도 일자리가 있으니 좋은 직장이라고 생각해야 하는 걸까.

"있잖아……."

팔짱을 끼고 대화를 듣던 도코 씨가 입을 열었다.

"난 간호사였던 엄마랑 둘이 살았어."

여섯 개의 눈동자가 도코 씨에게 쏠렸다.

"간호사 부모 밑에서 자란 자식들은 드세다고 말들 하잖아.

부모가 바빠서 자식한테 신경을 못 써줘서 그런 말이 나온 게 아닐까 싶어. 간호사 집 애가 실제로 공격적인지 어떤지는 잘 모르겠지만 말이야. 우리 엄마는 진짜 멋있었거든. 듬직하고 억척스러운 데가 있지만, 그러면서도 다정다감했던 엄마를 지금도 존경해. 나도 사춘기 때는 보통 애들만큼 반항도 하고 그랬는데, 드세다는 말을 들을 정도는 아니었어. 그치만 엄마가 맨날 정신없이 바쁘고 야간 근무 때문에 밤에 집을 비울 때도 많아서 외로웠던 건 사실이야."

도코 씨가 솔직한 속마음을 털어놓았다.

"그래서 내가 만약 결혼해서 아이를 낳는다면 정성을 다해 키우고 싶다는 욕심이 있어."

내년이면 서른. 여성으로서의 삶도 생각해야 할 나이다.

"아사쿠라를 위로하려고 모였는데 내 푸념만 늘어놓다니. 미안, 미안."

도코 씨는 애써 밝게 마무리하고서 "이제 일본 술로 바꿀까"라고 말을 돌렸다. 야마부키가 "좋아요." 하며 말을 받았다.

"나도 마셔야지."

나는 평소에는 좀처럼 입에 대지 않는 일본 술을 마셔보기로 했다.

"지금 생각났는데요, 미코시바 주임이 가모시칸 기념품 엄청 갖고 있는 거 아세요?"

야마부키가 키득키득 웃으며 말했다.

"뭐? 가모시칸이라면 볼펜 클립에 달려 있던 그 캐릭터?"

미코시바 주임이 어울리지 않게 귀여운 캐릭터 볼펜을 갖고 있던 게 생각났다.

"맞아요. 볼펜은 물론이고 가모시칸 손수건에 가모시칸 클리어 파일까지 갖고 있더라고요. 미코시바 주임도 귀여운 구석이 있구나 했다니까요."

미코시바 주임이 보여준 의외의 면에 다 같이 소리 내어 웃었다. 소란스러운 금요일 밤이 깊어만 갔다.

오랜만에 일본 술을 마셔서인지 다음 날 아침에 눈을 떴을 때는 머리가 어질어질했다. 토요일과 일요일 연달아 쉬게 되어 다행이라고 생각하면서 또다시 이불 속으로 파고들었다. 속도 살짝 쓰린지라 오늘은 자극적이지 않은 음식을 먹어야겠다.

느긋한 기분으로 주말을 보내고 오늘은 주간 근무다. 오전에 1인실에서 큰소리가 났다. 고바야시 씨가 침대 위에서 고래고래 고함을 질러댔다. 말이 되지 못한 그 소리의 뜻을 이해하기는 어려웠다. 나는 1인실로 들어가 침대 주위를 둘러보았다. 환자의 손이 닿는 거리에 위험한 물건은 없는지 살펴보고 낙상

방지를 위해 채워둔 억제대를 한 번 더 확인했다. 고상한 녹색 바탕에 자잘한 꽃무늬가 새겨진 보들보들한 실내복은 건강하던 시절부터 즐겨 입던 옷일 테지만, 정작 고바야시 씨는 지금 자기가 무슨 옷을 입고 있는지조차 의식하지 못할 것이다. 헝클어진 긴 머리카락이 얼굴에 달라붙었다.

고바야시 에리 씨는 서른여덟 살의 여성이다. 한창 육아에 바쁘다 보니 감기와 비슷한 증세가 이어지는데도 세 아이를 데리고 병원에 갈 시간을 내지 못했다. 이러다가 낫겠지 하며 대수롭지 않게 여겼는데 갑자기 심한 두통과 구토와 의식 장애 증상이 나타나 구급차로 병원에 실려 왔다. 그때 이미 뇌염에 걸린 후였다. 뇌염이 발병한 원인은 부비강염이었다.

뇌신경내과에 입원해서 급성기 치료가 끝나자 후유증 재활 치료를 목적으로 이쪽으로 옮겨왔다. 뇌염 후유증에는 여러 가지가 있다. 고바야시 씨는 마비와 정신 장애가 심했다. 입원 직후부터 몇 번이나 침대 난간을 넘으려고 시도한 탓에 침대에서 떨어질 우려가 있다고 보고 보호자 동의하에 환자의 움직임을 제한하는 억제대를 적용했다. 정신과에 입원하는 게 제일 좋겠지만, 아오바 종합병원 정신과는 신체 합병증 환자를 수용할 설비가 마련되어 있지 않다. 그래서 설비를 갖춘 병원에 자리가 생길 때까지 여기서 재활 치료를 받기로 했다.

고바야시 씨가 큰소리로 울부짖은 이유를 알지 못해 베개 위치를 바꿔보기도 하고, 이불을 다시 덮어주기도 했지만 무슨 말을 하고 싶은지는 끝내 알 수 없었다. 정신 장애가 심한 환자를 간호하기는 어렵다. 이럴 땐 환자의 안전을 지키는 게 얼마나 힘든 일인지 절감하게 된다.

나는 고바야시 씨의 머리를 새로 묶어주기로 했다. 나흘이나 감지 못해서 조금 끈적거리긴 해도 탄력이 있고 머릿결도 좋았다. 입원하기 전에는 훨씬 더 윤기가 돌았을 텐데. 원래는 매일 목욕을 시키고 머리를 감겨주는 게 좋다. 위생적으로도 그렇고, 환자의 삶의 질을 유지하기 위해서도 필요하다. 하지만 모든 환자를 매일 씻기려면 그 일만 해도 하루가 모자란다. 그렇게 해주고 싶어도 부족한 시간과 인력을 따지다 보면 무기력감이 밀려온다. 다만 지금 내가 할 수 있는 일을 하자고 마음을 다잡고 고바야시 씨의 머리를 정성껏 빗긴 다음 다시 묶었다. 머리는 내일 감겨줄 테니까 그때까지 기다려주세요.

고바야시 씨의 고함은 길게 이어지지 않고 금방 잦아들었다. 그런데 병실에서 나가려고 몸을 돌린 순간, 나는 문 옆에 있던 어린 남자아이를 보고 말았다. 깜짝 놀랐지만 금방 이성을 되찾았다. 한 호흡 고르고서 천천히 남자아이를 살펴보았다. 유치원생쯤 된 나이에 감색 티셔츠와 베이지색 면바지를 입고 있다.

티셔츠에는 요즘 아이들 사이에서 유행하는 애니메이션 주인공이 그려져 있다. 해맑게 웃는 아이의 얼굴은 즐거워 보였다. 그리고 자세히 보니 남자아이의 몸이 희미하게 비쳐 보였다.

나는 이 아이를 본 적이 있다. 고바야시 씨의 수납장에 자리한 사진으로 눈을 돌렸다. 역시나 내 생각이 맞았다. 고바야시 씨는 세 아이의 엄마다. 위에서부터 다섯 살짜리 아들, 세 살짜리 딸, 한 살짜리 아들이 있다고 들었다. 사진에는 세 아이와 고바야시 씨가 찍혀 있다. 흰색 티셔츠에 베이지색 와이드 팬츠를 입고 윤기가 도는 까만 머리를 반만 묶어 올린 고바야시 씨는 예쁘고 세련된 엄마라는 느낌이 물씬 풍겼다. 나는 사진과 '미련'을 번갈아 쳐다보았다. '미련'은 첫째 아들이다.

침대에 누워 초점 없는 눈으로 천장을 응시하는 고바야시 씨의 얼굴을 지그시 바라보았다. 이제 고바야시 씨는 자기 아이들도 알아보지 못한다. 그런 생각이 들자 가슴이 미어지는 것 같다. 상태가 이렇다 보니 어린아이를 걱정하는 건 당연하다면 당연한 일이었다.

그런데도 나는 한 가지 의문을 떠올리며 '미련' 속의 남자아이를 돌아보았다. 어째서 '미련'은 한 명뿐인 걸까. 고바야시 씨에게는 아이가 셋 있다. 그런데 왜 장남만 마음에 걸려 하는 걸까. 그럴만한 사정이 있는 걸까.

고개를 갸웃거리고 있는데 OT인 무카이 마유코 씨가 병실로 들어왔다.

OT(Occupational Therapist)란 작업치료사를 말하며 신체 기능과 일상생활을 회복하기 위한 치료 활동을 하는 전문가이다. 깔끔한 은발을 짧게 잘라 청량감이 넘치는 무카이 씨는 언제 봐도 표정이 온화하다.

"어서 오세요."

"어머, 우즈키 씨, 안녕하세요. 고바야시 씨는 좀 어때요?"

"똑같아요. 조금 전에 소리를 지르긴 하셨지만요."

무카이 씨는 고개를 끄덕이며 "기분 나쁜 일이라도 있었어요?"라고 고바야시 씨에게 말을 걸면서 침대 등받이를 세웠다. 고바야시 씨는 침대 위에 앉아 있는 모양새가 되었다. 무카이 씨가 접이식 테이블 위에 스펀지 공을 솜씨 좋게 늘어놓았다. 손을 치료하기 위해 사용하는 공이다.

무카이 씨는 베테랑인지라 정신과 병동에서도 작업 치료를 맡고 있다고 들었다. 고바야시 씨처럼 정신 장애가 있는 환자를 상대하기란 쉽지 않지만 무카이 씨라면 안심하고 맡길 수 있다.

무카이 씨에게는 딸이 둘 있는데 지금은 둘 다 결혼해서 따로 산다고 했다. 전에 무카이 씨는 이런 말도 했다. 딸들은 의료와는 무관한 일을 하고 있다고.

"부모를 반면교사로 삼았나 봐요."

그때 무카이 씨는 헛웃음을 치며 그렇게 말했다. 나는 앞으로도 아이를 낳을 생각은 없지만 육아는 예삿일이 아니구나 싶은 마음이 들었다. 자신의 말과 행동 하나하나가 아이에게 영향을 준다고 생각하니 책임이 너무 막중하다.

지금 고바야시 씨네 세 아이는 시댁에서 지낸다고 했다. 아이들은 엄마를 보러 온 적이 없다. 의사소통이 제대로 되지 않고 때때로 고성을 내지르는 엄마를 아이들에게 보여주려면 상당한 용기가 필요할 것이다. 아이들이 아직 어리니 더더욱 그렇지 않을까.

말랑말랑한 스펀지 공을 무표정하게 주무르는 고바야시 씨를 보다가 '미련' 속의 남자아이를 힐끔 곁눈질했다. 이 아이는 지금 고바야시 씨 남편의 본가에 있겠지. 병문안을 온 남편은 인상이 선해 보였다. 나이는 고바야시 씨보다 조금 더 위고 차분해 보이는 사람이다. IT업계에서 일한다고 했다. 남자아이는 할머니 할아버지 집에서 뭔가 곤란한 일을 겪고 있는 걸까. 다행히 시댁이 원래 살던 집과 가까워서 아이들은 유치원도 그대로 다니고 환경도 바뀌지 않았다고 했는데. 고바야시 씨는 나머지 두 아이, 그러니까 장녀와 차남은 걱정하지 않는다. 그러니 남편과 시댁에 대해 안 좋은 인상을 품고 있는 것 같지는 않다. 자기가 죽고 난 후 아이들이 걱정된다면 세 아이 모두에게 미련을 보일 텐데. 혹시 장남에게 발달 지연 증세가 있고 그 사실을 엄마인 고바야시 씨만 알고 있다면? 나는 온갖 상상을 하며 병실을 나왔다.

치료 활동을 끝낸 무카이 씨가 간호사실로 왔다.

"고바야시 씨 치료는 어땠나요?"

"오른손은 꽤 좋아졌어요. 그런데 왼손이 마비 증세가 심하네요. 차근차근 해봐야죠."

무카이 씨는 목소리도 언행도 부드럽다.

"그렇군요. 수고하셨습니다."

나는 '미련' 속의 남자아이를 떠올렸다. 혼자만 엄마의 가슴에 웅어리진 장남.

"저, 전혀 상관없는 얘기 좀 해도 될까요?"

무카이 씨가 눈을 조금 크게 뜨면서 "뭔데요?" 하고 물었다.

"보통 아이가 다섯 살쯤 되면요, 발달이 조금 늦거나 하면 주위에서도 알아차리나요?"

나는 아이를 키워본 경험이 없다. 오빠에게도 아직 아이가 없고, 친척 중에도 어린아이는 없다.

"다섯 살이요? 또래 아이들보다 많이 느리면 알아차리겠지만, 다섯 살이면 그게 아이의 개성인지 발달 지연인지 구분하기가 쉽지 않아서 어지간하면 그냥 지켜볼 것 같긴 한데. 요즘은 아주 이른 시기에 검진을 받게 하는 부모도 제법 있다더라고요. 나는 아이의 개성에 낙인을 찍는 것 같아서 별로지만. 어려운 문제죠."

무카이 씨는 아이의 개성을 중요시하는 어머니 같다.

"근데, 그건 왜요? 우즈키 씨는 아직 애가 없지 않아요?"

"아, 예. 그 문제로 고민하는 친구가 있는데요. 저는 애도 없고 주위에 아이를 키우는 사람도 없어서 여쭤봤어요."

'미련'을 해소하기 위해서라고 어떻게 솔직하게 말할 수 있겠냐고.

"그렇구나. 구청 같은 데 가면 상담 창구가 있을 거예요. 내가 한번 알아봐줄까요?"

"아! 아뇨, 괜찮아요. 죄송해요, 괜찮습니다."

"그래요? 또 무슨 일 있으면 언제든지 말해요."

무카이 씨는 옅은 미소를 지으며 간호사실을 뒤로했다. 개성에 낙인을 찍는 행위라. 혹시 고바야시 씨가 장남의 개성을 어떻게 받아들여야 할지 몰라 망설이는 건 아닐까. 만일 그렇다면, 내가 할 수 있는 일은 뭐가 있을까. 아들의 발달 과정에 아무 문제가 없다는 걸 밝힌다? 하지만 무카이 씨는 아이의 성장을 지켜보는 경우도 많다고 했다. 또 아이의 발달에 관해서라면 고바야시 씨 남편과 부모님이 상의해서 결정해야 하지 않을까? 그러면 내가 '미련'을 해소할 방법은 없다.

두둥실 불어온 바람에 마당의 코스모스가 살랑인다. 연분홍색 꽃잎이 귀엽다. 며칠이 지나고 아침에 퇴근한 나는 고바야시 씨의 '미련'으로 남은 장남 얼굴이라도 보고 가려고 유치원을 찾아왔다. 문병을 오지 않는 한 아이를 직접 만날 수는 없다. 적어도 아이가 건강하게 잘 지내는 모습만이라도 확인하고 싶었다. 고바야시 씨 남편에게 아이 유치원 이름을 들은 적이 있어서 금방 찾았다. 역에서 공유 자전거를 빌려 타고 유치원까지 달렸다. 기본적으로 환자 가족과의 개인적인 만남은 금지되어 있다. 간호사와 환자와 환자 가족, 그 이상으로 개인적인 관계를 맺어서는 안 된다는 사실은 나도 모르지 않는다. 그래서 얼굴만 살짝 보고 갈 생각이다.

아이들이 유치원 마당에서 뛰놀고 있었다. 누가 고바야시 씨 아들일지 생각하며 눈으로 좇았다. 모두 똑같은 옷을 입고 똑같은 모자를 쓰고 있어 분간이 쉽지 않다.

그때, 지이이잉 스마트폰 진동음이 울렸다. 주머니 안에서 진동이 길게 이어졌다. 전화가 온 듯했다.

주머니에서 스마트폰을 꺼내 화면을 확인한 순간, 불안감이 몰려왔다. 병동에서 온 전화였다. 퇴근한 간호사에게 병동에서 연락하는 일은 좀처럼 없다. 의사처럼 담당 환자가 정해져 있는 게 아닌지라 기본적으로 근무 시간 외에는 호출을 하지 않는다. 그런데도 병동에서 연락을 했다는 건 매우 중요하거나 긴급한 일이라는 뜻이다. 예를 들면, 내가 근무 시간에 실수를 했다거나. 잔뜩 가슴을 졸이며 전화를 받았다.

"네, 우즈키입니다."

"여보세요, 미코시바입니다."

주임이었다.

"퇴근 후에 연락해서 미안합니다. 우즈키 씨에게 확인해야 할 일이 생겨서요. 오늘 아침에 다키 씨 혈당 수치가 얼마였습니까?"

다키 씨 혈당 수치……, 머릿속이 백지장처럼 새하얘졌다. 다키 씨는 4인실에 입원한 여성으로 지병인 당뇨병 때문에 식사 시간 전에 반드시 혈당을 측정하게 되어 있다. 혈당을 재고, 식전에 먹어야 할 약을 지급한 다음, 튜브로 경관 급식(환자가 입으로 음식물이나 약물을 섭취할 수 없을 때 목구멍이나 콧구멍에 튜브를 꽂고 묽은 음식을 소화 기관으로 바로 흘려보내 영양을 공급하는 방법-옮긴이 주)을 해야 한다.

오늘 아침에는 어떻게 했더라? 내가 다키 씨 혈당을 쟀었나?

식전 약은 지급했다. 경관 급식 튜브를 연결한 것도 기억난다. 하지만 그전에 혈당을 잰 기억은 없다. 그 시간에 내가 뭘 하고 있었지?

……'미련'이다! 고바야시 씨의 '미련'에 마음을 빼앗겨 주의가 산만해져 있었다. 어째서 장남만 걱정하는지 궁금해서 고바야시 씨의 차트를 재확인하느라 혈당을 재야 한다는 걸 깜빡했다.

"죄송합니다, 혈당을 안 잰 것 같습니다."

입안이 바짝 말랐다.

"아, 그랬군요. 알겠습니다. 다음 근무일에 경위서 써서 제출해야 합니다. 일단 고사카 수간호사님께는 내가 보고할게요. 이만, 오늘은 푹 쉬세요."

주임은 부드럽게 전화를 끊었다. 나는 그만 맥이 빠져버렸다. 이게 대체 뭐 하는 짓이냐고. '미련'을 해소하면서부터 환자와 더 친밀해졌다고 믿었다. 그래놓고선 '미련'에 정신이 팔려 다른 환자 간호에 지장을 초래하고 말았다. 다키 씨가 괜찮아야 할 텐데. 내가 혈당 측정을 깜빡한 탓에 고혈당이나 저혈당이 되지는 않았을까. 등에서 식은땀이 주르륵 흘러내렸다.

혈당 측정은 굉장히 중요하다. 무엇 하나 중요하지 않은 일은 없지만 우선순위는 엄연히 존재한다. 가령 물수건으로 환자 얼굴을 닦아주는 일을 까먹은 것과는 차원이 다르다. 물수건으로 얼굴을 닦아주지 않았다고 환자가 사망하지는 않는다. 그러나 의료 행위와 관련된 실수는 치명적이다.

의료 사고는 크게 인시던트(incident)와 액시던트(accident)로 나누어진다. 인시던트는 의료인의 실수로 환자와 환자 가족에게 손해를 끼치지 않은 무상해 사고를, 액시던트는 손해를 끼친 상해 사고를 말한다. 인시던트는 0단계부터 3a단계까지 있고 숫자가 커질수록 위험하다. 액시던트는 3b단계부터 5단계까지 있으며 역시 숫자가 커질수록 위험하다. 환자 사망은 5단계에 해당한다.

경관 급식을 하기에 앞서 혈당을 측정하는 것은 의학적 근거에 바탕을 둔 행위로, 저혈당일 경우는 식사 전에 지급하는 혈당강하제를 어떻게 할지 의사에게 꼭 확인해야 한다. 반대로 고혈당일 때는 이대로 경관 영양제를 주입해도 될지 의사의 확인을 거쳐야 한다. 저혈당과 고혈당은 환자의 용태를 악화시킬 위험이 있다. 이렇듯 의학적 처치를 빠뜨리면 환자의 몸과 환경을 깨끗이 관리하지 않았을 때보다 훨씬 더 위험해진다. 물론 한 번의 실수가 매번 환자를 죽음으로 몰고 가지는 않는다.

약물 오용처럼 더 위험한 사고도 있다. 하지만 5년 차 간호사인 내가 이렇게 기초적이면서도 중요한 일을 놓쳤다는 사실에 나 스스로가 어마어마한 충격을 받았다.

나 때문에 다키 씨의 용태가 급변했다면 더 이상 이 일을 계속할 수 없을 것 같다. 미코시바 주임은 다키 씨 상태에 관해서는 한마디도 하지 않았다. 정말 괜찮을까. 평소와 동일한 수치를 유지하고 있을까. 제발 2단계 인시던트인 '환자 관찰 강화'는 넘지 않기를.

빨리 집에 가서 쉬는 게 맞는데 지금 여기서 고바야시 씨의 장남을 찾고 있는 내가 한심했다. 이런 짓은 고바야시 씨 병간호와는 아무런 상관이 없다. 지나미의 얼굴이 떠올랐다. 봄날의 옅은 공기와 오렌지색으로 물들어가던 관람차. 빙긋 웃던 귀여운 표정. 우동을 삼키던 옆얼굴. 바다 밑으로 가라앉던 감각과 내 몸을 휘감던 묵직한 어둠.

나는 지나미가 떠난 후부터 '미련'을 보기 시작했다. 처음에는 눈에 보이는 모든 대상이 지나미의 '미련'인 것만 같아서 죽기 살기로 매달렸다. 그런데 '미련'을 대하는 방식은 하나가 아닐지도 모른다. 구마노 씨 일을 겪으며 처음으로 그런 생각이 들었다. 한 번 더 깊이 고민해봐야겠다.

부디 다키 씨가 무사하기를 기도하며 천천히 자전거 페달을 굴렸다. 일단 집에 가서 푹 자자. 눈앞의 환자를 제대로 간호할 수 있도록 신경 쓰자. 따사로운 햇살과 달콤한 금목서 향이 아른거리는 상쾌한 아침이지만 페달을 밟는 내 발은 한없이 무거웠다.

이틀 후, 맑은 가을 하늘에 구름이 한 조각 떠 있었다. 나는 아름다운 풍경이 펼쳐져 있거나 말거나 수간호사에게 인시던트에 대해 보고할 생각을 하니 가슴이 답답했다. 환자 상태도 걱정스러웠다. 맑은 하늘과는 반대로 내 마음은 몹시 흐리다.

출근하자마자 고사카 수간호사를 찾아가 내가 저지른 실수에 관해 보고했다. 이미 미코시바 주임에게서 들었더라도 자기가 저지른 실수는 직접 보고해야 한다. 다행히 내가 혈당 측정을 깜빡한 다키 씨는 용태가 급변하지도 않고 평온하게 지내는 듯했다. 다른 사람이 혈당을 다시 측정했으므로 2단계 인시던트인 '환자 관찰 강화'와 '안전 확인을 위한 검사'에 그쳤다.

고사카 씨는 두통에 시달릴 때처럼 미간을 찌푸린 채로 내 이야기를 들었다. 이럴 때 고사카 씨는 언성을 높이지 않는다. 살짝 톤이 높은 목소리로 깐깐하면서도 정중하게 주의를 준다. 기분이 언짢을 때는 잔소리가 이어지기도 하지만. 진한 립스틱을 바른 입술이 서서히 일그러졌다.

"실수한 원인을 명확하게 파악하고 구체적인 대책을 세울 수 있도록 콘퍼런스를 준비하세요."

"예. 죄송합니다."

인수인계 시간이 다 된 터라 더 이상 나무라지는 않았다. 나는 가슴을 쓸어내리며 인수인계 준비 중인 간호사들에게로 걸음을 돌렸다.

오전 중에 콘퍼런스를 열고 어떻게 하면 혈당 측정을 잊어버리지 않을지에 관해 의견을 나눴다. 간호사는 거의 매일 콘퍼런스를 한다. 환자 상태나 간호 계획 수정이 의제로 오를 때도 있다. 또 오늘처럼 개인의 실수나 아차 사고(사고가 일어날 뻔했으나 가까스로 피한 상황-옮긴이 주)에 관해 이야기하기도 한다. 미코시바 주임이 사회를 맡았다.

"최근에 우즈키 씨가 혈당 측정을 잊어버린 일이 있었는데요. 이런 일은 누구에게나 일어날 수 있으므로 다 같이 공유하는 자리를 마련했습니다."

미코시바 씨는 나를 책망하는 말투는 쓰지 않았다.

"먼저, 우즈키 씨는 자신이 혈당 측정을 잊어버린 원인이 뭐라고 생각합니까?"

나는 '미련'을 언급하지 않고 어떻게 설명하면 좋을지 고민했다. 졸음이 쏟아졌다. 피곤했다. 바빴다. 전부 무관하지는 않지만 그게 진짜 원인은 아니라는 생각이 들었다. '미련'이 보이지 않았다면 절대로 잊어버리지 않았을 것 같다. 그렇지만 그렇게 말할 수는 없다.

"평소에는 휴식 시간에 쪽잠을 자는데 그날은 잠을 못 잤습니다. 그래서 평상시보다 졸렸던 것……같습니다. 원래는 의사의 지시서를 보면서 제가 해야 할 일을 메모하고 완료한 일은 선을 그어 지우는데요. 그날은 선을 그으면서 확인하지 못했습니다."

과중한 업무를 빈틈없이 처리하려면 우선순위를 정하고 빠뜨린 일은 없는지 확인하면서 일해야 한다. 나도 그렇게 하는데 그날은 확인하는 것도 잊었다.

"서로 물어보는 건 어떨까요?"

선배 간호사가 발언했다.

"야간에는 두 명이 한 조로 일하지만, 서로 바쁘다 보면 자기 일도 감당하기 벅차서 상대방을 챙기는 건 불가능합니다. 그래도 약 지급했어? 혈당은 쟀어? 하고 서로 물어보는 것 정도는 가능하다고 생각합니다."

"그렇겠군요."

미코시바 주임이 고개를 끄덕여 보였다.

"경관 영양제 팩에 '혈당 확인'이라고 써서 붙이는 건 어떨까요?”

다른 간호사가 의견을 제시했다.

“종이에 써서 붙이는 건 아날로그 방식이지만, 자기가 직접 써서 붙여야 하니까 더 신경을 쓰지 않을까요? 경관 영양제를 주입하기 전에 눈에 잘 들어오기도 하고요.”

그 뒤에도 몇 가지 의견이 더 나오고 인시던트에 관한 이야기는 마무리되었다. 나는 의견을 전부 메모했다. 그리고 퇴근 후에는 경위서를 써야 한다.

기분을 전환하고 병실을 순회하러 갔다. 내게 기운 빠지는 일이 있었건 큰 실수를 했건 그건 환자와는 상관없다. 환자를 보러 가기 위해 억지로 밝은 표정을 만들었다.

오후 기저귀 교환이 끝난 후에 한 여성이 고바야시 씨를 찾아왔다. 처음 보는 얼굴이었다.

“안녕하세요.”

나는 인사를 건넸다.

“안녕하세요. 저기, 여기가 고바야시 에리의 병실 맞나요?”

“맞습니다. 들어오세요. 고바야시 씨, 문병객이 오셨어요.”

고바야시 씨는 침대에 누워 천장을 멀뚱멀뚱 쳐다보았다. 오늘은 고함도 지르지 않았다. 나는 문 옆에 있는 ‘미련’ 속의 남자아이를 힐끔거렸다. 신경 쓰지 말자고 다짐하면서도 자꾸만 눈길이 갔다.

"가서 의자 갖고 올게요."

문병하러 온 여성에게 그렇게 말하자 "아뇨, 금방 갈 거예요"라는 대답이 돌아왔다.

어깨까지 내려오는 갈색 머리카락은 굵은 컬이 들어가 풍성해 보였다. 핼러윈 때 등장하는 호박만큼이나 선명한 주황색 니트에 검은색 롱스커트를 받쳐 입은 그녀는 생기발랄하고 단정하다. 손에 들고 있는 가방은 명품이 틀림없다. 고바야시 씨 친구인가.

"꽃은 반입 금지라면서요? 방금 간호사실에서 빼앗겼어요."

여성이 콧잔등에 주름을 잡으며 웃었다.

"그러셨군요. 죄송합니다."

생화를 갖고 들어오지 못하게 하는 병원이 꽤 늘었다. 식물에 붙어 있던 균이 환자에게 전염될 우려가 있기 때문이다. 면역력이 현저히 떨어지지 않는 한 그런 식으로 전염되는 일은 없지만 되도록 위험을 줄이려면 어쩔 수 없다.

"에리, 나 왔어."

방문객은 그렇게 말하면서 고바야시 씨에게 다가갔다. 그러더니 '아……' 하며 작게 탄성을 내질렀다.

"어쩜 이렇게 달라질 수가. 에리, 정말 내가 누군지 전혀 못 알아보는구나."

나는 "그럼 이만." 하고 인사하고서 병실을 나가려고 했다. 그런데 문병 온 여성이 나를 붙잡았다.

"간호사님, 이제 에리는 회복이 안 되는 건가요?"

궁금한 마음을 모르는 건 아니지만 환자의 병세를 설명하는 것은 간호사의 영역 밖이다.

"그 점은 주치의 선생님이 가족분들께 말씀하셨을 거예요."

내 대답을 들은 여성은 "하긴, 그렇겠네요"라며 짓궂게 웃었다.

"에리와는 단대 시절 친구예요. 함께 어울려 다니면서 친하게 지냈죠. 친구들 중에서도 에리는 인기가 많았어요. 우리는 서로의 전남친도 훤히 꿰는 사이예요. 에리가 지금의 남편을 만났을 때는 고스펙 남자를 꿰찼다며 친구들끼리 수군거리기도 했었죠."

여성은 어깨를 한 번 으쓱한 다음, 고바야시 씨를 쳐다보았다.

"그치만 이 꼴이 되면 그게 다 무슨 소용 있겠어요?"

나는 잠자코 듣기만 했다.

"애들 키우느라 미용실도 못 가고, 마사지 받으러 갈 시간도 없다더니. 아무리 스펙 좋은 남자랑 결혼하면 뭐 해요, 이렇게 누워만 있고 나도 못 알아보는데. 아유, 딱해라. 결혼이 대체 뭔지."

여성의 말투가 묘하게 산뜻해서 지금의 고바야시 씨를 안쓰러워하는 건지, 깔보는 건지 구분이 되지 않았다.

"참, 맞다, 간호사님. 얘가 말이죠, 결혼 직전까지 전남친을 계속 만나고 있었어요. 지금 남편이랑 전남친 양쪽에 양다리를 걸친 거죠."

여성은 심술궂게 히죽거렸다.

"에리, 너 남자 진짜 많이 만났잖아."

여성이 고바야시 씨의 얼굴을 들여다보았다. 고바야시 씨는 가만히 누워 있다.

"이런 얘기를 해도 반응이 없으니까 재미없네. 대화도 안 통하고. 에리, 난 그만 갈게."

여성이 고바야시 씨를 보고 함부로 지껄여도 고바야시 씨는 아무런 반응을 보이지 않는다. 여성은 나를 향해 "이만, 실례." 하더니 나가버렸다. 고바야시 씨에게 '또 올게' 같은 말은 하지 않았다. 명품 가방을 들고 차림새가 단정한 친구와 아무것도 모르고 침대에 누워 있는 고바야시 씨. 나는 고바야시 씨의 몸을 더 깨끗하게 돌봐줘야겠다고 다시금 다짐했다. 번드르르하게 차려입고 살아가는 외부인이 찾아오더라도 '안됐다'라는 말을 듣지 않도록 최선을 다해야겠다.

"굳이 전남친 얘기는 꺼낼 필요 없잖아요."

나는 텅 빈 눈으로 천장을 쳐다보는 고바야시 씨에게 말을 붙였다. 그 여성은 인상이 별로였다. 의식적으로 그랬는지, 무의식적으로 그랬는지 모르지만 적어도 내 눈에는 좋게 보이지 않았다. 같은 여자로서 이성에게 인기가 많았던 고바야시 씨를 질투하는 걸까. '고스펙' 남자를 꿰찬 에리 씨가 미웠던 건가. 아무리 그래도 생판 남인 내 앞에서 그런 얘기를 꺼내다니 도무지 이해가 가지 않는다.

그런데 그 순간, 머릿속에 떠오른 한 가지 가설 때문에 가슴이 철렁 내려앉았다. 여성은 고바야시 씨가 결혼 직전까지 전남친을 계속 만났다고 했다. 문 쪽으로 시선을 돌렸다. 오늘도 장남은 싱글거리며 거기 있다. 장남은 고바야시 씨를 닮았다. 그런데 남편과도 닮았을까.

만약에 결혼하자마자 아이를 가졌다면 어떨까. 전남친의 아이인지, 남편의 아이인지 모르지 않을까. 혹시 아직 불분명하다면? 고바야시 씨도 그 일을 걱정하고 있다면? 그러면 장남만 걱정하는 마음도 충분히 이해가 된다.

고바야시 씨는 아이들이 더 자라 장남이 자기만 친아들이 아니라는 사실을 알게 됐을 때, 아이의 심정이 어떨지 그 점을 염려하는 게 아닐까. 그래서 '미련'으로 남은 거라면.

"안녕하세요."

문 쪽에서 목소리가 날아와 화들짝 놀랐다.

"아, 안녕하세요."

고바야시 씨 남편이었다. 여느 때보다 이른 시간에 면회를 왔다. 평소에는 퇴근하고 나서 들르는지 야간에 찾아오는 날이 많았다. 아까 그 여성과 마주치지 않아서 천만다행이라고 생각했다.

"오늘은 일찍 오셨네요."

"지금부터 거래처를 방문해야 하는데, 시간이 어중간하게 남아서 얼굴이나 보고 가려고 들렀습니다."

남편은 그렇게 대답하고는 "에리, 몸은 어때?" 하며 고바야시 씨 침대 옆으로 갔다.

"달라진 건 없고? 아픈 데는 없어?"

말을 걸면서 아내의 앞머리를 쓸어넘겼다. 아내를 있는 모습 그대로 사랑하는 마음이 느껴진다. 이렇게 착한 남편이 옆에 있는데도 결혼 직전까지 양다리를 걸치다니 고바야시 씨는 꽤 자유분방하게 사셨구나, 하는 생각이 스쳤다. 그러면서 동시에 전남친이 어떤 사람인지는 몰라도 이 사람을 선택하길 잘했다는 생각도 들었다. 아까 그 여성처럼 심술을 부릴 마음은 없다. 여자들끼리 비밀을 공유하는 느낌이랄까. 양다리는 옳지 않지만 어차피 결혼 전에 있었던 일이고, 한때 좀 놀긴 했어도 좋은 남편을 만났잖아. 결과가 좋으면 다 좋은 거지, 뭐. 내가 친구라면 이렇게 말해줬을 텐데.

그나저나 혹시라도 장남이 남편의 아이가 아니라면, 그 사실을 남편이 알게 된다면, 어떻게 될까. 친아들이 아닌 게 밝혀지면 애정도 사라질까. 혹은 양다리를 걸쳤던 아내를 원망할까. 누구의 아들인지 내가 진상을 파악하는 건 불가능하다. DNA 검사를 하면 단번에 친자 관계를 밝힐 수 있겠지만 그건 내 영역을 벗어난다. 최소한 아이의 혈액형이라도 알면 좋겠다 싶었으나 전남친의 혈액형을 모르는 한 판단을 내리지는 못한다.

"참, 간호사님. 아이들 몸에 두드러기가 나는 건 역시 알레르기 때문인가요?"

남편이 내 쪽을 보며 물었다.

"두드러기 말씀이세요?"

"예. 지금 부모님이 애들을 봐주고 계신데, 큰애가 어제 저녁을 먹은 후부터 두드러기가 나서 몸이 벌겋게 달아오르고 가렵다고 하더라고요. 저희 어머니가 두드러기는 몸을 차게 하면 낫는다고 하셔서 그렇게 했더니 조금씩 진정되긴 하는데, 역시 알레르기인지 궁금해서요."

"이전에도 그런 일이 있었어요?"

"실은 여름에 유치원에서 1박 2일로 여행을 갔을 때도 두드러기가 났습니다. 그래서 아내가 알레르기 검사를 받아봐야겠다고 했는데, 병원을 알아보는 사이에 이렇게 쓰러지는 바람에 중단됐거든요."

"그런 일이 있었군요."

아이들 몸에 나는 두드러기는 알레르기일 가능성이 높긴 하지만 확신은 할 수 없다. 나는 아이들 전문이 아니다. 그때 복도를 지나가는 무카이 씨가 눈에 들어왔다. 무카이 씨는 소아과에서 작업 치료도 하고 육아 경험도 있으니 어느 정도 알지 않을까 하는 마음이 들었다.

"무카이 씨."

반사적으로 무카이 씨를 불러 세웠다.

"왜요?"

"저기, 아이들 몸의 두드러기는 알레르기가 원인인 경우가 많나요?"

"두드러기?"

"이런, 죄송합니다. 저희 애 몸에 두드러기가 나서 알레르기 때문이 아닌가 하는 이야기를 하고 있었거든요."

무카이 씨는 고바야시 씨 남편의 대답을 듣고 "그렇군요."

하며 고개를 끄덕였다.

“집에서 엄마가 해주는 밥을 먹을 때는 두드러기가 안 났는데, 유치원 행사나 할머니 댁에 갔다가 그런 증상을 보인다면 평소 엄마가 쓰지 않는 식재료 알레르기일 수도 있어요. 보통 때는 안 먹는 메뉴가 나왔던 거 아닐까요? 집에서 요리할 때는 만드는 사람과 먹는 사람의 취향을 반영해서 만들다 보니 늘 쓰던 재료만 쓰거든요. 평소 집에서는 안 먹던 음식을 딴 데서 먹어보고야 알레르기가 있다는 걸 알아차리기도 합니다.”

무카이 씨의 설명을 듣자 나도 이해가 갔다.

“아이가 몇 살이죠?”

“다섯 살입니다.”

“그러면 초등학교 급식이 시작되기 전에 미리 검사를 받아보는 편이 좋을 것 같군요. 알레르기 검사는 소아과뿐 아니라 동네 이비인후과나 안과에서도 하거든요.”

무카이 씨가 남편에게 조곤조곤 설명했다.

그렇다면 고바야시 씨는 알레르기 검사 때문에 장남을 걱정했었던 걸까? 아니야, 남편도 아들에게 두드러기가 났다는 걸 알고 있고, 알레르기 검사를 해야 한다는 것도 공유하고 있었잖아. 두드러기는 고바야시 씨만 알고 있는 정보가 아니다. 그럼 역시나 남편의 친아들이 맞는지를 걱정하고 있는 게 아닐까.

어쩌면 고바야시 씨는 알레르기 검사를 하는 김에 혈액형도 알아볼 예정이었는지도 모른다. 다섯 살이면 아직 혈액형 검사를 하지 않았을 가능성이 크다. 요즘은 수술을 받거나 수혈을 하지 않는 한은 딱히 일찍 검사하지 않는다는 얘기를 들은 적이 있다. 혈액형 검사를 하려던 차에 자신이 쓰러졌다. 그런데 남편 아이가 아니면 어쩌나. 그게 마음에 걸려 장남을 걱정하는 게 아닐까.

"또 궁금한 게 있으면 언제든지 말씀하세요."

무카이 씨는 부드러운 어조로 말하고 나서 자리를 떠났다. 남편이 "고맙습니다." 인사했다.

혈액형을 검사하는 게 고바야시 씨와 가족을 위한 일인지 아닌지 나로서는 판단이 서지 않았다. 모르는 편이 나을까, 하루라도 빨리 아는 편이 나을까. 내 착각일 수도 있지만 고바야시 씨는 알고 싶어 했던 것 같다. 오지랖의 혈기가 들끓었다. 수상하게 여길 수도 있지만 물어보기로 했다.

"장남 혈액형 검사는 벌써 하셨어요?"

남편은 손목시계를 힐끔거리며 슬슬 돌아가려 했다. 근무 시간에 잠깐 들렀다고 했으니 시간이 별로 없으리라.

"아, 아뇨, 아직 검사 안 받았습니다."

"혹시 알레르기 검사 받으러 가실 거면 혈액형 검사도 같이 하면 좋을 것 같아요."

"그렇군요. 그럼 이참에 같이 검사할까."

남편은 일말의 의심도 없이 싱긋 웃으며 대답했다.

"그럼, 에리. 이따가 밤에 다시 올게."

남편은 고바야시 씨에게 인사를 하고 "이만 실례하겠습니다"라는 말과 함께 병실을 나섰다.

괜한 오지랖이었을까. 이제 관여하지 않겠다고 해놓고 나는 또 '미련'을 해소하고 싶어서 몸이 근질근질하다. 대체 누구를 위해서 이러는 걸까. 나는 같이 공부하고 간호사가 된 뒤에도 서로 돕고 살았던 지나미에게 부끄럽지 않은 간호사가 되고 싶었다. 하지만 지금 내 모습을 지나미가 본다면 뭐라고 할까.

주간 근무를 마치고 경위서를 작성했다. 같이 근무하던 사람은 다들 퇴근하고, 바쁘게 움직이는 야간 근무 간호사들을 지켜보면서 나만 혼자 간호사실 컴퓨터 앞에 앉아 있다. 한숨이 절로 나왔다. 좀 전에 차트를 살펴보니 고바야시 씨는 A형이었다. 이런 짓을 하는 나 자신에게 제발 그만하라고 말하고 싶다. 하지만 그런 말을 듣고 바로 포기할 수 있는 사람이라면 이렇게 사서 고생하지 않겠지. 최근 2년 동안 비록 불연속적이

긴 해도 '미련'이 계속 보였다. 이제 와서 못 본 척할 수는 없다.

"우즈키 씨, 경위서는 잘 되어갑니까?"

누가 내 이름을 불러 돌아보자 미코시바 주임이 거기 있었다.

"미코시바 주임님, 아직 퇴근 안 하셨어요?"

"우즈키 씨가 경위서를 잘 쓰고 있는지 신경이 쓰여서요."

"죄송합니다. 거의 다 썼습니다."

미코시바 주임은 서글서글해 보이는 눈을 가늘게 뜨고 "고생했어요. 환자도 이상 없으니까 다음부터 조심하면 돼요. 너무 낙담하지 말라고요. 그럼 먼저 퇴근할게요"라며 간호사실을 나갔다.

"네. 안녕히 가세요."

다시 컴퓨터 화면을 쳐다보면서 한숨을 푹 쉬었다. 배가 고프다고 생각하자마자 배에서 꼬르륵 소리가 났다.

경위서를 완성하고 휴게실로 갔더니 스마트폰에 메시지가 와 있었다. 도코 씨였다.

[오늘 주간 근무지? 끝났어? 밥 먹으러 가자.]

같이 밥 먹자는 얘기였다. 시간을 확인하자 30분이나 전에 온 메시지다.

[답장이 늦어서 죄송해요! 지금 끝났어요. 밥 먹고 싶어요.]

피곤하고 배도 고팠던 터라 외식을 한다는 생각에 기분이 조금 풀렸다. 도코 씨는 금방 메시지를 확인했다.

[야마부키랑 욧짱 초밥에 있어. 빨리 와~♪]

야마부키랑 같이 있구나. 가슴이 촉촉이 젖는 기분이다. 이런 날 같이 밥 먹을 사람이 있다는 사실이 고마웠다. 나는 '오케이!'라는 말풍선이 달린 곰돌이 이모티콘과 함께 [옷 갈아입고 바로 갈게요]라고 답장을 보냈다.

병원 밖으로 나서자 얇은 니트 한 장으로는 버티기 힘들 정도로 바람이 찼다. 불과 얼마 전까지만 해도 그렇게 덥더니. 서늘한 공기를 한껏 들이마셨다가 천천히 내뱉었다. 흐릿한 하늘에 까마귀 몇 마리가 날고 있었다.

"어서 오세요!"

욧짱 초밥의 요리사들은 오늘도 변함없이 목청을 높여 손님을 맞이했다. 나도 환자와 보호자 앞에서는 내 감정과 상관없이 생글거린다. 어쩌면 이 요리사들 중에도 '오늘은 밝게 말할 기분이 아니야'라고 생각하는 사람이 있을지도 모른다. 다른 사람이 어떤 마음으로 살고 있는지 나는 모른다. 모르기 때문에 알려고 노력한다. 알기 위해 가까이 다가간다. 그런 생각을 하다 보니 역시나 '미련'처럼 환자의 속마음을 보는 행위가 과

연 바람직한지 아닌지 갈피를 잡기 힘들었다.

"아, 우즈키 씨, 어서 오세요."

"어서 와."

나란히 카운터 자리에 앉아 있던 야마부키와 도코 씨가 나를 돌아보았다.

"우리는 많이 먹었으니까 우즈키도 빨리 주문해."

두 사람은 식사를 맘껏 즐기고 맥주도 벌써 두 잔째 마시고 있다고 했다.

"아, 그럼 저도 맥주부터 마실래요."

"그래, 마셔, 마셔. 여기 맥주요!"

도코 씨가 맥주를 외치자 요리사가 그대로 복창했다.

"우즈키 씨는 일단 가리비와 단새우와 참치부터 시키면 되죠?"

야마부키가 대신 주문해주었다. 그때야 나는 깨달았다. 나를 위로하기 위한 자리라는 것을 말이다.

"설마 내가 실수했다고 위로해주는 거예요?"

맥주를 한 모금 마시고 두 사람에게 물었다.

"앗, 들켰네. 뭐, 그것도 그런데 요즘 우즈키가 기운이 없어 보여서 말이야."

"그렇게 보였어요?"

"응, 뭐랄까, 고민이 있어 보인다고 해야 하나."

"아이고, 죄송해라, 이렇게 신경 써주시다니 황송해서 어쩌죠?"

나는 맥주잔을 높이 들고서 장난스럽게 대답했다.

나는 '미련'을 상대하는 방법과 그것을 해소하기 위한 과정에서 일어난 인시던트 때문에 고민에 빠져 있다. 기운이 없던 건 맞지만 두 사람에게 위로를 받을 정도로 활기가 없어 보였다고 생각하니 미안한 마음이 들었다. 어쩌면 지금이 10월이라서 의기소침해 보였을 수도 있다. 지나미의 심장이 멎은 달. 지나미가 죽은 달. 일 년 중 제일 쓸쓸한 계절.

지나미가 내 곁을 떠났을 무렵, 이 두 사람은 나와 같은 병동에 없었다. 도코 씨는 수술실에 있었고 야마부키는 아직 학생이었다. 다른 간호사들에게 내가 병가를 냈었다는 얘기를 들었는지는 모르지만 내 입으로 말한 적은 없다. 말로 하면 슬픈 감정이 더 뚜렷해지는 것 같아 나는 그때의 일을 다른 사람에게 털어놓기가 불편했다. 입 밖으로 꺼내면 당장이라도 깊은 바닷속으로 끌려 들어갈 것만 같은 기분이 든다. 암흑이 나를 삼키고 파도가 내 몸을 산산조각 낸다. 그렇게 될까 두려웠다.

"여기요, 우즈키 씨, 많이 드세요!"

야마부키가 차를 따라주었다.

"고마워."

"우즈키가 먹는 거 보니까 나도 더 먹고 싶어졌어."

도코 씨가 추가 주문을 하려고 주문서를 집었다.

"그럼, 도코 씨, 저는 바닐라 아이스크림 주문해주세요!"

야마부키가 말했다.

"응? 여기 아이스크림도 있어?"

"그럼요."

생글거리는 야마부키를 보자 10월 특유의 쓸쓸함을 조금이나마 몰아낼 수 있었다. 살아 있는 사람은 열심히 먹고 열심히 살아간다. 다른 길은 없다. 나는 가리비 초밥을 입에 넣고 그 맛을 음미하며 꼭꼭 씹었다.

일주일쯤 지나고 야간 근무를 하는 날이었다. 인수인계에 앞서 고바야시 씨의 차트를 열어보자 '장남에게서 참깨 알레르기가 판명됨. 환자의 알레르기도 확인이 필요함'이라고 기재되어 있다. 장남이 알레르기 검사를 받은 모양이다.

아내를 보러 온 고바야시 씨 남편이 간호사실에서 면회 신청서를 적고 있었다.

"안녕하세요? 아이 알레르기 검사하셨나 봐요."

퇴근하고 양복 차림으로 찾아온 남편은 머리도 조금 길고 다소 지쳐 보였다. 그런데도 아내를 간병하고 아이들을 보살피면서 살아가고 있고, 앞으로도 그럴 것이다.

"예. 참깨 알레르기였더라고요. 그러고 보니 아내는 음식에 참깨를 쓰지 않았던 게 생각났어요. 본가에서 아들 몸에 두드러기가 났던 날, 어머니가 고구마 맛탕을 만드셨는데요. 그때 고구마 위에 뿌린 참깨를 먹고 그렇게 됐다는 걸 알았습니다."

"그랬군요. 원인이 밝혀져서 다행이에요. 앞으로는 피하면 되니까요."

"예. 참, 혈액형 검사도 같이 했습니다. 그 녀석은 역시나 O형이더라고요. 성격이 느긋해서 그럴 것 같았거든요."

남편은 그렇게 말하면서 웃었다. 눈가에 주름이 새겨졌다.

"어제 아내한테도 알려줬더니 살며시 웃는 것 같더라고요. 아내도 그 녀석이 O형일 거라 예상했나 봅니다."

"그러셨군요."

남편은 "그럼 이만." 하고는 고바야시 씨의 병실로 걸어갔다.

인수인계를 마치고 이틀 만에 들어간 고바야시 씨 병실에서는 더 이상 '미련'을 찾아볼 수 없었다.

고바야시 씨가 전에 사귀었던 사람의 혈액형이 뭔지는 모른다. 하지만 아들이 O형이라는 사실이 밝혀지고 '미련'이 사라진 걸 보면 전남친은 AB형이 틀림없다. 부모 중 한쪽만 AB형이라도 O형 자식은 절대로 태어날 수 없으니까. 고바야시 씨가 남편의 말을 얼마나 이해했는지는 모른다. 그러나 마음껏 표현하지 못할 뿐이지 감정이 완전히 사라진 건 아니다. 남편의 말을 듣고 안심했으니 '미련'도 사라졌겠지.

이번에 나는 '미련'을 해소하기 위해 아무 일도 하지 않았다. 결국 '미련'이 뭐였는지조차 정확히 알지 못한다. 알레르기였는지 혈액형이었는지도 불분명하다. 그렇지만 '미련'은 사라졌다.

혹시 지금까지 내가 '미련'에 너무 얽매여 있었던 건 아닐까.

삼보가 운전하는 경차가 엔진 소리를 드렁드렁 울리며 고속도로를 달렸다. 나는 조수석에 앉아 창밖을 바라보며 작게 한숨을 내쉬었다. 집을 나서기 전에 "그럼 다녀올게." 하고 사진 속 지나미에게 인사를 건넸다. 지금은 이 세상에 없는 예쁘장한 얼굴의 지나미.

"휴게소 거의 다 왔는데, 들렀다 갈까?"

삼보가 물었다.

"응, 그러자. 여기서 점심 먹고 갈래?"

"좋지."

삼보는 평소보다 말수가 적었다. 다정한 남자니까 나를 배려하는 거겠지. 카스테레오에서 처음 듣는 노래가 흘러나왔다. 삼보 여자친구가 좋아하는 K팝 아이돌의 곡인 듯했다. 이름을 들어도 전혀 모르는 가수다.

병동에서 일해서 좋은 점 중 하나는 근무일이 달력과 다르다는 것이다. 간호사가 아닌 친구와 일정을 맞추기는 쉽지 않지만 평일에 쉴 수 있다는 건 감사한 일이다. 일주일의 한복판인 수요일의 고속도로 휴게소는 한산했다.

"생각보다 춥다."

차에서 내리자 예상했던 것보다 바람이 찼다. 나는 니트 카디건의 앞섶을 단단히 여몄다.

"벌써 10월도 끝이니까."

삼보는 구름 사이로 비치는 해를 올려다보며 대꾸했다.

휴게소 푸드 코트에서 나는 따뜻한 메밀국수를 먹고 삼보는 라멘을 먹었다. 특산품 판매대를 구경하다가 쟁반을 반납하고 차에 올랐다.

삼보가 시동을 걸자 카스테레오 안에서 목소리 톤이 높은 아이돌이 노래를 불렀다. 경차는 서서히 속도를 높이며 앞으로 달려나갔다.

고속도로를 빠져나오고 나니 창밖으로 한결 한적한 풍경이 펼쳐졌다. 앞으로 한 시간만 더 가면 목적지에 도착한다.

"있잖아, 가령 말이야, 오늘 죽는다는 말을 듣잖아? 그럼 넌 미련 같은 거 있어?"

구름이 걷히고 햇빛이 쏟아졌다. 작은 연못이 나타났다. 햇빛에 반사된 윤슬이 반짝거린다.

"미련?"

"응. 마음에 남는 거 말이야."

"그야 당연히 있겠지?"

"예를 들면?"

삼보는 음, 하며 생각에 잠겼다가 "미짱이랑 결혼을 안 한 거라든가"라면서 여자친구 이름을 입에 올렸다.

"아아, 맞네. 근데 결혼 안 해?"

"난 하고 싶은데, 미짱이 올해 프리셉터를 하고 있어서 정신이 없거든. 한창 일에 빠져 있으니까 결혼 얘기를 꺼낼 타이밍을 못 잡겠어."

여자친구가 자기보다 2년 후배라고 했으니 3년 차겠다.

"타이밍……."

인생에서 타이밍은 어떻게 정해지는 걸까. 우연, 인연, 운명. 이래저래 말들 하지만 정말로 원인과 결과가 존재하는 걸까. 뭔가를 하면 뭔가가 일어난다. 그렇게 간단한 게 아닐 거라 싶으면서도 정해진 규칙이 없으면 납득할 수 없을 것 같은 생각도 들었다.

“넌 미련 있어?”

삼보가 물었다.

“난 없는 것 같은데?”

내가 먼저 말을 꺼내놓고도 괜히 마음이 불편해져 적당히 얼버무렸다. 삼보는 더 이상 캐묻지 않았다. 짧은 정적이 찾아왔다. 멍하니 창밖을 쳐다보는 사이에 목적지에 다다랐다.

나는 뒷좌석에서 어제 사놓은 꽃다발을 꺼냈다. 성묘 시 올리는 꽃도 나쁘지 않지만, 화사한 꽃이 더 잘 어울릴 것 같았다. 삼보와 나란히 서서 묘지 안으로 들어갔다. 대대로 이어져온 듯한 오래된 무덤 앞에서 걸음을 멈췄다.

“오랜만이지? 올해도 왔어, 지나미.”

묘비에는 ‘미카도 가문의 묘’라는 글자와 지나미의 이름이 새겨져 있다. 지나미가 진짜 죽었다는 사실을 새삼 실감했다. 묘비와 초목이 만들어낸 그림자가 더 짙어진 느낌이 들었다. 오늘만큼은 마음껏 슬퍼해도 되겠지. 오늘은 겁먹지 말고 결단코 지워질 리 없는 상실감 속으로 첨벙 뛰어들어야지.

삼보와 함께 묘지를 깨끗이 청소했다. 꽃병에 물을 담고 묘지에는 안 어울릴 정도로 화사한 꽃을 꽂았다. 선향을 피우고 두 손을 모아 합장을 했다. 이 묘비에 적힌 글자도 누군가가 새드블라스터로 새겼겠구나.

"올해도 고마워, 삼보. 난 운전면허가 없어서 혼자선 올 엄두를 못 냈을 거야."

길게 합장을 하고 있던 삼보가 고개를 들었다.

"나도 오고 싶어서 오는 거니까 신경 쓸 거 없어."

삼보는 통 따위를 챙겨 들고 무덤 앞을 떠났다. 정리하고 오겠다며 내가 혼자 있을 시간을 만들어주었다. 한결같이 참 자상한 친구다.

"지나미, 넌 내가 미련을 어떻게 대하면 좋겠어?"

나는 지나미가 숨을 거두기 직전에 반지를 선물 받았다. 오늘은 오랜만에 그 반지를 꼈다. 평상시에는 서랍에 넣어두기만 한 탓에 반지는 아직도 새것처럼 반짝거린다. 고통스러웠던 기억을 떠올리자 또다시 깊은 바다 밑으로 끌려 들어갈 것 같다. 지나미와 함께했던 온갖 추억이 되살아났다. 그날 같이 갔던 유원지에서 봤던 하늘. 옅은 공기가 우리 둘만을 감쌌던 낙원.

"넌 내게 반지를 주길 잘했다고 생각해?"

아무 대답이 없는 무덤을 향해 물었다.

"실은 무슨 말을 하고 싶었던 거 아냐?"

내가 그랬던 것처럼 너도 나를 사랑하고 있었다고 받아들여도 될까. 내게 연애 감정을 품었던 거라고 믿어도 돼? '미련'을 어떻게 마주하면 좋을까. 어쩌면 난 너의 진심을 알고 싶어서 환자들의 '미련'을 해소했던 건지도 모르겠어. 안간힘을 쓰며 매달렸지만 요즘 들어 너무 연연할 필요가 없다는 생각도 들어. 그래도 괜찮지……?

"그만 돌아갈까?"

삼보 목소리가 들렸다. 꽤 오랫동안 혼자서 지나미에게 말을 걸고 있었는지 해가 서서히 기울고 있었다. 나는 자리에서 일어나 천천히 바닷물 밖으로 얼굴을 내밀었다. 좋든 싫든 현실로 돌아가야 할 시간이다.

"그래, 가자. 운전해줘서 고마워. 피곤하면 꼭 말해."

"응."

"그럼, 지나미. 다음에 또 올게."

그렇게 인사하고 나는 지나미의 무덤을 뒤로했다. 마주 잡고 있던 손이 얼음같이 차가웠다. 가을날의 산바람이 내 머리카락을 헝클어뜨리며 지나갔다.

이제 10월도 얼마 안 남았다.

5화

있는 그대로를 받아들이고

텔레비전과 길거리에서 크리스마스 캐럴이 귓가를 스치는 횟수가 점점 늘어났다. 병동에도 아담한 트리가 서 있다. 올해도 눈 깜짝할 사이에 12월이 찾아왔다. 겨울철에는 신경 써야 할 일이 많아져서 더 힘들다. 추위가 환자의 마음을 약하게 만들 뿐 아니라 건조한 공기 때문에 환자의 목과 코의 점막이 상하고 면역력도 저하되기 쉽다. 감기와 독감과 노로바이러스도 조심해야 한다. 대개는 방문객을 통해 감염되므로 환자를 찾아온 외부인은 간호사실 입구에서 손 소독을 하고 들여보낸다.

주간 근무인 오늘 오전에는 요양보호사들 도움을 받아 침상 목욕을 하기로 했다. 침상 목욕이란 욕실에서 목욕을 할 수 없는 환자를 침대에 편안하게 눕힌 채로 물수건으로 닦아주면서 전신의 청결을 유지하는 치료 방법이다. 침상 목욕 대상은 의식이 없거나 호흡기를 달고 있어 직접 샤워를 할 수 없는 환자들이다. 사람은 움직이지 않고 가만히 누워만 있어도 열이 나고 때가 생긴다. 몸을 깨끗이 관리하지 않으면 감염 위험은 커지고 삶의 질은 떨어진다.

호흡기에 연결된 튜브를 건드리지 않도록 조심하면서 환자의 상의를 벗기고 목욕 수건으로 덮었다. 노련한 요양보호사가 뜨거운 물이 들어 있는 양동이에 수건을 담가 헹군 다음 물기를 꼭 짜서 건네주었다. 몸이 가볍고 동작에 군더더기가 없다. 물이 뜨거워서 손이 벌겋게 달아올랐다. 나는 수건을 받아 들고 흉부와 복부 순으로 재빨리 닦아나갔다. 겨울의 침상 목욕은 추위와의 싸움이다. 환자가 춥다고 느끼면 혈압이 올라갈 뿐 아니라 상쾌하기는커녕 오히려 불쾌감만 들 수도 있다. 혹시 습진이 생기지는 않았는지 피부를 꼼꼼하게 살펴보는 것도 중요하다. 전신을 닦고 나면 다시 옷을 입히고 혈압과 산소포화도를 측정한다. 눈에 띄는 변화가 없어서 일단 안심했다. 요양보호사와 함께 뒷정리를 했다. 환자는 추위와 싸워야 하지만 우리는 몸을 움직이기 때문에 도리어 체온이 올라간다.

"수고하셨습니다. 추운 날은 침상 목욕이 예삿일이 아니네요."

"그러게요, 땀이 다 난다니까요."

뜨거운 수건을 계속 헹궈야 하니 요양보호사 입장에서는 고된 육체노동이 아닐 수 없다. 간호사들이 감당할 수 없는 온갖 일을 거들어주는 요양보호사가 참으로 고마울 따름이다.

추운 계절에는 욕실에서 목욕을 시키는 일도 침상 목욕 이상으로 힘들다. 여름은 환자를 씻기는 간호사와 요양보호사에게 고역이지만, 한겨울에는 환자가 고통스럽지 않도록 최대한 신경을 써야 한다. 요즘은 가정에서도 히트 쇼크가 자주 발생한다고 한다. 히트 쇼크란 급격한 온도 변화가 혈압에 큰 변동을 주어 심장과 뇌에 악영향을 끼치는 현상을 의미한다. 장기 요양 병동에서도 혈압 변동이 환자의 몸에 부담을 가하는 문제를 피하고자 애를 쓴다. 그래서 탈의실을 미리 따뜻하게 데워두고, 환자의 몸에 물을 끼얹을 때도 천천히 붓는다. 환자를 춥게 해서도 안 되고, 그렇다고 따뜻하게 해준다고 갑자기 뜨거운 물을 부어서도 안 된다. 겨울철 환자 간호는 신중하게 해야 한다.

복도에서 사사야마 씨가 입원해 있는 1인실을 들여다보았다. 사사야마 도요 씨는 은발이 풍성하고 눈매가 또렷한 여든일곱 살의 여성이다. 작고 동그란 코에는 경관 급식용 튜브가 연결되어 있다. 항상 하늘색이나 분홍색처럼 옅은 색상에 세련된 잠옷을 입고 있어서 동화 속에 나오는 할머니 같은 분위기를 풍긴다. 지금은 휠체어에 앉아 ST인 쓰쿠니 게이고 씨와 마주 보고 있다. ST(Speech Therapist)란 언어치료사의 약자로, 어떤 이유로건 말을 제대로 못하거나 음식물을 삼키지 못하는 환자의 재활을 돕는 전문가이다. 사사야마 씨는 지주막하출혈 후유증으로 마비가 와서 지금은 말도 못하고 먹지도 못한다. 그래서 열심히 치료를 받고 있다.

사사야마 씨 딸이 팔짱을 끼고서 휠체어 뒤에 서 있다. 나는 약간 긴장한 채 병실 안으로 들어갔다.

"안녕하세요."

인사를 건네자 딸이 나를 힐끗 쳐다보았다. 그러더니 눈썹을 찌푸리며 목을 길게 빼고 고개만 까딱했다. 난방이 너무 센지 새빨간 스웨터 소매를 둘둘 말아 올리고 있다. 평일은 거의 매일 아르바이트를 한다더니 오늘은 쉬는 날인가.

"의자 갖고 올게요."

내 말을 들은 딸은 이번에도 고개만 살짝 끄덕거렸다.

나는 간호사실로 가서 방문객용 의자를 들고 다시 사사야마 씨 병실로 갔다. 내가 의자를 넘겨주자 딸은 아무 말 없이 앉았다.

"쓰쿠니 씨, 사사야마 씨는 좀 어떠세요?"

"조금씩 연습 중입니다."

쓰쿠니 씨가 새하얀 치아를 드러내 보이며 대답했다. 남색 스크럽 슈트 아래로 굵은 팔뚝이 보인다. 삼십대 중반의 이 남성에게는 병동마다 데리고 노는 간호사가 한 명씩 있다는 소문을 들은 적이 있다. 진한 이목구비와 거친 인상과 요코하마 교외보다는 쇼난에서 서프보드를 끼고 노는 게 더 어울릴 듯한 외모 탓에 경박해 보인다는 소리를 들어도 어쩔 수 없겠다 싶기도 하다.

내가 좋아하는 타입은 아니지만 동료들 중에는 "쓰쿠니 씨랑 둘이 밥 먹었어"라며 자랑하는 사람도 있다. 신비롭고 쿨한 이미지의 미코시바 주임과 둘이서 병동의 인기를 반씩 나눠 차지하고 있달까. 사생활이 어떻든 상관없다. 일만 잘하면 그걸로 충분하다.

사사야마 씨는 혀 운동을 하고 있었다. 소리는 낼 수 있지만 말은 못한다. 입술 근육도 마비된 탓에 침이 흘러 입가가 지저분했다. 언어 치료가 끝나면 따뜻한 물수건을 갖고 와서 닦아 줘야겠다.

쓰쿠니 씨에게 "그럼 잘 부탁드립니다"라고 말하고 딸에게도 인사를 하고 나서 병실을 나왔다.

나는 간호사실로 가서 사사야마 씨의 차트를 살펴보았다.

사사야마 도요, 87세, 여성

현재 병력

사이타마현에서 혼자 거주 중. 12월 3일, 현관에 쓰러져 있던 환자를 이웃에 사는 여성이 발견하여 구급차로 이송됨. 지주막하출혈 발병, 같은 날 두개골을 절개하여 뇌동맥류 클립 결찰술 시술. BRS 회복 단계-손 2단계, 팔 3단계, 다리 2단계. 삼킴 장애, 구음 장애 있음. 재활 목적으로 가족이 사는 집에서 가까운 본 병원 장기 요양 병동으로 이동.

과거 병력

고혈압

지질 이상증

변형성 고관절증

뇌동맥류 클립 결찰술이란 말 그대로 부풀어오른 동맥류를 금속 클립으로 차단하여 혈액이 흐르지 않도록 막고 동맥류가 터질 위험을 줄이는 수술이다. 수술은 성공했지만 이미 출혈이 발생한 부분은 치료가 되지 않는다. BRS 회복 단계는 운동 기능의 회복 순서와 상태를 분류하는 지표로, 손과 팔과 다리를 1단계에서 6단계로 나눠 평가한다. 1단계는 이완성 마비, 즉 근육에 힘이 전혀 들어가지 않고 완전히 마비된 상태를 말한다. 숫자가 커질수록 마비 증세가 가벼워지므로 6단계에서는 거의 정상에 가까운 상태를 보인다. 사사야마 씨는 손과 다리는 2단계이고 팔은 3단계였다. 팔을 들었다 내렸다 할 수는 있으나 그 이상의 동작은 못한다. 일어서서 걷거나 글자를 쓰는 것도 아직은 불가능하다.

변형성 고관절증은 노화와 함께 연골이 마모되면서 나타나는 질환으로 심할수록 통증도 커진다. 사사야마 씨는 그다지 심각한 상태가 아니었으나 이번에 신체의 움직임을 제어하는 뇌를 다치면서 보행이 불가능해졌다.

삼킴 장애와 구음 장애도 있다. 각각 음식물을 삼키지 못하는 장애와 말을 하지 못하는 장애를 말한다. 쓰쿠니 씨는 이 기능의 회복을 돕기 위해서 왔다.

혼자 생활할 수 없게 된 사사야마 씨는 딸이 면회를 오고 간병을 할 수 있도록 딸 가족 집에서 가까운 이 병원으로 옮겼다. 남편은 10년도 더 전에 세상을 떠났다. 딸은 결혼했고 손녀도 있는 듯하다.

쓰쿠니 씨가 간호사실로 돌아왔다. 호주머니에서 치료할 때는 끌러놓았던 듯한 손목시계를 꺼내 다시 찼다. 스포티한 디지털시계다.

"수고하셨습니다."

인사를 하자 쓰쿠니 씨가 다소 심각한 표정을 지었다.

"사사야마 씨 말인데요, 발음은 꽤 좋아졌는데 음식물을 삼키는 건 힘들어 보입니다. 지금 상태를 보면, 어쩌면 젤리도 오연할 수 있을 것 같아요."

오연이란 음식물이나 음료수가 식도가 아닌 기도로 들어가는 것을 말한다. 음식물이 기도로 들어가면 오연성 폐렴이 발병한다. 젤리는 음식물을 삼키기 어려워하는 환자가 가장 편하게 먹을 수 있는 음식인데 그마저도 어렵다면 다른 음식은 환자를 질식 상태에 빠뜨릴 위험이 크다.

"어쩌죠?"

"지금은 콧줄로 영양을 공급하고 있지만, 앞으로의 일을 생각하면 위루술(음식물과 수분을 공급하기 위해 위에 구멍을 만드는 수술-옮긴이 주)도 검토하는 편이 좋을 것 같습니다."

"알겠습니다. 담당 선생님께 말씀드리겠습니다."

"예. 조만간 콘퍼런스를 여는 게 좋겠어요."

"잘 부탁드립니다."

쓰쿠니 씨는 심란한 얼굴로 간호사실을 뒤로했다.

삼킴 장애가 있는 환자는 입으로 음식을 먹을 수가 없으므로 코에 튜브를 연결해서 영양을 공급하는 경우가 대부분이다. 삼키는 기능이 회복될 가능성이 있는 환자는 그대로 튜브를 달고 지내다가 입을 통해 조금씩 음식물을 섭취하게 된다. 그러나 삼킴 장애가 심해서 앞으로도 경구 섭취 가능성이 보이지 않는 경우에는 위루관을 만들어 영양을 공급하는 편이 질식과 오연성 폐렴 등의 합병증을 줄일 수 있다. 가족과도 상의를 해봐야 할 것 같다. 나는 주치의에게 확인하기 위해 노트에 메모를 적어 넣었다.

따뜻한 물수건을 챙겨서 사사야마 씨 병실로 갔다.

"실례합니다."

딸이 내게로 눈을 돌렸다.

"간호사님, 아까 그 사람 믿을 만한 거예요?"

나는 또 시작이구나 싶었다.

"언어치료사 쓰쿠니 씨 말씀이세요?"

"맞아요. 사람이 경박해서 어디 믿을 수가 있어야죠. 엄마는 진짜 말을 할 수 있긴 한 거예요?"

딸은 팔짱을 낀 채 방문객용 의자에 앉아 발을 까딱거렸다.

"쓰쿠니 씨는 최선을 다하고 있어요. 사사야마 씨도 열심히 따라오고 계시니까 계속 지켜봐주세요."

딸은 흥, 하고 콧방귀를 뀌었다.

"계속 지켜보라니 말이야 쉽지, 병원비를 내는 사람은 나라고요."

나는 어색한 웃음만 짓다가 "얼굴 닦아드릴게요"라고 말을 걸면서 사사야마 씨의 입가를 훔쳤다. 사사야마 씨는 "이아애요"라면서 고개를 숙였다. 미안해요, 라는 뜻인가. 사사야마 씨는 마비는 있어도 의식이 뚜렷해서 우리가 하는 말도 전부 알아듣는다. 동그랗고 귀여운 눈을 내리깐 채 딸의 시선을 피했다. 자기가 아파서 딸에게 폐를 끼친다고 생각하는 걸까.

느닷없이 어머니가 지주막하출혈로 쓰러졌으니 어쩔 줄 몰라 하는 딸의 심정도 모르는 바는 아니다. 경황이 없겠지. 그런 사정을 감안하더라도 이 보호자는 불평불만이 너무 심하다.

어머니를 돌봐야 할 시기가 이렇게 일찍 찾아올 줄 몰랐으리라. 혼자서 건강하게 잘 지내던 어머니가 하루아침에 아무것도 못하게 되었다. 그 사실을 받아들이고 자기 삶의 일부로 끼워 넣는 일이 쉽지는 않을 것이다.

"아 참, 이제 슬슬 입으로 밥 먹어도 되죠?"

사사야마 씨 딸이 될 대로 되라는 투로 말했다.

"아, 아뇨, 식사는 아직 힘들어요."

"아니, 왜죠? 뭐라도 빨리 먹여주고 싶단 말이에요. 이깟 튜브로 영양을 공급한들 배가 부르겠어요?"

경관 영양제에는 하루에 섭취해야 하는 영양과 칼로리가 부족함 없이 들어 있다. 하지만 딸이 하려는 말은 그런 게 아닐 것이다. 마음은 이해하지만 그래도 입으로 음식을 섭취하기엔 아직 이르다.

일찌감치 위루술 문제를 놓고 상의를 하는 게 좋을 것 같다. 환자 상태와 향후 기대할 수 있는 것과 없는 것을 명확하게 전달할 필요가 있을 듯했다. 힘들어도 받아들여야만 하는 일도 있는 법이니까.

"다음에 주치의를 통해 자세히 전달하도록 하겠습니다."

"주치의라면, 그 젊은 의사죠? 그 사람도 영 미덥지가 않던데."

딸은 한숨을 푹 내쉬고는 "매점 좀 갔다 올게요." 하면서 나갔다. 나는 "다녀오세요." 하며 딸을 배웅했다. 사사야마 씨는 면목이 없다는 듯이 고개를 숙이고 있다.

"사사야마 씨, 코에 붙은 테이프 교환할까요?"

내 말을 들은 사사야마 씨가 느릿느릿 고개를 들었다. 경관 영양 튜브는 의료용 테이프를 붙여 코에 고정한다. 테이프가 제대로 고정되지 않으면 튜브가 빠질 수 있어 위험하다. 또 하루 종일 테이프를 붙이고 있다 보면 피부에 상처가 생기기도 한다. 특히 고령자는 접착력이 낮은 테이프를 쓰더라도 염증이 발생하거나 피부가 벗겨질 수 있으므로 각별히 조심해야 한다. 그래서 피부 상태를 관찰하면서 매일 테이프를 교환한다. 조심조심 테이프를 뗀 다음 새 테이프를 붙였다.

그때 딸이 돌아왔다.

"하아, 어째 이 병원은 매점까지 시들하네."

사사건건 꼬투리를 잡는다.

"……아아아아 아우 애야 아으에."

사사야마 씨가 딸을 보면서 말했다.

"뭐? 뭐라고?"

"야아아아 아우애야 아으에."

사사야마 씨는 똑같은 말을 되풀이하면서 휠체어 깊숙이 몸을 기댔다.

"휴……또 그 소리야?"

딸은 그렇게 말하고는 내 쪽으로 시선을 돌렸다.

"엄마가 계속 똑같은 말을 하는데요, 대체 뭐라는 건지 통 못 알아듣겠어요. 그 언어치료사 선생도 못 알아먹는 눈치고……."

나도 사사야마 씨 말을 알아들을 수 없다.

"그러셨군요. 저도 못 알아듣겠지만…… 재활 치료를 좀 더

받다 보면 알 수도 있을 거예요."

내 말을 들은 딸은 "글쎄, 과연 그럴까요"라고 중얼거리며 매점에서 사온 캔 커피를 땄다. 나는 딸에게 들리지 않게 가볍게 한숨을 내뱉었다.

"그럼 사사야마 씨, 침대에 눕고 싶으시면 꼭 호출하세요."

그렇게 말하고 병실을 나서려던 참에 무심코 창문 쪽을 보다가 젊은 남성을 발견하고는 화들짝 놀랐다. 이십대 초반이려나, 귀염성 있게 생긴 청년이다. 새파란 다운재킷을 입고 주머니에 손을 찔러 넣고 있다. 경계심을 품은 눈빛이 불안해 보인다. 그리고 몸이 희미하게 비쳐 보였다. 아아, 사사야마 씨의 '미련'이구나.

누구일까……궁금했지만 신경 쓰지 말자고 마음을 고쳐먹었다. 공연히 '미련'에 관여하다가 또 실수를 저지르면 큰일이니까 내 눈앞의 환자를 우선시하자. 그게 옳다고 스스로를 독려하면서 간호사실로 돌아왔다.

점심용 경관 영양제를 준비할 시간이 되자 사사야마 씨가 아직 휠체어에 앉아 있는지 확인하기 위해 병실을 찾아갔다. 여느 때라면 피곤해서 눕고 싶다고 연락이 올 시간인 데다 슬슬 침대에서 쉬는 편이 좋을 것 같다는 생각이 들었기 때문이다. 그런데 사사야마 씨가 이미 침대에 누워 있다. 침대 시트도 흐트러져 있다. 그럴 리가 없다는 걸 알면서도 혹시나 하는 마음으로 물어보았다.

"사사야마 씨, 스스로 침대에 올라가신 거예요?"

딸이 의자에 몸을 맡기며 나를 곁눈질했다.

"내가 눕혔어요."

딸이 조그맣게 대답했다. 역시…….

멋대로 굴지 마! 라고 고함을 지르고 싶었지만 간신히 참고 부드러운 표정을 끌어냈다.

"사사야마 씨는 몸이 마비되셨어요. 연세가 있으셔서 자칫 잘못해서 떨어지는 날에는 골절을 입을 수도 있고, 특히나 머리를 부딪치기라도 하면 정말 위험합니다. 다음부터는 꼭 간호사를 호출하셔야 합니다."

딸은 성가시게 하지 말라는 듯이 고개를 갸웃거렸다.

"네, 네. 알았어요. 근데 우리 엄마는 쭉 혼자 살아왔던 사람이에요. 뭐든지 자기 힘으로 척척 하던 사람이니까 침대에 올라가는 것쯤은 내가 조금만 도와주면 혼자 할 수 있어요."

머리를 쥐어뜯고 싶었다. 환자의 증상을 올바로 이해하지 못하는 보호자는 가끔 있다. 어려운 의료 행위와 질환까지 모두 이해해달라는 건 아니다. 다만 적어도 이쪽에서 말한 대로 환자에게 해도 되는 행동과 해서는 안 되는 위험한 행동은 구분해서 지켜주기를 바란다.

사사야마 씨는 마비가 와서 혼자서는 일어서지도 못한다. 그리고 혼자 서지 못하는 사람을 떠받치는 일은 상상 이상으로 힘이 든다. 어쩌다 오늘은 성공해서 무사히 침대로 옮겼지만, 까딱 잘못해서 균형을 잃기라도 하면 두 사람 다 넘어질 수 있다. 그렇게 됐을 때, 사사야마 씨는 자기 힘으로 버티고 서지도 못하고, 뭔가를 붙잡지도 못하고, 낙법 자세를 취하지도 못한다. 그대로 딱딱한 바닥에 내동댕이쳐지고 만다. 뼈가 부러질 수도 있고, 만에 하나 머리를 부딪치게 되면 골절로 끝나지 않을지도 모른다. 끔찍한 상상을 털어내고 인수인계 때 다른 간호사들에게도 정보를 공유해야겠다고 마음먹었다.

침대에 누워 있던 사사야마 씨가 슬그머니 고개를 숙였다. 자신이 아픈 것에 대해 부채감을 느끼는 걸까. 그래서인지 사사야마 씨는 딸을 나무라지 않는다.

치료는 팀워크다. 환자와 보호자, 의사, 간호사, 요양보호사, 간병인, 사회복지사, 언어치료사를 비롯한 재활 치료 전문가, 지역 의료, 구청, 복지 부문…… 다 같이 힘을 모아 환자의 치료와 회복과 안정을 위해 노력한다. 어느 하나라도 빠지면 팀워크는 깨진다. 특히 보호자는 환자 바로 옆에서 함께하는 중요한 팀원이다. 사사야마 씨 딸은 전형적인 진상 보호자였다.

"우즈키 씨, 한잔하러 안 가실래요?"

탈의실에서 야마부키가 말을 걸어왔다.

"아, 좋지. 근데 왜 이렇게 신났어? 무슨 일 있어?"

"다음 달에 열릴 세미나 자료 준비를 끝냈거든요. 수고한 저를 위해 한잔해야겠어요."

"와, 고생했어."

대형 병원에서 근무하는 간호사는 통상적인 병동 업무 외에 타 병동 간호사와 합동으로 세미나를 열기도 한다. 선배들은 아직 2년 차인 야마부키에게 세미나 자료를 준비하면서 스스로 공부할 기회를 주고 싶었던 모양이다.

"근데 무슨 세미나?"

"비사용 증후군과 예방에 관한 세미나예요!"

"아, 중요한 거네."

비사용 증후군이란 환자가 안정을 취하기 위해 오래 누워 있는 탓에 운동량이 줄면서 심신의 여러 가지 기능이 저하되는 증상을 말한다. 근육이 줄어들고 누워 있는 자세 그대로 관절이 굳어버리거나 내장의 움직임이 떨어지고 뼈가 약해지는 등 실로 다양한 증상이 나타난다. 비사용 증후군은 장기 요양 병동은 물론이고 환자가 수술 후에 안정을 취하는 급성기 병동에서도 문제가 되고 있다.

"우즈키 씨도 오늘 고생하셨으니까 같이 마셔요."

야마부키에게도 사사야마 씨 보호자와의 일을 털어놓았다.

"고마워. 진짜 지친다."

둘이 얼굴을 마주 보며 쓴웃음을 지었다.

옷을 갈아입고 야마부키와 함께 역 쪽으로 걸었다. 연말이 가까워진 만큼 기온이 뚝 떨어졌다. 작년에 구입한 검은색 다운재킷에 얼굴을 묻었다. 야마부키는 복슬복슬한 갈색 모피 코트 주머니에 손을 넣은 채 "아, 추워." 하며 폴짝폴짝 뛰었다.

평일 술집엔 손님이 별로 없었다.

"오늘 쓰쿠니 씨가 왔잖아요."

레몬 사워를 몇 잔 마시고 나서 야마부키가 웃으며 말을 꺼냈다.

"엉? 너도 쓰쿠니 씨 같은 타입 좋아해?"

"멋있잖아요."

"그런가?"

나는 감자튀김을 집어 먹으면서 대꾸했다. 갈라진 손끝에 소금기가 스며들었다.

"저는 그렇게 서퍼 느낌이 살짝 나는 사람이 좋더라고요."

"하긴, 서퍼 느낌이 나긴 하지."

"그렇죠? 진짜 서핑도 할까요?"

"글쎄. 날라리라는 소문이 있으니까 조심해."

"쓰쿠니 씨라면 날라리여도 상관없어요."

나는 어깨를 으쓱하며 얼음이 녹은 하이볼을 홀짝거렸다. 후배와 웃으며 술잔을 기울이는 건 즐거운 일이다. 나는 잘 살고 있다.

"아, 야마부키. '야아아아 아우애야 아으에'가 무슨 말로 들려?"

"뭐라고요?"

"야아아아 아우애야 아으에."

"음……양파 팔아, 쌍수 해야, 하는데?"

"뭐래. 웬 헛소리야."

야마부키는 "몰라요." 하면서 실실 웃었다.

"그게 뭔데요? 무슨 주문 같은 거예요?"

"아니, 1인실의 S씨 말이야, 뭔가 할 말이 있는 것 같은데. 발음이 분명하지 않아서 못 알아듣겠어."

"아, 그 사람 어머니요?"

야마부키가 떨떠름한 표정을 지어 보였다.

"'야아아아 아우애야 아으에'라고 했다는 거죠?"

"응. 그렇게 들렸어."

야마부키는 테이블 위에 한쪽 팔꿈치를 괴고서 '흐음' 하고 말했다.

"모음은 맞는 것 같은데. 야아아아 아우애야 아으에…… 캬아아아, 마구 패야, 하는데?"

"말장난 그만하고. 근데 누굴 그렇게 패고 싶은 건데?"

나도 모르게 웃음이 터졌다.

"으음, 야마나카, 마취 깨야, 하는데?"

"야마나카가 누군데?"

"글쎄요, 어딘가에 있지 않겠어요?"

"어휴. 암튼 잘도 지어낸다니까."

"알코올이 들어가면 머리가 잘 돌아가는 타입이거든요."

야마부키는 이해할 수 없는 소리를 하면서 또다시 레몬 사워를 홀짝홀짝 마셨다.

"마지막에 ○○ 해야 하는데, 이게 맞다면 역시 뭔가 바라는 게 있다는 뜻일까?"

사사야마 씨에게 하고 싶은 일이 있는 걸까. 오십음도(일본의 문자를 모음 세로 다섯 자, 자음 가로 열 자씩 배치한 표-옮긴이 주)를 보여주고 손가락으로 하나씩 짚게 하는 방법을 써볼까, 라는 생각이 불쑥 들었다. 사사야마 씨가 딸의 태도를 어떻게 생각하는지도 궁금하다. 부디 사사야마 씨가 상처받지 않았으면 좋겠는데.

"역시, 쌍수 해야 하는데, 아닐까요?"

"취했어?"

술이 오른 야마부키에게 물을 먹이고 계산을 하기 위해 점원을 불렀다.

이튿날은 겨울에 어울리는 맑은 날씨였다. 숙취로 머리가 지끈거리거나 속이 쓰리지는 않았다. 나는 보행 장애가 있는 환자의 배변을 도와주고 간호사실로 돌아와 손을 씻었다. 세면대 앞에는 '올바른 손 씻기'라는 그림이 붙어 있다. 아무 생각 없이 그 그림을 쳐다보면서 손세정제를 묻혀 손목과 손가락 하나하나까지 꼼꼼하게 씻었다.

간호사는 업무 중에 손을 자주 씻는다. 기본적으로 '일행위 일세척' 원칙을 따른다. '한 가지 행위를 할 때마다 손을 한 번씩 씻는다'라는 뜻이다. 하지만 매번 손을 씻으러 갈 여유가 없기에 병실 입구에 알코올 소독제를 비치해두고 물로 씻는 대신 알코올로 소독한다. 또 알코올 소독제가 든 작은 통을 허리춤에 차고 다니는 간호사도 꽤 있다.

특히 겨울에는 손이 거칠어지기 십상이다. 그래서 간호사실로 돌아오면 핸드크림을 꼭 바른다. 원래 간호사실에 개인 물품을 가져오면 안 되지만 핸드크림은 암묵적으로 허용해주기 때문에 원탁 중앙이나 처치대 한쪽에 놓여 있곤 한다. 그렇게라도 하지 않으면 갈수록 더 심하게 트거나 갈라진다.

나는 종이 타월로 손을 닦고 핸드크림을 발랐다. 그나마 이 정도는 봐주는 과라서 다행이다. 지나미가 일했던 혈액내과는 근무 시간에 핸드크림을 바를 수 없다고 했다. 혈액내과에는 백혈병과 골육종 등 혈액암에 걸린 환자들이 입원한다. 이들은 면역력이 현저하게 떨어져서 보통 사람에게는 아무런 해가 되지 않는 세균 때문에 목숨을 잃기도 한다. 핸드크림을 발라 끈적거리는 손에는 세균이 달라붙기 쉬우므로 간호사 손을 통해 환자가 감염될 수도 있다. 그래서 핸드크림은 금지다. 그뿐 아니라 손거스러미 같은 상처도 절대로 생기면 안 된다. 그런 상처 부위에서 세균이 번식하기 때문이다. 손에 난 상처를 통해 세균이 환자의 몸속으로 침투할 우려도 있다.

"핸드크림도 안 된다, 손에 상처가 생겨서도 안 된다, 나더러 뭘 어쩌라는 거야"라고 투덜대면서 핸드크림을 듬뿍 바르고 장갑을 끼고 잠자리에 들던 지나미가 생각났다. 장갑은 지나미가 잠이 들자마자 벗겨져 방 안을 굴러다녔다. 핸드크림을 바를 때마다 지나미의 잠든 얼굴이 떠오른다.

"……우즈키 씨, 생리대 있어요?"

작은 소리로 묻는 야마부키 목소리를 들으며 지나미의 잠든 얼굴을 지우고 현실로 돌아왔다.

"어? 생리대?"

"네."

아침부터 숙취 때문에 몸이 안 좋다더니 생리도 시작된 모양이다.

"휴게실에 있어. 안색이 영 안 좋은데 괜찮아?"

둘이서 귓속말을 하며 휴게실로 들어가 만약을 위해 갖고 다니던 생리대를 야마부키에게 건넸다.

"죄송해요. 고맙습니다."

"배는 안 아파? 괜찮겠어?"

"배는……아파요. 지난달에 밤번 전담이었거든요. 그래서 생리 주기가 어긋날 거라는 예상은 했는데, 생각보다 더 일찍 시작됐어요."

밤번 전담이란 한 달 내내 야간 근무를 했다는 뜻이다. 야근 수당이 붙으니까 월급은 보통 때보다 5만 엔 정도 더 많지만 역시 몸이 고되다.

"안 샜어요?"

야마부키는 내게 등을 보인 채로 돌아서서 자기 엉덩이를 확인하려고 뒤를 힐끔거렸다. 나는 야마부키의 바지를 확인했다.

"괜찮아. 안 묻었어."

아무리 생리 양이 많은 날도 간호사는 유니폼을 입어야 한다. 안에 레깅스를 겹쳐 입는 등 나름대로 신경을 쓰지만 어쩔 수 없이 옷에 묻을 때도 있다. 조금이라도 옷에 묻으면 얼른 탈의실로 가서 새 옷으로 갈아입어야 한다. 여성이 많은 직장이지만 여성을 배려하지 않는 부분도 여전히 많다.

"죄송한데요. 진통제 좀 먹고 갈게요."

야마부키가 가방을 연 순간 스마트폰 진동음이 울렸다. 야마부키가 눈을 동그랗게 떴다. 휴게실 안이긴 해도 지금은 근무 시간이다. 확인을 할지 말지 망설이는 기색이 역력하다. 평소 야마부키는 근무 시간에 오는 연락은 싹 다 무시한다. 그런데 오늘은 왠지 안절부절못하는 눈치다.

"왜 그래?"

"저어……할머니가 집에서 요양 치료 중인데요, 어제부터 열이 난다고 했거든요."

할머니가 류머티즘이라서 야마부키 어머니가 자택에서 간병을 한다고 들었다.

"어머니께 연락 온 거야? 네 담당 병실은 내가 보고 있을 테니까 연락부터 하고 와."

"네……."

야마부키가 스마트폰을 확인했다. 두 사람이 동시에 계속 자리를 비울 수는 없으므로 나는 먼저 간호사실로 돌아왔다.

잠시 후에 야마부키도 돌아왔다.

"고맙습니다."

"확인했는데 환자들은 안정적이야."

"감사합니다."

"할머니는 괜찮으셔?"

"열이 안 떨어져서 오늘 병원에 모시고 갔더니 폐렴 증세를 보여서 입원했대요."

고령자는 사소한 일로도 폐렴에 잘 걸린다. 더구나 지병이 있으니까 걱정되는 마음도 이해가 갔다.

"그렇구나. 걱정이네."

"네."

"입원하셨으면 이제 치료만 받으면 되니까 너무 걱정하지 말고. 너도 몸이 안 좋으니까 무리하지 마."

"고맙습니다."

야마부키는 입으로는 고맙다고 하면서도 마음은 딴 데 가 있는 것 같다. 본가에서 할머니를 간병하는 모습을 쭉 봐왔던 야마부키는 언젠가 가정 간호 쪽으로 가기 위해 장기 요양 병동을 지망했다. 할머니에 대한 사랑이 지극하다. 하지만 가족이 걱정되고 자신은 생리통에 시달리더라도 이런 일은 환자와 환자 가족과는 상관이 없다. 야마부키도 계속 힘겨워하고 있을 수만은 없으므로 진통제를 챙겨 먹고 할머니 걱정도 잠시 접어 두고 다시 일에 집중해야 한다.

점심시간에 의자에 몸을 기대고 앉아 주먹밥을 먹고 있자니 화이트보드에 붙어 있는 근무표가 눈에 들어왔다. 벌써 연말이라지만 실감은 별로 나지 않는다. 병동은 연말이며 새해와도 무관하다. 나는 12월 31일과 1월 1일이 낮 근무다. 12월 31일 야간 근무자는 일을 하면서 한 해를 마무리한다. 연말이라고 해야 할 일이 없어지는 것도 아니고, 환자가 진정되는 것도 아니니까 어쩔 수 없다.

하지만 환자와 환자 가족은 연말연시를 하나의 전환점으로 삼기도 한다. "집에서 새해를 맞이할 수 있게 힘내야지." 하며 재활 치료 목표를 세우는 사람도 있다. "올해를 넘길 수 있을까요?" 하며 영원한 이별을 걱정하는 가족도 있다. "새해는 너무 바빠서 집에서 돌볼 수가 없어요. 그러니 계속 입원시켜야겠어요"라는 가족도 있다. 다들 이런저런 사정을 끌어안고 환자를 보살피고 있다.

작년에 병동에서 새해를 맞이했던 일이 생각났다. 한 해의 마지막 날에 호스피스 케어, 즉 연명 치료를 바라지 않던 임종 단계의 환자가 숨을 거두었다. 해를 넘기기는 힘들 거라고 해서 환자 가족에게도 미리 전달해둔 상태였다. 환자는 의식이 거의 없었지만, 어쨌거나 가족이 지켜보는 가운데 세상을 떠났다. 환자가 사망한 후에 가족과 함께 사후 처치까지 끝내고 이제 다 끝났다며 한숨 돌리다가 0시가 지났음을 알아차렸다. 모르는 사이에 새해가 밝았다. 환자가 숨을 거둔 직후였기에 차마 '새해 복 많이 받아'라고 인사할 기분이 나지 않아서 동료와 "해가 바뀌었네요", "그러게요. 새해네요"라는 말을 주고받았던 일이 기억났다.

올해는 한 해의 마지막 날도, 새해 첫날도 다 일을 해야 하니 본가에는 다음에 다시 날을 잡아 얼굴을 비치고 와야겠다.

"우즈키 씨, 수액 더블 체크 부탁합니다."

휴게실에서 간호사실로 돌아오자마자 야마부키가 수액 체크를 부탁했다. 수액 잔량이 얼마 안 남았는지 서두르는 기색이다.

"알았어."

나는 서둘러 손을 씻고 지시서에 적혀 있는 환자 이름과 수액 팩과 주입해야 할 약물 앰플을 견주어보았다. 주사기에 든 양도 확인했다.

"수액 더블 체크 완료, 문제없어."

"고맙습니다."

야마부키는 그나마 아까보다는 안색이 좋아 보였다. 진통제가 효과를 발휘한 모양이다. 야마부키가 약물을 넣은 수액 팩을 손에 쥐고 간호사실을 나갔다. 나는 수액 팩을 들고 가는 야마부키의 뒷모습을 무심히 바라보았다. 그런데 야마부키가 수액 팩에 적혀 있던 환자 이름과 다른 환자의 병실로 들어가는 게 아닌가. 나는 부리나케 간호사실을 뛰쳐나가 복도를 냅다 달렸다.

야마부키는 환자 인식표라고 부르는 환자의 손목 밴드에 적힌 번호와 수액 번호를 확인하는 중이었다.

"야마부키!"

당황한 나머지 목소리가 커졌다. 그제야 야마부키도 자신의 실수를 알아챈 듯했다.

"아……."

야마부키가 천천히 내 쪽을 돌아보았다. 엉뚱한 환자에게 수액을 놓을 뻔한 상황이었다.

"크……큰일 날 뻔했어요."

다시 보니 아직도 안색이 별로 좋지 않다.

걱정이 된 나는 수액에 이름이 적혀 있는 환자 병실까지 야마부키와 같이 갔다. 둘이 함께 환자 인식표를 확인하고 수액 바늘을 꽂았다.

"막으러 와줘서 고맙습니다. 만약 그때 알아채지 못했다면……, 생각만 해도 끔찍해요."

간호사실로 돌아온 야마부키는 풀이 죽어 앉아 있었다.

"환자 인식표와 맞춰보고 있었으니까 수액 놓기 전에 스스로 알아차렸을 거야. 그러니까 괜찮아! 오늘은 고사카 수간호사님이 안 계시니까 내일 말씀드리자."

"예."

"생리통도 있고 할머니도 걱정되고, 그래서 집중력이 떨어졌나 보네."

"……네에."

나는 되도록 야마부키를 위로하려고 애를 썼지만, 수액을 잘못 투여하는 행위는 제법 큰 의료 사고다. 얼마 전에 나는 환자의 혈당 측정을 깜빡했었는데, 결과적으로는 '환자 관찰 강화'라는 2단계 인시던트로 마무리되었다. 만약에 실수로 다른 환자에게 수액을 놓았더라면 인시던트가 아니라 액시던트, 그러니까 환자에게 손해를 끼친 사고가 되고 만다. 환자의 질환과 증상과 투여하는 약물에 따라 최악의 경우 환자가 사망할 수도 있다. 이번에는 미리 알아차렸으니 '아찔한 순간'에 그쳤지만, 모르고 그냥 투여했을 상황을 상상하자 등골이 오싹했다.

대부분 약물을 직접 투여하는 사람은 간호사다. 지시를 내리는 건 의사가 맞지만 약과 수액은 최종적으로 간호사의 손을 거쳐 환자에게 지급된다. 그때 실수를 하면 그건 간호사의 책임이다. 액시던트는 절대로 용서받지 못한다. 개인의 사소한 실수로 돌이킬 수 없는 사고가 발생하기 때문이다.

야마부키도 그 사실은 잘 알고 있을 터였다. 그러니 의기소침해 있는 거고. 겁도 나겠지. 자신이 저지른 실수 하나 때문에 누군가가 목숨을 잃을지도 모른다고 생각하면 새삼 두렵기도 할 것이다. 하지만 지금은 자신을 탓하고 있을 때가 아니다. 기운이 없다고 지금 해야 할 일까지 없어지지는 않는다. 다음 수액도 준비해야 하고 약도 챙겨야 한다. "무서워서 못 하겠어요"라며 이대로 도망칠 수는 없는 노릇이다.

"일단 오늘 해야 할 일에 집중하자. 알겠지?"

나는 야마부키의 등을 쓸어주었다.

"네."

야마부키의 목소리는 작았고, 항상 볼록하게 부풀어 있던 볼도 패어 보였다.

퇴근 시간이 가까워졌을 즈음에 사사야마 씨 병실을 들여다보았다. 오늘은 딸이 아직 오지 않았고, 창가에는 '미련'인 젊은 남성이 서 있다. 신경 쓰지 않으려고 해도 자꾸만 눈에 밟힌다. 저 사람은 사사야마 씨와 무슨 관계일까. 불안해 보이는데 지금 어디에 있는 걸까. 나이를 보면 손자 같기도 하고.

오랜만에 비가 내렸다. 건조한 날씨가 이어졌던 터라 공기가 촉촉해지고 목과 코에도 물기가 도는 기분이다. 야간 근무를 하러 출근하자 야마부키의 '수액 환자 오인 사고'에 관한 경위서가 올라와 있었다. 실수나 사고는 근무 당일과 콘퍼런스 때 없었던 간호사들과도 정보를 공유할 수 있도록 당분간은 인수인계 때마다 보고하도록 되어 있다.

"안녕하세요. 잘 부탁드립니다."

오늘 같이 근무하게 된 아사쿠라가 내게 인사했다.

"잘 부탁해."

아사쿠라는 모토키가 그만둔 후로 한동안 의기소침해 있다가 요즘 다시 움츠렸던 어깨를 펴고 활기차게 일하고 있다. 기분을 전환할 줄 아는 것은 중요하다.

아사쿠라는 야마부키에게서 인수인계를 받았다. 그런데 야마부키는 아직도 표정이 어두웠다.

"괜찮아?"

"……예에. 이제 2년 차니까 신규 시절처럼 선배님들이 옆에서 항상 지켜보지 않는다는 걸 자각은 하고 있었는데, 그만 방심한 것 같아요."

실수하기 쉬운 상황이 겹쳤다. 경위서를 보니 '입원한 할머니가 걱정됐다', '생리 때문에 배가 아팠다' 등등 솔직하게 적혀 있었다. 이렇게 자신을 똑똑히 돌아보고 드러낼 줄 아는 것은 야마부키의 장점일 것이다.

"제대로 반성하고 다음부터 조심하면 돼. 콘퍼런스도 잘하고, 기특한데?"

나는 야마부키를 격려했다. 콘퍼런스에서는 심한 말을 들었을 수도 있다. 그러니 나라도 야마부키를 따뜻하게 어루만져주고 싶다.

"맞아. 넌 충분히 잘하고 있어. 이번에도 환자 인식표 확인하고 바로 알아차렸잖아."

옆에서 아사쿠라도 거들었다.

"내가 2년 차일 때보다 훨씬 똑 부러져."

"고맙습니다."

우리가 다독여줬기 때문인지 피곤해 보이는 야마부키의 얼굴 위로 희미한 미소가 떠올랐다.

병실을 돌아다니면서 저녁 활력 징후를 측정했다. 열을 재고, 혈압을 재고, 산소포화도를 잰다. 첫 병실 순회 때는 환자에게 별다른 이상이 없는지부터 관찰해야 한다.

큰 변화를 보이는 환자는 없고 모두 안정되어 있었다. 그 사실에 안도하면서 저녁 식사 준비를 시작했다. 우선 나는 내가 저질렀던 실수를 만회하는 대책의 일환으로 이면지 뒷면에 매직으로 큼지막하게 '혈당 측정!'이라고 써서 경관 영양제 팩에 붙였다. 식사 진에 혈당을 꼭 측정하자. 입으로 음식을 먹을 수 있는 환자에게는 식당에서 식사를 배식한다. 그 전에 식전 약과 식후 약을 준비해야 한다. 바쁘게 움직이는 사이에 문병객 몇이 찾아왔다. 대부분 일을 마치고 오기 때문에 평일 야간 근무 시간에는 환자를 보러 오는 가족이 많다.

면회하러 온 환자 가족들에게 의자를 내주고 환자 식사를 가지러 가는 길이었다. 1인실에서 사사야마 씨를 보러 온 딸이 보였다. 그 광경을 보고 머릿속이 새하얘진 나는 고함을 지르며 병실 안으로 뛰어들어갔다.

"이게 무슨 짓이에요!"

사사야마 씨 딸이 어머니에게 팥이 든 주먹밥을 먹이려고 하고 있었다. 사사야마 씨는 다소 곤혹스러운 표정을 지었다.

"무슨 짓이라뇨, 저녁 식사 시간이잖아요."

"이러시면 안 됩니다. 사사야마 씨는 아직 입으로 음식물을 삼킬 수가 없습니다!"

그만 말이 세게 나갔다. 지금 사사야마 씨에게 주먹밥을 먹이다니, 심지어 팥밥처럼 쫄깃쫄깃한 음식을 먹으면 질식할지도 모른다.

"당신이 뭔데 자꾸 이래라저래라 하는 건데? 엄마 일은 가족인 내가 결정하는 거라고."

그럴 거면 병실을 비워달라는 말이 목구멍까지 올라왔다.

"질식할 수도 있습니다. 제발 그만하세요."

"거참 시끄럽게 구네. 당신이랑은 말이 안 통하니까, 높은 사람 불러와!"

사사야마 씨 딸이 나를 닦달했다. 나는 그 자리에서 호출 벨을 눌렀다. 내가 나가면 또 밥을 먹이려 들 게 뻔하다. 눈을 떼면 위험하다.

[네. 무슨 일이세요?]

다른 간호사가 전화를 받았다.

"우즈키입니다. 미코시바 주임님 아직 계세요?"

[계십니다.]

"사사야마 씨 병실로 보내주시겠어요?"

사사야마 씨 딸은 간호사들 사이에서도 요주의 인물로 찍혀 있다. 전화를 받은 간호사도 무슨 일이 벌어졌음을 감지했을 터였다.

[알겠습니다.]

통화가 끝나자마자 미코시바 주임이 달려왔다.

"실례합니다." 하며 병실에 들어온 미코시바 주임은 대번에 상황을 알아차린 눈치였다. 목에 수건을 두르고 침대에 앉아 있는 사사야마 씨. 한 손에 주먹밥을 쥐고 있는 딸. 그 옆에 서 있는 나.

"당신이 이 여자보다 높은 사람 맞아요?"

딸이 미코시바 주임에게 물었다.

"주임을 맡고 있는 미코시바입니다."

"엄마는 팥밥이라면 자다가도 벌떡 일어나는 사람이에요. 조금 먹는다고 어떻게 되는 건 아니잖아요, 안 그래요?"

딸은 당당하게 말했다.

"절대로 안 됩니다!"

난데없이 날아온 호통 소리에 어안이 벙벙했다. 미코시바 주임의 목소리라고 단번에 알아차리지 못할 정도였다. 꾸지람을 들은 사사야마 씨 딸도 당황한 표정을 감추지 못했다. 침대 위의 사사야마 씨도 눈을 휘둥그레 떴다.

"현재 사사야마 씨는 삼키는 기능이 저하된 상태입니다. 지금 여기서 좋아하시는 팥밥을 한입 드셨다가는 앞으로 평생 못 먹게 될 수도 있습니다. 그걸 왜 이해를 못하는 겁니까!"

주임이 딸의 손에서 주먹밥을 빼앗았다.

"그, 그렇게 유난 떨 거 없잖아요, 조금만……."

"치료 방침을 따르기 싫으시면 주치의와 상의해서 퇴원하시면 됩니다."

주임은 단호하게 말했다.

"아, 아니! 퇴원이라뇨, 이렇게 갑자기 집에서 간병할 수는 없다고요!"

"그러면 적어도 저희가 위험하다고 말씀드린 것만이라도 하지 마셔야죠. 가족의 협조가 얼마나 중요한지 모르십니까?"

딸은 마치 딴사람이 된 양 기를 펴지 못했다. 예상치 못한 날벼락을 맞고 실의에 빠진 건지도 모르겠다.

"엄마는……옛날부터 혼자서 꿋꿋하게 잘 살아왔어요. 무릎 관절이 안 좋다는 사실을 알았을 때도 이 정도는 끄떡없다면서 혼자 지내왔고요. 그만큼 강한 사람이었어요."

딸이 가느다란 목소리로 말을 이었다.

"그런 사람이 어느 날 갑자기 말도 못하고, 움직이지도 못하고, 입으로 밥도 못 먹는다는데…… 나더러 그걸 어떻게 믿으란 거예요? 엄마가 몸져누워 있는 이 상황을 어떻게 받아들이란 말이에요?"

딸이 눈물을 뚝뚝 흘렸다.

"당신이 아는 어머님은 대단히 야무지고 강인한 여장부 같은 분이시군요."

미코시바 주임은 일변하여 다정한 목소리로 딸을 달랬다.

"사사야마 씨가 지금은 병에 걸려 움직임이 자유롭지 못하지만, 그래도 재활 치료를 통해 조금씩 회복하고 있습니다. 강인한 정신력을 소유한 어머님의 내면은 아무것도 달라지지 않았어요. 하지만 병든 이 모습 역시 어머님의 일부입니다. 비록 음식물을 삼키지는 못해도 지금 모습도 따뜻하게 지켜봐야 하지 않겠습니까?"

주임의 말을 들은 딸은 "죄송합니다"라고 사과하면서 또다시 눈물을 보였다. 사사야마 씨가 딸에게 미소를 보냈다.

"그쪽한테도……미안해요. 내가 잘못했어요."

딸은 우는 얼굴을 보였다는 사실이 민망한지 내게는 조금 퉁명스럽게 말했다. 나는 "아닙니다……." 하며 고개를 저었다. 환자의 갑작스러운 질병과 장애를 받아들이지 못하는 가족은 제법 많다. 뭐든 척척 해내던 어머니에 대한 인식을 바꾸려면 사사야마 씨 딸에게도 시간이 필요할 것이다.

"그럼, 잘 부탁합니다."

미코시바 주임은 아무 일도 없었던 것처럼 평소와 같은 온화한 말투로 뒷일은 내게 맡기고 주먹밥을 들고서 간호사실로 돌아갔다. 그가 비상시에 얼마나 믿음직한 존재인지 새삼 깨달았다. 야단을 치는 것으로 끝내지 않고 딸의 진심을 끌어냈을 뿐 아니라 딸이 상황을 받아들일 수 있게끔 손까지 내밀었다. 아무나 흉내 낼 수 있는 일이 아니었다.

"엄마, 내가 잘못했어, 내가……."

딸은 사사야마 씨의 목에 둘렀던 수건을 빼더니 어머니의 어깨에 얼굴을 묻고서 눈물을 쏟아냈다. 사사야마 씨는 잘 움직이지 않는 팔로 딸의 등을 살살 쓸어내렸다. 나는 조용히 병실 문을 닫고 나왔다.

"정말 죄송합니다."

사사야마 씨 딸은 면회를 마치고 돌아가기 전에 내게 와서 한 번 더 용서를 빌었다.

"아니에요, 괜찮습니다. 보호자분도 힘드실 테니 너무 무리하지 마세요."

"고마워요."

딸의 말투가 아까보다 한결 부드러웠다. 가족의 질병과 장애를 받아들이기란 지난한 일이다. 사사야마 씨 딸도 지금은 받아들인 것처럼 보이지만 언제 또다시 '어째서 우리 엄마가!' 라는 분노가 되살아날지 모른다. 그러고 나면 "그래도 지금 이 모습도 엄마의 일부니까. 내가 잘 돌봐야지"라고 마음을 되잡게 되겠지. 그런 과정을 반복하면서 조금씩 수용하게 된다. 분명 간호 대상에는 환자 가족도 포함된다. 나는 앞으로도 딸이 사사야마 씨와 함께 평온한 나날을 보낼 수 있도록 살뜰하게 보살펴줘야겠다고 다짐했다.

연말답게 청명한 날씨가 이어졌다. 오후 정규 활력 징후 측정을 끝내고 간호사실로 돌아오자 사사야마 씨 딸이 면회를 왔다.

"저기요, 이거 딸아이랑 쓰던 건데요, 엄마한테 써봐도 될까요?"

그렇게 말하면서 어린아이에게 히라가나를 가르칠 때 쓰는 오십음도를 꺼냈다. 분홍색에 토끼와 고양이 등의 갖가지 동물이 그려져 있는 귀여운 표였다.

"엄마는 '아'나 '우' 같은 소리밖에 못 내지만 이 표를 사용하면 대화가 가능하지 않을까 싶어서요."

나도 같은 생각을 했었다. 사사야마 씨는 언어 재활 치료를 열심히 받고 있지만 아직은 말로 의사를 표현하는 일이 여의치 않다. 무슨 말을 하고 싶은지 오십음도를 손으로 가리키면서 확인하면 의사소통이 가능하다.

"아주 좋은 생각이에요! 그걸로 꼭 사사야마 씨와 대화를 시도해보세요. 저희도 같이 써도 될까요?"

내 말에 딸이 쑥스러운 듯 웃어 보였다.

"예. 엄마 병실에 둘 테니까 간호사님들도 필요하면 쓰세요."

그 말을 남기고 딸은 사사야마 씨의 병실로 몸을 돌렸다.

복도에서 사사야마 씨 병실을 들여다보니 딸이 오십음도를 가리키며 어머니와 담소를 나누고 있다.

"이거? 이거 맞아? '사'란 말이지? 그다음엔?"

시행착오를 거듭하면서도 딸은 어머니와의 대화를 즐기고 있다. 사사야마 씨도 예전보다 표정이 밝아졌다.

"젊은 남자였어. 그 사람이 '야마다'야?"

"으응. 야아아."

젊은 남자, 야마다, 그리고 사사야마 씨 입에서 나온 '야아아'. '야아아'라고 들렸다. 그건 사사야마 씨가 언어 치료를 처음 받기 시작했을 무렵부터 자주 하던 말인데. '야아아'가 '야마다'였나. 야마다가 젊은 남자라면……, 설마 '미련' 속의 그 남성? 창가로 눈을 돌리자 몸이 희끄무레 비쳐 보이는 젊은 남성이 아직 거기 있다. 나는 적극적으로 '미련'에 개입하지 않기로 마음을 바꾼 후로는 쓸데없이 나서지 않으려고 조심해왔다. 어쩌면 지금 두 사람의 대화에 등장한 남성이 사사야마 씨의 '미련'일지도 모른다는 생각이 처음으로 들었다.

"아! 그런 일이 있었다고? 그래서?"

사사야마 씨와 딸은 즐겁게 대화를 이어갔다. 딸도 자기 나름대로 병에 걸린 어머니를 똑바로 마주할 각오가 생겼나 보다.

"사사야마 씨 딸 말이에요, 완전 딴사람이 된 것 같죠?"

간호사실로 돌아오자 야마부키가 작게 속삭였다. 어느새 평상시의 명랑한 야마부키로 돌아와 있다.

"그러게. 조금씩 받아들이기 시작했나 봐. 가족이 아프면 다들 심란해지니까. 아 참, 야마부키 할머니는 괜찮으셔?"

야마부키네 할머니는 폐렴으로 입원 중이었다.

"예. 걱정해주셔서 감사합니다. 무사히 퇴원하셨어요."

"그래. 다행이다."

"요전에 쉬는 날 오랜만에 본가에 가서 할머니 얼굴을 보고 왔어요."

"할머니가 좋아하셨겠네?"

"네. 근데 오히려 혼자 지내는 저를 걱정하시더라고요."

어떤 때는 자기 일보다 가족 걱정 때문에 더 불안해지기도 한다. 특히나 연로한 가족을 지켜볼 때 느끼는 불안감은 말로

다 표현할 수 없을 것이다.

"할머니가 걱정하지 않도록 더 열심히 일할 거예요."

야마부키가 함박웃음을 머금었다.

일요일은 외래 휴무일인지라 처치와 검사가 없기 때문에 평일과 비교하면 병동이 대단히 평온하다. 그래서인지 간호사들도 조금 느긋하게 지낼 수 있다. 점심 무렵에 사사야마 씨 딸이 면회를 왔다.

"실례합니다. 경관 급식 시간입니다."

내가 병실로 들어가자 사사야마 씨 딸이 돌아보았다.

"잘 부탁해요."

딸은 오십음도를 펼치고 어머니와 대화를 나누고 있었다. 나는 두 사람을 방해하지 않도록 조심하면서 "잠깐 실례할게요"라고 말한 다음, 사사야마 씨 배에 청진기를 갖다 댔다. 주사기로 경관 급식 튜브에 공기를 조금씩 집어넣었다. 청진기에서 꾸르륵하는 공기 소리가 나면 튜브가 위장과 제대로 연결된 상태다. 경관 영양제 팩에 튜브를 연결하고 적절하게 들어가도록 속도를 조절했다.

"응, 금요일에 경찰서 다녀왔어. 응응, 착하더라."

경찰서라는 말을 듣자 무슨 이야기인지 궁금해졌다.

"엄마가 시키는 대로 하긴 했는데, 정말 잘한 건지 모르겠어."

사사야마 씨 딸이 어머니에게 뭔가를 확인하는 듯했다. 사사야마 씨는 거듭 고개를 끄덕끄덕한다.

"아무리 그래도 설마 야마다가……."

딸은 팔짱을 낀 채 고개를 절레절레 저었다.

"무슨 일 있었어요?"

나는 얼떨결에 그렇게 묻고 말았다. 딸은 "그게요……." 하며 말문을 열었다.

"가져올 물건이 있어서 요전에 쉬는 날 사이타마에 있는 엄마 집에 갔는데요. 현관에 종이가 붙어 있는 거예요. '어떻게 지내시는지 걱정됩니다. 연락 부탁드립니다. 야마다'라고 적힌 종이가. 휴대전화 번호도 적혀 있고요. 내가 아는 사람 중에는 야마다라는 이름이 없어서 엄마 친구인가 싶어 전화를 해봤거든요. 그랬더니 엄청나게 젊은 남자가 전화를 받는 거예요."

젊은 남자라는 말을 듣자 사사야마 씨의 '미련'이 불쑥 떠올랐다.

"엄마가 입원 중이라고 했더니, 글쎄, 그 남자가 전화에 대고 엉엉 울지 뭐예요. 죄송합니다, 죄송합니다, 라면서요. 어떻게 해야 할지 몰라 병원에 와서 엄마한테 물어봤어요. 야마다가 누구냐고."

그때 사사야마 씨가 '야아아'라고 한마디 했다.

"그랬더니 엄마가 보이스 피싱 사기를 당했다고 하는 거예요."

"예에!"

반사적으로 목소리가 커졌다.

"진짜 깜짝 놀랄 일이죠? 나도 얼마나 놀랐다고요. 오십음도를 가리키면서 정말이냐고 몇 번이나 물어봤어요. 경찰에 신고하자고 하니까, 엄마가 야마다에게 자수를 권해달라는 거 있죠? 이게 말이 돼요? 엄마는 옛날부터 사람이 너무 좋아서 탈이라니까요. ……뭐, 그게 엄마의 좋은 점이기도 하지만요."

딸은 어처구니가 없다는 듯이 웃었다.

사사야마 씨는 "야아아아 아우애야 아으에"라고 했었다. 야마다가, 자수해야, 하는데. 이런 뜻이었나? 전부터 계속 말했던 '야아아아 아우애야 아으에'가 '야마다가 자수해야 하는데'였던 건가?

"그래서 어떻게 됐어요?"

"야마다라는 사람을 직접 만나서 얘기를 들어보니까 진짜 사기를 쳤다고 하더라고요. 그렇지만 본인은 그게 사기인지 모르고 친구한테 짭짤한 알바가 있다는 얘기를 듣고 협조한 거였대요. 나중에야 사기인 걸 알고 엄청 후회했다고 하더라고요. 뒤늦게 후회한다고 돈이 다시 돌아오는 것도 아니고, 어쩔 도리가 없어서 속죄하는 마음으로 엄마 집 마당 청소를 거들곤 했나 보더라고요. 엄마를 보니까 자기 할머니가 생각나더라면서."

그래서 '미련'이 불안에 떨고 있었구나. 아무것도 모르고 사기에 가담한 탓에 죄책감에 시달렸다. 그 죄책감을 덜기 위해 사사야마 씨를 도왔다. 하지만 언제 자기 죄가 들통날지 모르니 초조해 미칠 것 같았다.

"엄마는 어느 순간부터 사기였다는 걸 알아차렸나 보더라고요. 그렇지만 십여만 엔 사기당한 거라서 그리 큰돈도 아니고, 돈보다는 야마다가 죄를 뉘우치길 바라는 마음이 컸던 것 같아요."

"그래서 야마다라는 사람은 경찰서에?"

"예. 엄마가 자수를 권한다고 했더니 순순히 경찰서에 갔어요. 아직 십대였나 보더라고요. 그렇게 어린애가 자기도 모르는 사이 사기에 가담했다니, 어찌나 짠하던지."

"그런 일이 있었군요, 고생하셨습니다."

"그러게요. 하지만 엄마를 진심으로 걱정하는 마음이 느껴지는 걸 보면 나쁜 애는 아닌 것 같아요. 앞으로는 나쁜 짓 하지 말고 착실하게 살았으면 좋겠다 싶더라고요."

딸의 말을 들은 사사야마 씨의 입술이 빙그레 풀어졌다.

퇴근하기 전에 사사야마 씨 병실을 들여다보니 창가에 있던 남성은 사라지고 없었다.

내 눈앞의 사사야마 씨와 그 가족을 똑바로 직시하며 간호하는 것. 이게 바로 지금 내가 해야 할 일이다. 역시 나는 '미련'에 너무 과하게 집착했는지도 모른다. 내가 간호에 집중하는 사이에 '미련'이 저절로 해소되는 것, 이거야말로 진정 바람직한 상태가 아닐까.

"우즈키 씨, 역 앞에 라멘 가게 새로 생긴 거 알아요?"

탈의실에서 야마부키가 말을 걸었다.

"그랬어? 역 앞 어디?"

"전에 도코 씨랑 한잔했던 가게 있잖아요. 그 집 바로 옆이에요. 평점도 높아요."

바깥은 분명 추울 것이다. 배 속에서 라멘을 달라고 아우성쳤다.

"가자. 라멘 먹고 싶다."

"좋아요! 돼지 뼈를 푹 우려낸 돈코쓰 라멘이래요."

"맛있겠다!"

우리는 후다닥 옷을 갈아입고 병원을 나왔다.

차가운 공기에 코가 찡했다. 역 앞에 소박한 일루미네이션이 장식되어 있다. 화려하지는 않지만 보고 있으면 왠지 마음이 들뜨는 게 오사다역에 어울리는 일루미네이션이라고 생각했다. 야마부키는 둘둘 두른 목도리에 얼굴을 반쯤 파묻은 채로 걸었다. 새로 생긴 라멘 가게는 사람들로 복작복작했다.

"아니, 그럼 보이스 피싱 사기를 당했다는 얘기예요?"

라멘을 후후 불던 야마부키가 물었다. 볼록한 두 볼에 발그스레한 홍조가 떠올랐다.

"응. S씨는 이미 알면서도 착실하게 일을 거들어주는 청년이 스스로 뉘우치길 바란 것 같아. 그러니까 경찰에 신고하지 않고 자수를 권했겠지."

"좋은 분이네요. 그리고 그 남자는 자기 할머니를 굉장히 아끼는 사람이 분명해요. 비록 나쁜 짓은 저질렀지만 자기 할머니를 생각하니까 가슴이 아프고 죄책감도 컸을 거예요. 그래서 어떻게든 죗값을 치르려고 했던 거고요."

그렇다. 정확한 이름은 모르지만 야마다라는 청년의 진심은 사사야마 씨에게 전해졌다. 그리고 사사야마 씨 딸은 어머니의 의사를 존중했다. 야마부키도 할머니를 사랑하기에 야마다의 마음이 상상되는 게 아닐까.

사기는 범죄다. 당연한 말이다. 하지만 진심으로 잘못을 뉘우치고 반성한 사람은 다시 착실한 삶으로 돌아올 수 있다고 나는 믿는다. 범죄 조직에서 빠져나오기는 쉽지 않다고 한다.

하지만 사사야마 씨 딸에게 자기 잘못을 솔직하게 고백하고 자수한 야마다라면 험난한 길도 극복할 수 있으리라. 백 퍼센트 확신할 수는 없지만 그런 날이 오리라 옅은 기대를 품어보고 싶어졌다.

"제대로 반성하길 기대해야지."

내 말에 야마부키가 고개를 끄덕였다. 나는 후루룩후루룩 라멘을 삼켰다. 뜨겁고 진한 돈코쓰 라멘이 꽁꽁 언 몸을 따뜻하게 녹여주었다.

6화

아플 때나 건강할 때나

창문 밖으로 벚꽃잎이 흩날리고 있다. 길가의 벚나무는 1인실 창문에서도 잘 보인다.

가자오카 씨는 진통제 덕분인지 온화한 표정으로 침대에 앉아 있다.

"벌써 벚꽃이 피기 시작했어요."

내 말을 들은 가자오카 씨는 몸을 살짝 일으켜 창밖을 내다보았다. 가자오카 씨는 마흔다섯 살이라던데 실제로는 좀 더 나이가 들어 보인다. 병 때문에 통증이 얼굴에 그늘을 만들어서 그렇게 보이는 걸까. 하지만 표정에는 천진난만한 소녀 같은 분위기도 남아 있다. 소녀 같은 느낌이 원래 이 사람인지도 모른다.

"어머나. 진짜 예쁘다. 올해는 벚꽃을 못 볼 줄 알았는데 이렇게 보니까 너무 좋네요."

목소리가 차분하다.

올해는 예년보다 벚꽃이 일찍 폈다. 그래서 이렇게 함께 벚꽃을 볼 수 있다. 앞으로 가자오카 씨에게는 남은 시간이 얼마 없다.

가자오카 아오이 씨는 유방암 말기 환자다. 더 이상 손을 쓸 방도가 없는 상태다. 암이 뼈까지 전이되어 진통제를 쓰지 않으면 온몸에 통증이 몰려와 가만히 있지도 못한다. 암이 간과 폐 등의 내장 기관을 침범했지만 항암치료는 부작용이 심해서 오래 할 수 없었다. 지금은 진통제에 의지하며 남은 시간을 보내고 있다. 아직 뇌까지 전이되지는 않은 탓에 의식이 선명하고 의사소통도 가능하다. 하지만 몸은 앙상하게 마르고 식욕도 없다. 그런데도 벚꽃을 바라보며 미소는 지을 수 있다. 이미 자신에게 남은 시간을 받아들인 듯한 느낌이 들었다.

희미하게 비쳐 보이는 여성이 가자오카 씨의 발치에 서 있다. 이 병동으로 옮겨 왔을 때부터 계속 거기 있었다. 나는 이 '미련'이 누구인지도, 어디서 뭘 하고 있는지도 익히 알고 있다. 하지만 어떻게 해야 '미련'이 사라지는지는 알지 못한다.

"아오이, 기분은 어때?"

하야미 씨가 병실 안으로 들어왔다. 봄 트렌치코트를 걸치고 또각또각 하이힐 소리를 울리며 걸어왔다. 이 여성이 바로 가자오카 씨의 '미련' 속 주인공이다.

하야미 씨는 벌써 20년 넘게 가자오카 씨와 함께 살아온 절친한 친구이자 인생의 동반자라고 한다. 나이는 가자오카 씨보다 몇 살 어리다고 했다. 생기가 넘치고 능력도 있어 보이는 건강한 여성이다.

전원 수속도 전부 하야미 씨가 했다. 가자오카 씨는 부모님이 두 분 다 돌아가셔서 "애인인 하야미가 유일한 가족입니다"라고 했다. 동성의 애인. 나는 지나미가 떠올라 가슴이 조금 아렸다. 당당하게 애인이라고 소개할 수 있는 가자오카 씨가 부러웠다. 솔직히 멋있다고 생각했다.

나와 지나미와 다르게 두 사람은 이미 서로의 감정을 확인한 상태였다. 그런데 왜 '미련'으로 남았을까. 그 이유는 알지 못하지만 너무 적극적으로 개입하지 말자고 마음을 다잡았다. '미련' 해소보다 내 눈앞의 환자 간호를 우선할 것. 실수했던 그날 이후로 나는 나 자신에게 이렇게 말하고 있다.

"아오이, 밑에서 벚꽃 사진 찍어 왔어."

하야미 씨가 가자오카 씨에게 스마트폰으로 찍은 사진을 보여주었다.

"무슨 일 있으면 호출 벨 누르시면 됩니다."

나는 그렇게 말하고 병실을 나왔다.

퇴근하고 집에 와서는 오랜만에 요리를 했다. 지나미와 같이 쓰던 2인용 소형 질냄비에 돼지고기와 채소를 넣고 끓였다. 돼지고기와 채소가 익으면 육수 분말을 넣고 된장을 푼다. 뚝딱 만들 수 있는 된장 맛 전골이다. 두반장을 조금 넣어주면 더 맛있다.

연도 말인 3월은 병동에서 면담을 하는 시기다. 다른 데로 이동하는 사람은 훨씬 전부터 정해져 있지만, 이대로 여기서 계속 근무하는 사람은 다음 연도 목표를 어떻게 세울지 수간호사와 주임과 면담하고 결정한다. 나는 이동 대상은 아니었다. 이 병동에 더 남고 싶었기에 잘된 일이긴 한데, 6년 차 간호사로서 하고 싶은 일을 명확하게 결정해야만 했다.

연도 말에는 환경이 달라질 것을 예감하며 불안감을 느끼는 사람이 많다고 한다. 응급실과 정신과는 봄이 가장 바쁘다는 말을 들은 적도 있다. 환자나 간호사나 다 마찬가지이지 않을까. 다들 마음이 싱숭생숭해진다. 만물을 소생시키는 싱그러운 봄기운이 사람을 안절부절못하게 만든다. 그게 어떤 기분인지 잘 알지, 하며 국물을 마셨다. 매콤하지만 맛있다. 봄에는 온 세상에 생기가 넘친다. 아름다운 초록이 넘실거리고 생명력으로 가득 찬다. 그 기운에 잠식될 것만 같다.

"어떤 느낌인지 알겠지?" 나는 사진 속 지나미에게 말을 걸었다. 이제 6년 차인데 앞으로 어떻게 하면 좋을까.

5년 차, 6년 차쯤 되면 간호사로서 향후 어떤 길을 걸어갈 것인지 선택해야 하는 기로에 놓인다. 프리셉터도 끝나고 일도 혼자 척척 해내고 중견과 베테랑 간호사 사이에 놓인 시기. 신규 간호사가 들어오는 걸 생각하면 언제까지고 한 병동에 머무를 수는 없다. 출산 휴직과 육아 휴직과 병결과 갑작스러운 퇴사로 일손이 부족한 병동은 얼마든지 있다. 위에서 그쪽으로 가라고 하면 따르는 게 기본이다. 그런데도 현재 병동에 남고 싶다면 분명한 목표가 있어야 한다.

관리직이 되는 길도 있다. 병원에서 지정한 시험에 합격해 미코시바 씨처럼 주임이 되면 통상 병동 업무 외에 다른 일이 추가로 주어진다. 주임은 병동 간호사들을 관리하는 위치에 서서 근무표를 작성하는 등 사무적인 일도 해야 한다. 말하자면 교육하는 자리다. 환자가 입원할 때마다 누구를 다인실에 배정할지, 1인실은 어떤 사람에게 줘야 할지 등 병실을 지정하는 것도 주임의 역할이다. 실제로 병실 지정은 굉장히 골치 아픈 업무가 아닐 수 없다. 일단 다인실은 생물학적 성별을 기준으로 남자 방과 여자 방으로 나누는데, 문제는 남녀가 동일한 비율로 입원하지 않는다는 데 있다. 그렇다고 4인 병실에 여자 셋과 남자 한 명을 배정할 수도 없다. 거기다 1인실은 환자의 증상과 상관없이 추가 비용이 발생하기 때문에 경제적인 문제도 고려해야 한다. 또 환자들끼리의 궁합도 무시하지 못한다. 장기 요양 병동에서는 보기 힘들지만 코골이와 생활 소음 때문에 티격태격하는 환자도 수두룩하다. "저 사람과는 절대로 한 방에 못 있어요"라며 클레임을 거는 경우도 있다. 그런 클레임을 해결하는 것도 주임의 몫이다.

관리직이라는 선택지 말고 전문간호사나 인정간호사 자격을 따는 길도 있다. 말하자면 특정 분야의 전문가가 되는 것이다. 전문간호사 영역은 암 간호, 정신 간호, 지역 간호 등등 열넷으로 나뉘는데, 전문간호사가 되려면 대학원에 진학해서 공부를 더 하고 따로 시험도 쳐야 한다. 업무 내용에는 교육과 연구도 포함된다. 인정간호사는 현장과 더 밀접해지기 위해 자격을 취득하는 것으로 응급 간호, 호스피스 간호, 가정 간호 등등 열아홉 가지 분야로 나뉘며 인정간호사가 되려면 정해진 교육과정을 수료해야 한다.

나는 이 중에 어떤 길로 갈지 선택해야 하는 갈림길에 서 있다.

흐물흐물해진 양배추를 씹으며 생각에 잠겼다.

완치 가능성이 높은 환자를 위해 해줄 수 있는 의료 행위는 많다. 하지만 완치될 가능성이 희박하고 남은 시간도 얼마 없는 환자일수록 더 가까이 다가가 보살펴줄 수 있는 경우도 있다. 나는 '미련'이 보인다는 신비한 능력으로 인해 죽음의 그림자가 짙게 드리워진 환자에게 지나칠 정도로 집착했던 건지도 모른다. 하지만 그런 경험도 나쁘지만은 않다고 생각한다. 환자마다 이런저런 사정이 있다는 것도 알았고, 상상력을 발휘하며 조금이라도 더 나은 간호를 제공하려고 애를 썼다. 역시 이대로 장기 요양 병동에 남고 싶다.

솔직히 말해 관리직이 되고 싶은 생각은 별로 없다. 관리직이 느끼는 보람도 분명 있을 테지만, 사무적인 일보다는 환자 바로 옆에서 적극적으로 간호를 하고 싶다는 마음이 더 컸다. 또 관리직이 적성에 맞을지도 퍽 염려스러웠다. 미코시바 주임을 떠올렸다. 그 사람처럼 다정함과 듬직함을 둘 다 갖추기는 힘들 것 같다.

그러면 전문간호사나 인정간호사 자격을 따는 방향을 놓고 고민하는 게 좋을까. 내가 보람을 느끼는 분야를 더 깊이 파고들자. 그 대상을 찾는 일을 올해의 과제로 삼으면 될 것 같다.

창밖에서 쏟아져 들어온 포근한 햇살이 휴게실을 부드럽게 비추었다. 새삼스레 이 병동은 창문이 많아서 좋다는 생각이 들었다. 병실에 있다 보면 계절감을 느끼지 못한다. 환자들이 창밖으로 보이는 풍경에서라도 운치를 느낄 수 있기를 바랐다.

"식사는 어땠어요?"

휴게실을 지나 가자오카 씨의 병실로 들어갔다. 거의 손을 대지 않은 점심 식사가 그대로 남아 있다.

"그저 그랬어요."

가자오카 씨가 씁쓸하게 웃었다. 온몸에 암이 퍼져 지금은 진통제로 통증을 조절하고 있지만 권태감과 식욕 부진 증상은 계속 남는다.

"아, 그래도 젤리는 드셨네요."

병에 걸린 환자의 증상은 눈에 바로 보인다. 통증, 권태감, 식욕 부진. 하지만 병에 걸린 상태에서도 환자가 애쓰고 있는 점을 높이 평가해주는 것도 중요한 간호다. 더구나 회복이 불가능한 환자를 보면 잘한 점을 칭찬해줘서 환자가 조금이라도 더 편안한 시간을 보낼 수 있도록 도와주고 싶어진다. 그렇다고 과하게 칭찬하면 환자가 부담감을 느낄 수도 있다. 잘하는 것은 칭찬하고 잘하지 못해도 괜찮다고 품어주는 태도가 중요하다.

"사과 맛이라 맛있었어요."

"다행이에요."

가자오카 씨의 침대 옆에 서면 시간이 천천히 흐르는 느낌이 든다. 장기 요양 병동은 눈코 뜰 새 없이 바쁜 다른 과에 비하면 다소 느긋한 것도 사실이다. 시간은 같은 속도로 흐를 테지만 체감 속도가 다르다. 자신에게 남은 시간을 받아들이고 일분일초를 음미하듯 살아가는 가자오카 씨 주위에서는 시간이 천천히 흐르고 있다.

"약 드셔야죠."

점심 식사 후에 복용해야 할 약이 접이식 테이블에 올려져 있는 것을 확인하고 가자오카 씨가 약 먹는 모습을 지켜보았다. 아직 약을 삼킬 기력은 남아 있다. 대화도 문제없다. 하지만 말기 암 환자는 급격하게 신체 기능이 떨어진다. 그러고 나면 한 달도 버티지 못한다. 자신이 누구인지 알고 벚꽃을 예쁘다고 느끼고 사과 맛 젤리를 맛있게 먹는다. 나는 이런 감각이 얼마나 소중한지를 새삼 깨달았다. 머지않아 가자오카 씨는 이런 감각들을 영원히 잃게 될 것이다.

"오늘은 리코한테 젤리 사오라고 해야겠어요."

가자오카 씨가 하야미 씨 이름을 입에 올렸다.

"제가 전화할까요?"

"아뇨, 저녁에 면회 올 거니까 그때 매점에 가서 사오라고 하면 돼요."

"알겠습니다."

자신의 바람을 털어놓을 수 있는 상대가 있다는 건 좋은 일이다. 병이 들면 괜히 고집을 부리거나 반대로 상대를 배려하느라 자신의 희망 사항을 드러내지 못하는 사람이 허다하다. 가자오카 씨와 하야미 씨처럼 상황이 어떠하든 자신이 원하는 것을 숨김없이 말할 수 있는 관계는 참으로 바람직하다.

연일 포근한 날씨가 이어졌다.

"……결혼식을 올리고 싶습니다."

하야미 씨가 말했다. 주간 근무 날 오후였고, 문병객들로 북적이는 시간이었다. 하야미 씨가 할 말이 있다고 해서 간호사실에 딸린 면담실로 들어갔다. 거기서 그렇게 말을 꺼냈다.

"저기……, 병실에서 간단하게 결혼식을 올릴 수 있을까요?"

"결혼식이요?"

적어도 내가 여기서 일한 후로 병동에서 결혼식을 올린 적은 한 번도 없었다.

"실은 아오이가 입원하기 직전에 그런 이야기를 했었어요.

20년 이상 같이 살았지만, 우리가 젊은 시절에는 여자끼리 결혼식을 올린다는 건 상상도 못할 일이었거든요. 그런데 요즘은 동성 커플 사진을 찍어주는 사진관도 있고 예식장도 있다는 얘기를 듣고, 드레스만 입고 기념 촬영이라도 하자고 했었어요. 우린 이미 둘 다 중년이지만, 그래도 사진이라도 찍고 싶었어요. 아오이가 얼마나 좋아했는지 몰라요. 웨딩드레스를 입어보고 싶다고 잔뜩 흥분해서는. 그런데……아오이의 병세가 이렇게 위중한 줄은 몰랐어요. 결국 아무것도 못하고 입원하게 됐어요."

하야미 씨가 분하다는 듯이 말을 이었다.

"먼저 간호사님과 의사 선생님께 여쭤봐야 할 것 같아서 이렇게 말씀드립니다. 미리 아오이한테 말을 꺼냈다가 못하게 됐다고 하면 슬퍼할 테니까요."

"그러셨군요……알겠습니다. 제가 혼자 결정할 수 있는 일이 아니어서 즉시 의사 선생님과 상의하겠습니다. 사례가 없다 보니 당장 뭐라 대답할 수는 없지만, 최대한 두 분이 원하시는 대로 할 수 있도록 잘 얘기해보겠습니다."

"……고맙습니다."

왠지 쓸쓸해 보이는 하야미 씨의 얼굴을 보자 이건 무슨 일이 있어도 꼭 해야 하는 간호라는 생각이 들었다.

"아오이는 자기 병을 받아들이고 평온하게 하루하루를 보내고 있어요. 불평도 안 하고, 엄살도 안 부리고요. 원래 성정이 그런 것도 있지만, 가끔 그런 아오이를 보고 있으면 너무 괴롭습니다."

하야미 씨는 힘없이 고개를 숙인 채 입에서 말을 밀어냈다.

"좀 더 일찍 병원에 데려갈걸, 왜 제때 검사를 받게 하지 않았을까, 후회막심입니다. 아오이 앞에서는 태연한 척하고 싶지만……, 가슴이 찢어질 것 같은 순간이 찾아와요. 뜬금없이 오래전에 다퉜던 일까지 떠올리면서 그때 왜 그런 말을 했는지 후회할 때도 있고요. 내가 그런 말만 안 했더라면 아오이가 병에 걸리는 일은 없었을 텐데, 그런 말도 안 되는 생각까지 합니다."

정작 환자 본인보다 가족들이 더 받아들이기 힘들어하는 때가 있다. 실제로 나 역시 지나미를 떠나보내고 남겨진 쪽이다. 먼저 죽은 사람은 순식간에 사라진다. 남겨진 사람은 상실감을 안고서 계속 살아갈 수밖에 없다. 그렇기에 살아 있는 동안 함께하는 시간을 소중히 여겨야 한다. 가능하면 후회가 덜하도록. 그렇게 될 수 있게 돕는 것이 바로 최선의 간호라고 나는 생각한다.

"가자오카 씨는 하야미 씨께 무척 고마워하고 있을 거예요. 통증과 권태감이 심한 날도 하야미 씨가 오시면 가자오카 씨도 미소를 지어 보이시거든요. 억지로 밝게 행동하지 않으셔도 돼요. 함께 이 상황을 받아들이고 가자오카 씨 곁에서 힘이 되어 주세요. 저희도 도울 테니까요."

"네. 고맙습니다."

하야미 씨는 등을 곧게 펴고 엷은 미소를 지었다. 상념은 모두 내 앞에서 털어내고 웃는 얼굴로 가자오카 씨를 보러 가고 싶었는지도 모른다.

아마도 결혼식이 두 사람의 마지막 빅 이벤트가 되지 않을까. 환자가 가장 편안한 상태에서 눈을 감을 수 있게끔 내가 맡은 일을 온전히 해내고 싶은 마음이 더욱 굳건해졌다.

나는 병실에서 결혼식을 올리고 싶어 하는 두 사람의 뜻을 주치의에게 설명하고 어떻게 하면 안전하게 결혼식을 치를 수 있을지 상의했다. 가자오카 씨의 주치의는 덩치가 크고 살짝 얼이 빠져 보이는 남자 의사인데, 첫인상만 보고 기겁하는 환자도 많지만 실제로는 다정하고 환자를 아끼는 좋은 사람이다.

주치의는 "결혼식이라……." 하고 중얼거리며 컴퓨터로 가자오카 씨의 차트를 열었다.

"결혼식……말이죠? 가자오카 씨와 하야미 씨의 결혼, 흠."

가자오카 씨의 최근 증상을 확인하는 듯하다.

"흐음…… 솔직히 말해 가자오카 씨는 통증을 누그러뜨리는 거 말고는 달리 치료법이 없습니다. 결혼식을 통해 가자오카 씨의 삶의 질이 향상된다면야 저는 찬성입니다. 보호자인 하야미 씨를 위해서도 좋은 일이고요. 활력 징후를 잘 체크하고 통증 조절만 제대로 하면 문제없어 보입니다. 그러나 가자오카 씨가 느낄 피로와 부담을 고려하면 시간은 15분 이내가 좋을 것 같군요. 그 정도면 몸의 부담도 별로 크지 않을 테니까요……."

"웨딩드레스를 입어도 될까요?"

웨딩드레스는 허리를 꽉 죄는 데다 스커트가 여러 겹 겹쳐 있어서 건강한 사람도 입으려면 애를 먹는다던데. 가자오카 씨 체력으로 버틸 수 있을까.

"흠, 웨딩드레스는……글쎄요. 호흡에 부담을 줄 게 뻔하니 추천은 못하겠습니다."

건강한 사람은 무의식적으로 호흡하지만 병에 걸려 몸이 약해진 사람은 사소한 움직임 하나하나에도 근력을 사용하기 때문에 몸이 느끼는 부담감도 그만큼 커진다.

"알겠습니다. 고맙습니다. 구체적인 사항이 정해지면 다시 말씀드릴게요."

"예. 그럼 부탁합니다."

주치의는 15분 이내라는 조건을 달고 결혼식을 허락해주었다. 이제 수간호사와 주임과 의논할 차례다. 고사카 수간호사의 날카로운 눈매를 떠올리자 가슴이 떨려서, 오후에 출근할 미코시바 주임부터 먼저 만나봐야겠다고 결론을 내렸다.

"결혼식이라고요?"

미코시바 주임은 눈을 가늘게 뜨고서 "그거 좋네요"라고 덧붙여 말했다.

"주치의 선생님 승낙은 받았습니다. 15분 이내로, 가자오카 씨에게 부담을 주지 않는 방향으로 진행하면 될 것 같아요. 웨딩드레스를 입지는 못하지만 몸에 걸쳐서 입은 듯한 느낌을 살릴 수는 있을 것 같습니다."

"그래요. 침대 등받이를 조금 세워서 편안한 자세로 앉히고……, 그러면 될 것 같군요. 야간 근무 끝나고 내일 아침에 수간호사님을 만나니까 그때 말씀드릴게요. 원래 병원 안에서 사진은 못 찍게 되어 있지만, 가자오카 씨는 1인실을 쓰고 계시니까 그날 하루만 어떻게 안 될지도 확인해보겠습니다."

"고맙습니다. 잘 부탁드립니다."

주임은 찬성해주었다. 수간호사만 허락하면 결혼식을 올릴 수 있다. 안전하게 결혼식을 올리려면 간호 계획을 철저히 세워야 한다.

간호 계획에는 진단적 계획과 치료적 계획과 교육적 계획, 이렇게 세 가지 영역이 있다. 진단적 계획이란 간호를 하기 전에 관찰해야 하는 사항을 말하고, 치료적 계획이란 실제로 이루어지는 간호 행위를 가리킨다. 그리고 교육적 계획이란 간호할 때 환자에게 알려야 하는 사항을 말한다. 크게 이렇게 셋으로 나누어 계획을 세운다.

활력 징후, 산소포화도, 안색, 표정, 자세 등의 진단적 계획을 세우자. 가자오카 씨가 그 시간을 즐기지 못하면 의미가 없다. 고통을 전부 없애는 건 불가능하더라도 고통이 더 심해지게 해서는 안 된다.

치료적 계획에는 결혼식 전후의 활력 징후 측정, 침대 등받이 세우기, 환자에게 부담을 주지 않는 자세 유지, 결혼식 거행(드레스 준비, 혼인 서약, 반지 교환), 뒷정리, 결혼식 후 환자 관찰, 필요시 주치의에게 연락하는 것까지가 포함된다. 활력 징후 측정부터 뒷정리와 가자오카 씨를 침대에 눕히는 일까지를 15분 안에 끝내야 한다. 아주 미미한 통증일지라도 통증이 느껴지면 간호사에게 바로 알려달라고 미리 전달해두는 것은 교육적 계획에 들어간다.

내 근무 스케줄과 다른 환자 간호 일정을 확인했다. 수간호사와 미코시바 주임이 둘 다 출근하고 만약의 사태를 대비해

주치의가 하루 종일 병동에 있는 날……, 그런 날을 몇 개 골랐다. 하야미 씨에게 전달하고 언제가 좋은지 물어봐야지.

"우즈키 씨, 퇴근 안 해요?"

야간 근무 중이던 미코시바 주임이 내게 말을 건넸다. 나는 인수인계가 끝나자마자 컴퓨터 앞에 앉아 간호 계획을 세우고 있었다. 정신을 차리고 보니 다른 주간 근무자들은 모두 퇴근하고 없다. 저녁 7시가 지난 시간이었다.

"아, 벌써 시간이 이렇게 됐네요. 그만 가보겠습니다."

"예. 조심해서 들어가요."

미코시바 주임에게 인사하고 병동을 나섰다. 어떻게 해서라도 멋진 결혼식을 만들어주고 싶다는 마음이 불끈 솟았다.

다음 날 출근 시간에 맞춰 집을 나섰다. 산들바람이 병원 앞의 벚나무 가지를 흔들자 꽃잎이 하늘하늘 떨어졌다. 간호사복으로 갈아입고 병동으로 가니 고사카 수간호사가 내 쪽으로 걸어왔다.

"우즈키 씨, 가자오카 씨 결혼식 얘기 들었습니다."

수간호사가 무슨 말을 꺼낼지 몰라 긴장됐다. 이제 와서 안 된다고 하면 하야미 씨에게 뭐라고 사과를 해야 하나.

"네에."

"안전에 각별히 신경 쓰면서 환자를 위해서라도 꼭 해봅시다."

고사카 수간호사가 입꼬리를 올리며 빙긋 웃었다.

"환자에게 최대한 가까이 다가가려는 우즈키 씨의 그런 자세가 아주 마음에 듭니다. 안전 관리 대책을 철저히 세우고 환자를 위해 멋진 시간을 만들어주도록 하세요. 결혼식에는 나도 참석할 테니까요."

나는 길게 숨을 내쉬었다.

"고맙습니다."

"원래 병원 규칙상 사진 촬영은 안 되지만, 간호부장님이 그날 두 사람만 찍는 거라면 괜찮다고 허락해주셨어요. 부디 다른 환자들과 보호자들에게는 폐를 끼치지 않도록 조심하고. 근사한 하루를 만들어봅시다."

"정말 감사합니다."

고사카 수간호사는 엄격하고 신경질적인 면이 있긴 하지만 간호사로서 환자와 가족을 생각하는 마음은 그 누구보다 컸다. 간호부장은 병원 간호사들의 수장이다. 그런 사람까지 만나 담판을 지어줬다고 생각하니 가슴속 깊은 곳에서부터 고마운 마음이 끓어올랐다.

나는 곧바로 하야미 씨에게 전화를 걸었다. 업무 시간인 줄 알면서도 빨리 알려주고 싶었다.

"하야미입니다."

목소리가 살짝 떨렸다. 병원에서 걸려오는 전화는 안 좋은 내용이 많은 탓에 겁을 먹었을 수도 있다.

"아오바 종합병원 간호사 우즈키입니다."

"아, 우즈키 씨."

목소리가 조금 누그러졌다. 위급 상황을 알리는 전화라면 의사가 걸었을 테니 전화 상대가 나라는 사실을 알고서 얼마간 안도한 듯하다.

"결혼식에 관해 말씀드리려고요. 주치의와 병동, 양쪽 다 승낙이 떨어져서 결혼식을 할 수 있게 됐어요."

"그게 정말이에요? 고, 고맙습니다."

하야미 씨는 큰소리로 대답하고 나서야 직장이라는 사실을 알아차렸는지 뒤늦게 목소리를 줄였다.

"가자오카 씨 몸 상태를 생각하면 15분 이내에 끝내야 한다고 하셨어요. 웨딩드레스는 환자에게 부담이 되기 때문에 몸 위에 걸치고 기분만 내야 할 것 같아요. 그리고 사진 촬영도 두 분만 찍는 거라면 괜찮다고 합니다."

"고맙습니다. 이따가 면회 때 의상 대여 카탈로그 들고 갈게요."

"예. 그리고 날짜를 정해야 하는데요."

나는 병동 상황을 고려해서 고른 날짜 몇 개를 전달했다. 하야미 씨는 회사 일정을 확인하고 검토하겠다고 했다.

"그럼, 나중에 다시 얘기해요."

"네. 잘 부탁합니다."

전화기 너머에서 들려오는 하야미 씨 목소리에서 설렘과 흥분이 묻어났다. 간호사에게 환자와 환자 가족이 기뻐하는 모습을 보는 것보다 더 큰 기쁨은 없다는 사실을 다시 한 번 깨달았다.

왁자지껄하게 떠드는 소리가 프랜차이즈 술집 안에 울려퍼졌다. 스무 명이 넘는 병동 간호사와 요양보호사가 통으로 빌린 방 안에 모여 앉아 수다를 떨고 있었다. 이번에 다른 곳으로 이동하게 된 직원들을 위한 송별회 자리다. 간호사 중에서는 도코 씨가 중환자실로 가게 되었다. 도코 씨는 수술실이나 중환자실을 희망했는데 마침 중환자실에서 일하다가 그만두는 사람이 있어서 그쪽으로 가게 되었다. 또 요양보호사 세 명도 외래와 다른 병동으로 이동한다.

"자, 그러면 일단 건배부터 합시다."

미코시바 주임이 맥주잔을 높이 치켜들고 모두를 향해 말했다. 테이블마다 딸그락거리는 술잔 소리가 울리더니 모두 잔을 높이 들었다.

“오늘은 송별회를 위해 이 자리에 모였습니다. 4월부터 새로운 곳으로 떠나는 분들의 활약을 기원하며, 건배!”

일제히 건배를 외치며 술을 들이켰다. 나도 맥주를 마셨다. 꽝꽝 언 맥주 맛이 좋았다.

“도코 씨가 딴 데로 간다니까 너무 허전해요.”

옆자리에 앉은 야마부키가 말했다.

“그러게. 나도 그래.”

“장기 요양 병동이 적성에 안 맞았던 걸까요?”

“글쎄, 어땠을까? 그렇지만 싫어하지는 않았을 거야. 싫었으면 작년에 관뒀을 테니까.”

“아, 그렇겠네요. 저는 환자 생각을 많이 하는 도코 씨를 존경했거든요.”

“나도 그랬어. 그래도 본인이 원하던 곳으로 가는 거니까 응원해주자.”

“네. 아쉽지만 그래야겠어요. 근데 중환자실로 가는 거 보면 당분간 결혼은 안 할 생각일까요?”

야마부키가 풋콩을 입에 넣었다.

“그러게. 좀 더 일에 몰두하고 싶은 거 아닐까?”

"으음, 결혼하고 아이를 키우면서도 중환자실에서 열심히 일하는 모습이 보고 싶어요."

절대 있을 수 없는 일이겠지만 등에 아이를 업고 중환자실을 누비는 도코 씨의 모습이 눈앞에 떠올랐다.

"그랬으면 좋겠다. 그러고 보니, 병원에 어린이집이 생길지도 모른다던데? 그렇게만 되면 엄마들이 훨씬 일하기 쉬워질 텐데."

"저는 그전에 남자친구부터 만들어야겠어요."

일과 육아를 같이 하기란 쉽지 않을 것이다. 그렇지만 일을 관두지 않고도 아이를 키울 수 있는 환경이 조금이라도 더 갖춰지면 좋겠다는 생각이 들었다.

도코 씨가 다른 병동으로 가는 건 아쉽지만 그전에 다 같이 욧짱 초밥에 가서 밥이라도 먹어야겠다고 마음먹었다. 물론 병동만 달라질 뿐 여전히 같은 병원 안에 있다. 언제든지 약속을 잡고 얼굴을 볼 수 있다. 중환자실 이야기도 듣고 싶다. 다른 분야에서 근무하는 사람 이야기는 언제 들어도 자극이 되고 공부도 된다.

"그럼, 이번에 다른 곳으로 가게 된 간바라 도코 씨, 한 말씀 부탁드립니다."

주임이 이름을 부르자 수간호사 근처에 앉아 있던 도코 씨는 “아, 싫다. 이런 거 좀 안 하면 안 돼요?” 하면서 투덜거렸지만 양옆에 앉은 간호사들이 억지로 일으켜세우는 바람에 꾸물꾸물 자리에서 일어나 말문을 열었다.

“으음, 2년이라는 짧은 시간이었지만 신세 많이 졌습니다. 저는 4월부터 중환자실에서 근무하게 되었습니다.”

도코 씨는 거기서 말을 끊고서 호흡을 골랐다. 그러고 나서 다시 얼굴을 들고 말을 이어나갔다.

“수술실에서 일하던 시절에는 환자가 사망하면 패배라고 생각했습니다.”

도코 씨의 말에 좌중이 물을 끼얹은 듯 조용해진다.

“그래서 어떻게 해서든지 환자를 살리기 위해 최선을 다했습니다. 의사 선생님도, 저희 간호사들도 전투에 임하는 자세로 일했습니다. 그래도 죽는 사람은 죽었지요. 저는 그걸 패배로 받아들였고요. 싸움에서 졌다고 생각했죠. 그런데 장기 요양 병동에 온 후로 그렇지 않은 죽음을 볼 수 있었습니다. 천천히 시간을 들여 환자와 보호자와 의사와 간호사가 함께 맞이하는 죽음이었습니다. 숨을 거둔 환자의 사후 처치를 하면서 눈물을 흘리기도 하고, 환자 가족과 함께 환자가 떠난 후의 여운에 젖기도 했습니다. 그건 제가 알던 죽음과 달랐습니다. 패배가 아니었어요.”

모두 도코 씨 이야기에 귀를 기울였다.

"그러면, 제가 지금까지 수술실에서 봤던 죽음은 과연 패배였을까요? 환자도 애를 쓰고 가족들도 간절히 기도하고 의사들은 몇 시간이나 집중해서 수술하고 저희 간호사도 최선을 다했는데도 불구하고 구하지 못한 환자의 죽음을 패배라는 한마디로 정리해도 될지 의문이 들었습니다. 물론 최우선 순위는 생명을 구하는 것입니다. 수술에 성공해서 환자가 회복하는 게 제일 좋죠. 하지만 그 과정에서 환자와 환자 가족의 인간성과 개성을 존중하고 돌보는 일은 패배와는 다른 영역에 존재하는 게 아닌가 하는 생각이 들었습니다. 그러면 패배가 아니면 뭘까? 저도 아직 그 답을 찾지는 못했어요. 다만 그 답을 찾기 위해서 한 번 더 급성기 처치에 도전하고 싶어졌습니다."

도코 씨는 입술을 살며시 깨물고 나서 숨을 크게 들이마셨다.

"장기 요양 병동에서 배운 간호를 급성기 처치에서도 활용할 수 있도록 열심히 노력하겠습니다. 정말 감사했습니다!"

도코 씨가 허리를 깊이 숙였다.

잠시 침묵이 드리워졌다. 각자 자신이 마주했던 환자의 죽음을 떠올리는 것 같다. 그 침묵을 깨듯 누군가가 짝짝 박수를 치기 시작했고, 어느새 커다란 박수 소리가 우리를 에워쌌다.

도코 씨는 고개를 들고 멋쩍은 미소를 내비쳤다.

아침에 출근하자 병동이 어수선했다. 야근 근무 간호사들이 발을 동동거리고 있다. 무슨 일인가 싶어 차트를 확인하다가 가자오카 씨에게 산소를 투여하고 있음을 알아차렸다. 차트에 호흡 곤란 증세가 심해지고 혈중 산소포화도가 떨어졌다고 나와 있었다. 그래서 다들 여느 때보다 바쁘게 움직였던 모양이다.

인수인계를 마치고 가자오카 씨 병실로 갔다. 가자오카 씨는 눈을 감고 침대에 누워 있었다. 코에 연결한 튜브로 산소를 투여하는 중이었다. 산소포화도 95퍼센트, 안정된 상태다. 나는 지시서에 적힌 산소 투여량과 맞춰보고 나서 혈압과 체온을 측정하기 위해 가자오카 씨에게 말을 걸었다.

"가자오카 씨, 주간 담당 우즈키입니다. 체온 재겠습니다."

가자오카 씨가 살며시 눈을 떴다. 잠을 잔 건 아닌 듯하다.

"안녕하세요. 잘 부탁합니다."

내 목소리를 들은 가자오카 씨가 작게 고개를 끄덕였다. 오늘따라 유난히 더 초췌해 보인다.

"많이 아프세요?"

가자오카 씨가 천천히 고개를 저었다.

"호흡은요?"

"괜찮아요."

목소리에 힘이 없다. 혈압과 체온은 정상이지만 이러다가도 단번에 상태가 나빠질 수 있다. 하야미 씨가 정한 결혼식 날짜까지 앞으로 일주일 남았다. 그때까지 가자오카 씨가 의식을 유지할 수 있을까.

간호사실로 돌아와 주치의에게 확인했다.

"다음 주죠? 흐음……장담할 수는 없지만, 빠르면 빠를수록 좋을 것 같군요."

"알겠습니다. 하야미 씨와 얘기해보겠습니다."

결혼식을 앞당기고 싶다는 말은 가자오카 씨에게 남은 시간이 거의 없다고 알리는 거나 다름없다. 서두르지 않으면 결혼식을 못할 수도 있다는 뜻이다. 그래도 결혼식을 못하는 것보다는 사실을 명확히 전달해서 환자와 보호자가 조금이라도 더 의미 있는 시간을 보낼 수 있도록 돕는 게 낫다고 결론을 내렸다.

하야미 씨에게 전화를 걸었다. 산소를 투여하고 있다는 것을 이미 알고 있어서인지 결혼식 일정을 앞당기고 싶다는 내 말을 바로 알아들었다.

"회사는 당장 내일이라도 쉴 수 있어요. 회사에 아오이 상태를 미리 말해뒀기 때문에 언제든지 휴가를 낼 수 있거든요. 의상도 미리 빌려놨는데, 내일이라도 괜찮을까요?"

"저희는 상관없습니다. 그럼 내일 면회 시작 시간인 2시부터 하면 어떨까요?"

"좋아요. 잘 부탁드립니다."

전화를 끊고서 긴 한숨을 내뱉었다. 부디 내일까지 가자오카 씨 의식이 온전하기를. 그렇게 기도하면서 오늘 하루도 안전을 위해 최선을 다해야겠다고 다짐했다.

편의점에 들러 온장고에 들어 있던 닭튀김을 사서 집에 왔다.

"다녀왔어."

사진 속 지나미에게 인사하고 다운재킷을 벗었다. 후우 한숨을 내뿜으며 소파에 드러누웠다.

"내일, 아니, 오늘 밤은……무사할까."

나도 모르게 푸념 섞인 말이 흘러나왔다. 사진 속의 지나미는 오늘도 변함없이 다정하게 미소를 짓고 있다. 지나미가 웨딩드레스를 입는다면 어떤 디자인이 어울릴지 상상했다. 풍성한 드레스도 예쁘겠지만 심플하고 타이트한 디자인도 잘 어울릴 거야.

결코 이루어질 수 없는 소원이지만……, 틀림없이 아름다울 그 모습이 떠오르자 외로움과 괴로움이 한데 엉겨 밀려왔다.

"무사히 결혼식을 올릴 수 있게 너도 같이 빌어줘."

읏샤, 하고 기합을 불어넣으면서 벌떡 일어났다. 닭튀김이

식기 전에 빨리 저녁을 먹어야겠다. 내가 건강하지 못하면 간호도 제대로 할 수 없으니까.

다음 날 아침에 출근한 나는 야간 근무 간호사들의 움직임을 잠시 살펴보고 나서 일단 마음을 놓았다. 평상시 이상으로 허둥대는 기색은 없었다. 차트를 열었다. 가자오카 씨가 의식을 유지하고 있어서 안심이다. 오후 2시까지 무리하지 않고 편안하게 있어야 할 텐데.

"가자오카 씨 결혼식이 오늘이라며? 엄청 기대하고 계시더라."

인수인계 시간에 도코 씨가 말을 붙여왔다.

"이런 간호가 장기 요양 병동의 강점인 거 같아."

"네. 강점이기도 하고, 가슴 아픈 점이기도 하고요."

"그래……그 말이 맞네."

도코 씨는 가자오카 씨 병실 쪽으로 눈길을 보내며 고개를 끄덕였다.

아침 인사를 하러 병실로 가자 가자오카 씨는 오랜만에 침대 등받이를 세운 채 몸을 기대고 앉아 있었다.

"안녕하세요. 주간 담당 우즈키입니다."

"우즈키 씨, 안녕하세요."

"앉아 있으려니 안 피곤하세요?"

가자오카 씨가 수줍게 웃어 보였다.

"오늘 리코와 결혼식을 올린다고 생각하니 너무 기뻐서요. 소풍 전날 어린아이처럼 마음이 들떠서 진정이 안 되네요."

나도 덩달아 웃었다.

"그건 좋은 일이네요. 결혼식은 오후 2시니까 그때까지는 누워 있는 편이 낫지 않을까요?"

체온을 재면서 내가 물었다.

"그렇겠죠? 지치면 안 되니까. 좀 누워야겠어요."

목소리에 힘은 없어도 기분은 좋아 보인다. 나는 천천히 가자오카 씨 침대를 평평하게 눕혔다. 혈압과 체온과 산소포화도에 별다른 이상은 없다. 느긋하게 쉬다가 이대로 결혼식을 거행할 수 있기를 비는 수밖에 없다.

가자오카 씨는 점심으로 나온 죽을 평소보다 조금 더 먹었다.

"많이 드셨네요."

내가 말을 걸자 "오늘은 에너지가 필요하잖아요"라며 이번에도 수줍게 웃으며 대답했다. 안색은 별로 좋지 않다. 오후에는 시간이 느리게 흐르는 기분이 들었다. 가자오카 씨가 안정되어 있을 때 빨리 2시가 됐으면 좋겠다. 활력 징후 측정, 다른 환자들의 기저귀 교환, 화장실 부축, 수액 교환 등 오후 업무가 쌓여 있어서 계속 결혼식 생각에만 빠져 있을 수는 없는 노릇인데도 자꾸 신경이 쓰여 일에 집중하기 힘들었다.

이윽고 오후 2시가 되어 면회가 시작되었다. 시간에 맞춰 하야미 씨가 간호사실을 찾아왔다.

"우즈키 씨, 오늘 잘 부탁드립니다. 아오이는 어때요?"

"안녕하세요. 가자오카 씨는 안정된 상태입니다. 오늘 무척 기대하고 계세요."

"다행이에요. 그러면 옷부터 갈아입고 올게요."

하야미 씨는 그렇게 말하고 짐을 챙겨 화장실로 갔다. 몇 분 후에 은색 턱시도를 빼입은 하야미 씨가 간호사실로 돌아왔다. 온몸에서 행복한 기운이 넘쳐흘렀다. 아름답게 빛이 난다.

"하야미 씨!"

나는 무의식적으로 이름을 부르고 말았다.

"어때요?"

야무지게 묶은 포니테일과 턱시도가 대단히 잘 어울렸다.

"정말 잘 어울리세요!"

간호사실 안에 있던 간호사들이 모여들더니 모두 입을 모아 하야미 씨를 칭찬했다.

"아이고, 부끄럽네요."

하야미 씨는 쑥스러워하면서도 기뻐 보였다. 나는 주치의와 수간호사와 주임에게 연락을 하고 가자오카 씨의 병실로 갔다.

곧 결혼식이 거행된다.

"가자오카 씨, 하야미 씨 오셨어요!"

병실로 들어가자 가자오카 씨가 눈빛을 반짝이며 하야미 씨를 맞이했다.

"리코!"

"어때?"

"너무 근사하다! 예쁘고! 잘 어울려!"

가자오카 씨는 발그레 상기된 얼굴로 환하게 웃었다. 나는 산소포화도와 혈압을 재고 나서 침대를 세웠다. 시간을 확인했다. 2시 5분이니까 2시 20분까지 끝내야 한다.

"기분은 어떠세요?"

"아, 좋아요. 굉장히."

"다행입니다."

하야미 씨가 큼지막한 가방에서 풍성한 웨딩드레스를 꺼냈다.

"와아, 예쁘다."

가자오카 씨가 들뜬 목소리로 말했다. 나는 하야미 씨를 도와 가자오카 씨의 몸에 드레스를 걸쳤다. 춥지 않을 정도로 이불을 걷어내고 드레스를 입은 느낌이 나게끔 몸에 밀착시켰다.

"춥지는 않으세요?"

"네. 괜찮아요."

하야미 씨가 가방에서 티아라를 내놓았다. 그러더니 가자오카 씨 머리에 살며시 올렸다.

"예쁘다. 너무 잘 어울려."

"후후. 고마워."

나는 간호사실에서 들고 온 커다란 손거울을 가자오카 씨 앞에 내밀었다.

"아아……."

거울을 들여다보던 가자오카 씨가 탄성을 터뜨렸다.

"진짜 잘 어울려요."

내가 칭찬하자 가자오카 씨는 쑥스럽다는 듯이 엷은 미소를 지었다.

그때 주치의와 수간호사와 주임이 병실로 들어왔다.

"이야! 가자오카 씨, 대단히 아름다우십니다."

멍해 보이는 주치의가 의사 가운 대신 정장을 입고 나타났다. 그가 오늘 주례를 맡은 것이다.

"진짜! 너무너무 예뻐요! 아, 이것만 좀."

고사카 수간호사가 가자오카 씨 입술에 컬러 립밤을 발라주었다. 입술에 색이 살짝 더해졌을 뿐인데도 혈색이 돌고 낯빛도 환해졌다. 역시 수간호사라고 새삼스레 감탄했다.

"두 분 다 아주 멋지십니다. 결혼 축하드립니다."

미코시바 주임이 나지막이 인사하며 허리를 숙였다.

하야미 씨가 가자오카 씨 침대 옆에 붙어 섰다. 두 사람 앞에 주치의가 섰다. 결혼식이 시작된다.

"그럼, 지금부터 가자오카 아오이 씨와 하야미 리코 씨의 결혼식을 거행하겠습니다."

주치의가 엄숙한 목소리로 입을 열었다. 그는 헛기침을 한 번 하고 나서 허리를 꼿꼿이 세웠다.

"신부 하야미 리코는 아플 때나 건강할 때나 가자오카 아오이를 변함없이 사랑할 것을 맹세합니까?"

"예. 맹세합니다."

하야미 씨가 힘차게 대답했다. 아플 때나 건강할 때나. 결혼식 때마다 듣는 틀에 박힌 대사다. 실제로 하야미 씨는 가자오카 씨가 병에 걸린 후에도 똑같이 사랑해왔다. 나는 닳고 닳은 이 대사가 이토록 설득력 있게 다가오는 결혼식을 본 적이 없다.

"신부 가자오카 아오이는 아플 때나 건강할 때나 하야미 리코를 변함없이 사랑할 것을 맹세합니까?"

"예. 맹세합니다."

가자오카 씨의 목소리에 생기가 묻어났다. 입원 후에 낸 소리 중 가장 큰 목소리다. 병으로 앓아누운 사람이 이토록 기뻐

하는 모습을 보니 간호사로서 가슴이 벅차올랐다.

"이제 반지를 교환하겠습니다."

어쩐지 주치의 목소리가 떨리는 것 같다. 수간호사가 두 신부에게 반지를 건넸다. 하야미 씨가 몸을 조금 숙이고 가자오카 씨 손가락에 반지를 끼웠다. 가자오카 씨도 하야미 씨 손가락에 반지를 끼워주었다.

"두 사람의 영원한 행복을 기원하며, 이로써 두 사람이 부부가 되었음을 선언합니다."

주치의의 말이 끝나자마자 나와 수간호사와 주임은 힘찬 박수를 보냈다. 하야미 씨가 가자오카 씨 얼굴을 부드럽게 감싸며 이마에 키스했다. 나는 시간을 확인했다. 오후 2시 15분. 가자오카 씨 안색은 나쁘지 않다.

"그럼 사진 찍겠습니다."

나는 하야미 씨에게 미리 건네받은 스마트폰으로 두 사람의 사진을 찍었다. 정면을 바라보는 두 사람, 서로 얼굴을 맞댄 두 사람, 반지 낀 손을 내 쪽으로 돌린 두 사람. 나는 연달아 사진을 찍었다.

"두 분 다 너무 예뻐요."

내 말을 들은 가자오카 씨가 고개를 숙였다. 피곤한가 싶어 걱정했더니 가자오카 씨가 천천히 얼굴을 들었다.

"고맙습니다. 저는……행복한 사람이에요."

가자오카 씨 두 눈에 눈물이 그렁그렁하다. 결국 굵은 물줄기가 야윈 뺨을 타고 쓱 흘러내렸다.

"리코, 정말 고마워. 내가 병에 걸려서 미안해."

"괜찮아. 이제 우리는 진짜 부부잖아. 평생 함께하자."

가자오카 씨가 흑흑 흐느껴 울기 시작했다.

"우즈키 씨, 주치의 선생님, 수간호사님, 주임님, 모두 고맙습니다. 저는 행복합니다."

가자오카 씨는 미소를 지으며 울고 있었다. 입원 후로 가자오카 씨가 우는 모습을 본 건 오늘이 처음이다. 하야미 씨가 손수건을 건넸다. 하야미 씨와 오래도록 함께하고 싶을 그 마음을 생각하니 가슴이 꽉 죄어왔다. 나도 지나미와 함께하고 싶었다. 하지만 지금도 지나미는 내 마음속에 살아 있다. 사진을 보며 말을 건넬 때마다 옆에 있는 것 같은 기분이 든다. 오늘 이 두 사람을 보면서 죽음이 이들을 갈라놓을지라도 사랑하는 마음은 절대로 변하지 않으리라는 확신이 들었다. 자기 마음속에 살아 있는 소중한 사람을 그리워하며 성실하게 삶을 살아가는 것. 그게 남은 사람이 해야 할 일이다.

드레스를 치우고 침대를 눕혔다. 몸을 일으킨 채 앉아 있기도 했고 감정도 고양되어 피곤했던 모양이다. 가자오카 씨는 곧바로 침대에 누웠다. 혈압과 체온과 산소포화도는 안정되어 있다. 나는 크게 숨을 내뱉었다. 다행이다, 무사히 끝났다.

하야미 씨는 화장실에서 턱시도를 벗고 평상복으로 갈아입고 왔다. 침대 옆에 앉아서 가자오카 씨 얼굴을 지그시 들여다본다.

"우즈키 씨, 오늘은 정말 고마웠습니다."

온화하고 차분한 목소리다.

"두 분 너무 멋있어요. 감동했습니다."

"저도 억지로 눈물을 참느라 혼났어요. 처음에 결혼식 얘기를 꺼내려니까 비상식적인 사람으로 보일 것 같아서 그만둬야겠다고 생각했어요. 그런데 안 하면 후회로 남을 거 같더라고요……. 그래서 무리인 줄 알면서도 부탁을 드렸어요. 결혼식을 하길 정말 잘한 것 같아요. 아오이도 좋아하고, 저도 너무 기쁩니다."

가자오카 씨는 잠이 든 듯했다. 호흡할 때마다 야윈 가슴이 오르락내리락했다. 하야미 씨가 가자오카 씨 손을 살포시 잡았다. 나는 두 사람을 바라보며 가슴속 깊은 곳에서 끓어오르는 안타까움과 기쁨이 뒤섞인 복잡한 감정을 느껴야 했다.

"저희가 할 수 있는 일은 제한되어 있지만……, 그래도 환자분과 가족분의 바람을 이루는 데 조금이나마 힘을 보탤 수 있어서 정말 기쁩니다."

하야미 씨가 빙그레 웃었다. 나는 병실을 나왔다.

역시 나는 현장에서 환자를 간호하고 싶다. 그런 마음이 더 강하게 솟구쳤다.

그날은 다른 업무도 다 마치고 홀가분한 마음으로 야간 근무자들을 맞이했다. 인수인계 때 결혼식 이야기를 하자 야마부키가 눈물을 글썽였다.

"무사히 끝났군요. 너무 다행이에요. 가자오카 씨가 진짜 기대를 많이 하셨잖아요."

누가 보더라도 가자오카 씨가 오늘을 얼마나 기대하는지 알 수 있을 정도였다. 무탈하게 잘 끝나서 정말 다행이다.

인수인계를 끝내고 가방을 가지러 휴게실로 갔더니 미코시바 주임이 거기 있었다.

"주임님, 오늘은 진심으로 감사했습니다."

"수고했어요. 정말 훌륭한 간호였습니다."

"예. 결혼식이 무사히 끝나서 다행이에요. 이제 마음이 놓여요."

미코시바 주임이 한 박자 뜸을 들이다가 다음 말을 이었다.

"우즈키 씨……, 2년 전에 휴직했을 때 기억나요?"

"아……네. 기억납니다."

지나미가 교통사고로 세상을 떠나 충격을 받은 내게 미코시바 주임이 휴직을 권해서 2주일 동안 병원을 쉰 적이 있다.

"그때 난 우즈키 씨가 다시는 병원으로 돌아오지 못할지도 모른다고 생각했습니다. 그만큼 고통스러워 보였고, 고통스러우면 일을 그만두는 것도 하나의 방법이라고 생각했거든요."

"그러셨어요?"

"예. 하지만 우즈키 씨는 돌아왔습니다. 처음엔 성실하고 최선을 다하는 노력가라서 무리하지는 않을지 수간호사님도 걱정을 많이 했어요."

그런 줄은 꿈에도 몰랐다.

"수간호사님까지 제 걱정을……."

"그랬어요. ……우즈키 씨."

미코시바 주임이 내 눈을 정면으로 응시했다.

"힘겨울 때도 많았겠지만, 우즈키 씨는 아주 훌륭한 간호사로 성장했습니다."

봄바람이 가슴속을 훑고 지나가는 것 같은 기분이다. 산뜻하고 포근한 햇살이 나를 비추는 느낌이 들었다. 그렇구나. 나는 간호사로서 성장하고 있었구나.

"고……고맙습니다."

"앞으로도 계속 잘 부탁해요."

그렇게 말하며 주임이 싱긋 웃었다.

"저야말로 잘 부탁드립니다."

나는 꾸벅 고개를 숙였다.

"오늘도 수고 많았습니다. 그럼 잘 들어가요."

미코시바 주임은 휴게실을 나갔다. 가슴속을 휙 하고 지나가는 봄바람 때문에 체온이 올라가는 기분이 들었다. 한동안 혼자 가만히 서 있었다. 기뻤다. 누군가가 성장했다고 인정해준 사실이 말할 수 없이 기쁘다. 분명 지나미도 함께 기뻐해주겠지? 나 열심히 노력했어, 라고 가슴을 펴고 당당하게 말할 수 있다.

그때 문득 궁금증이 일었다. 맞다. 가자오카 씨의 '미련'은 어떻게 됐지? 까맣게 잊고 있었다. 나는 휴게실에서 나와 가자오카 씨 병실을 슬쩍 들여다보았다. 어느새 '미련'은 온데간데없이 사라지고 없었다. 어느 때까지 있다가 언제 사라졌는지도 모른다. 나는 완전히 잊고서 가자오카 씨 간호에 매달렸었다.

그랬구나. 잘됐다.

지나미를 잃어버린 상실감에서 조금이나마 벗어날 수 있게 도피처가 되어주었던 '미련'. 나는 '미련'이 있건 없건 상관없이 간호에 몰두할 수 있게 되었다. 가슴에 지나미를 간직한 채로 눈앞의 환자에게 더 나은 간호를 제공할 수 있게 되었다.

옷을 갈아입고 밖으로 나가자 생명의 숨결이 가득한 봄날의 따스한 바람이 불어와 기분이 좋았다. 흐드러지게 꽃망울을 터뜨린 거리의 벚나무에서 꽃잎이 하나둘 떨어졌다. 그 모습이 더없이 아름다웠다.

거리에는 따뜻한 봄기운이 완연했다. 며칠이 지나고 점심시간이 되어 휴게실로 갔더니 야마부키가 진지한 얼굴로 책을 읽고 있었다. 아사쿠라도 옆에 앉아 책에 코를 박고 있다.

"뭐야, 둘 다 표정이 너무 진지한데?"

야마부키와 아사쿠라가 책에서 얼굴을 들었다. 둘 다 표정이 꽤 심각하다.

"우즈키 씨, 4월부터 신규가 두 명 들어온대요!"

야마부키가 굉장히 중요한 소식을 알려준다는 투로 힘주어 말했다.

"아아, 그렇구나."

"그래서……보세요!"

그렇게 말하면서 보여준 책 표지에는《프리셉터의 기본-프리셉티와 즐겁게 공부하려면》이라고 적혀 있다.

"앗! 야마부키도 프리셉터야?"

"맞아요! 아사쿠라 씨와 제가 이번 연도 프리셉터로 뽑혔어요."

아사쿠라는 모토키의 프리셉터였지만 모토키는 여름까지 일하고 병동을 떠났다.

"저는 이번에도 모토키 때처럼 제대로 못할까 봐 걱정이에요."

미간을 찡그린 아사쿠라가 어깨를 축 늘어트렸다. 수간호사와 주임이 아사쿠라가 자신감을 회복할 수 있도록 한 번 더 프리셉터를 맡긴 모양이다.

"걱정 붙들어 매. 아사쿠라 넌 모토키 때도 충분히 잘했어. 그리고 모토키도 지금은 홋카이도에서 건강하게 잘 지낸다던데?"

얼마 전에 모토키에게서 메시지가 왔다.

"아, 맞아요! 저도 조금 마음이 놓였어요."

아사쿠라도 연락을 받았나 보다. 모토키는 여름에 병동에 사표를 내고 홋카이도 본가로 돌아갔다. 한동안 쉬는 것 같더니 4월부터 집 근처 의원에서 일을 시작하게 됐다고 했다.

"모토키는 일머리도 있고 성실해서 잘할 거야."

"그렇겠죠? 너무 무리하지나 말았으면 좋겠어요."

"자자, 지금 그런 걱정 할 때가 아니에요. 진짜 문제는 제가 프리셉터를 잘할 수 있느냐 없느냐라고요!"

야마부키는 책을 테이블 위에 내려놓고 두 손으로 얼굴을 감쌌다. 동그랗고 하얀 볼을 쏙 오므리자 입술이 더 뾰족하게 튀어나왔다.

"넌 너답게 하면 돼."

모토키에게는 직구를 던졌지만 자기가 직접 프리셉터를 맡게 되면 가르치는 방식은 물론이고 말 한마디 한마디에도 조심하게 될 것이다. 그 과정에서 야마부키도 성장하게 될 테고.

"걱정 마, 야마부키. 같이 힘내서 잘해보자!"

"네. 잘 부탁드려요."

아사쿠라와 야마부키는 다시 책으로 눈을 돌렸다. 나는 점심으로 먹으려고 갖고 온 주먹밥과 차를 테이블 위에 올려놓고 자리에 앉았다.

"우즈키 씨는 6년 차 목표 정했어요?"

야마부키가 책에서 눈을 떼고는 나를 쳐다보았다.

"음. 전문간호사가 될지 인정간호사가 될지 고민 중이야."

"오!"

야마부키가 탄성을 지르는 바람에 아사쿠라도 고개를 들었다.

"스페셜리스트가 되는 거네요! 굉장히 잘 어울려요!"

"그런가. 아직 어느 쪽으로 갈지 결정은 못했어. 올해는 어느 쪽으로 갈지 고민하면서 공부할 생각이야."

"대단해요. 저도 더 열심히 해야겠어요."

아사쿠라가 두 주먹을 꼭 쥐고 기합을 넣는 포즈를 잡았다.

'미련'이 사라진 병동에서 이제 곧 6년 차 간호사 생활이 시작된다. 지금까지 이상으로 알찬 한 해가 되기를 기대한다. 사람은 누구나 미련을 남기는지도 모른다. 그 사실을 기억하면서 더 좋은 간호를 제공할 수 있도록 노력해야지. 문득 바라보니 창문 너머로 따사로운 봄 햇살이 일렁거린다.

저자 후기

저는 2020년부터 노트(글, 사진, 그림, 음악, 영상 등을 투고하고 즐기는 미디어 플랫폼–옮긴이 주)에 소설을 발표해왔습니다. 그 후 '창작대상 2023'에 응모해 '별책 문예춘추상'을 받은 이 작품을 대폭 수정하여 이렇게 책으로 출간하게 되었습니다.

저는 이십대부터 삼십대에 걸쳐 약 13년간 간호사로 일했습니다. 환자의 죽음을 처음 접한 건 간호학부 학생 시절입니다. 간호학부는 강의 수업 외에 병원 실습도 겸하기 때문에 학생은 환자를 한 명씩 맡아 매일 얼굴을 마주하면서 공부하게 됩니다.

하루는 병원에 갔더니 실습을 담당하는 간호사님이 학생들을 모두 불러모으고 이렇게 말했습니다.

"안타깝게도 어젯밤에 ○○ 씨가 용태가 급변해 사망했습니다."

그 사람은 제가 담당하던 환자였습니다. 어제까지 내 옆에 있던 환자가 지금은 없다니. 죽을 수도 있다는 사실을 머리로는 알고 있었지만, 막상 눈앞에서 겪고 보니 너무 충격적이어서 그 자리에서 펑펑 울었습니다. 내가 할 수 있는 일은 아무것도 없는 게 아닐까, 무력감이 들 만큼 심한 타격을 받았습니다. 벌써 20년도 더 지난 일이지만 바로 어제 일인 양 그때 느꼈던 고통은 지금도 선명합니다. 한 사람 몫을 하는 간호사가 된 후에도 환자가 세상을 떠날 때마다 안타까움에 마음이 가라앉았습니다. 몇 번을 겪어도 익숙해지지 않았고, 익숙해져서도 안 된다는 생각이 들었습니다. 그래서 환자의 바람과 삶의 질을 소중히 여기며 간호하기로 결심했습니다. 언제 이별의 순간이 찾아올지는 아무도 모르니까요.

간호사를 그만둔 뒤에도 13년간 환자의 죽음을 지켜봐야 했던 지난날의 기억은 제 가슴에 생생하게 남아 있었습니다. 그리고 어느 때부터인가 간호사가 주인공인 소설을 쓰지 않고는 못 견딜 것 같은 기분이 들었습니다. 한 인간으로서 간호사가 무엇을 생각하고 기뻐하고 근심하는지 표현하고 싶었습니다. 오직 그 마음 하나로 이 책을 쓰기 시작했습니다. 주인공 우즈키 사에는 환자의 '미련'을 보는 능력을 갖고 있습니다. '미련'이 우즈키 눈앞에 나타나는 건 환자가 죽음을 의식했을 때입니다. 어쩌면 제가 학생 시절에 처음으로 마주했던 환자의 죽음을 아직도 잊지 못하기 때문에 이런 신비한 설정을 만들었는지도 모릅니다. 제가 알지도 못하는 사이에 숨을 거둔 그 사람은 마지막 순간에 무슨 생각을 했을까요. 저는 지금도 궁금합니다. 그런 마음이 이 책에 고스란히 드러나 있으리라 생각합니다.

아무것도 모르는 저를 친절하게 이끌어주신 담당 편집자들, 소설 속 세계에 딱 맞는 표지를 그려주신 일러스트레이터 가나이 씨, 디자이너 노나카 미유키 씨, 그리고 심사 단계에서부터 이 작품을 추천해주시고 수정할 때도 힘이 되어주셨던 작가 신카와 호타테 씨께 진심으로 감사드립니다. 정말 고맙습니다.